BASTEI
LÜBBE

Über die Autorin:

Andrea Sixt ist in Regensburg geboren und aufgewachsen. Nach dem Abschluss ihres Studiums in München als Diplomingenieurin arbeitete sie einige Jahre geschäftsführend in einem Unternehmen für Haustechnik. 1995 dann der große Wechsel zur Autorin. Seitdem hat sie eine Reihe von Drehbüchern geschrieben, darunter den Kinoerfolg »Workaholic«. Ihr autobiographischer Roman »Noch einmal lieben« wird gerade verfilmt.

Andrea Sixt

Traumtochter

Roman

BASTEI LÜBBE

BASTEI LÜBBE TASCHENBUCH
Band 15 164

1. Auflage: Juli 2004

Vollständige Taschenbuchausgabe

Bastei Lübbe Taschenbücher ist ein Imprint
der Verlagsgruppe Lübbe

Originalausgabe

Umschlaggestaltung: Krutz & Braun
Titelbild: Photonica/Johner
Satz: hanseatenSatz-bremen, Bremen
Druck und Verarbeitung: Ebner & Spiegel, Ulm
Printed in Germany
ISBN 3-404-15164-X

Sie finden uns im Internet unter
www.luebbe.de

Der Preis dieses Bandes versteht sich einschließlich
der gesetzlichen Mehrwertsteuer.

Für Claudia

»[...] Sie kommen durch dich,
aber nicht von dir,
und obwohl sie bei dir sind,
gehören sie dir nicht.

Du kannst ihnen deine Liebe geben,
aber nicht deine Gedanken,
denn sie haben ihre eigenen Gedanken.
Du kannst ihrem Körper ein Heim geben,
aber nicht ihrer Seele,
denn ihre Seele wohnt im Haus von morgen,
das du nicht besuchen kannst,
nicht einmal in deinen Träumen.

Du kannst versuchen, ihnen gleich zu sein,
aber suche nicht, sie dir gleichzumachen,
denn das Leben geht nicht rückwärts und
verweilt nicht beim Gestern. [...]«

Kahlil Gibran: *Der Prophet*

KAPITEL 1 Natürlich dachte Nadine oft an ihn. Seltsamerweise meist ausgerechnet dann, wenn sie am glücklichsten war. Und das war sie jetzt, als sie neben Tim im Wagen saß. Sie hatten das Wochenende auf dem Land verbracht und befanden sich nun in dem am frühen Sonntagabend üblichen Stau auf der Autobahn vor London. Die vielen Autos schoben sich nur langsam vorwärts.

Auf der Fahrt sprachen sie fast nichts. Beide genossen das Schweigen, in dem die Harmonie der erlebten Stunden lag, und hingen ihren Gedanken nach.

Wie immer hatte Tim dieses Wochenende organisiert, und wie immer hatte er für ihre Liebe alles perfekt inszeniert. Diesmal war die Bühne, auf der sich ihr Leben abspielte, ein altes Landhaus gewesen, das man mit dem Wagen von London aus in gut zwei Stunden erreichen konnte. Das Zimmer, das sie dort bewohnt hatten, war so groß, dass nicht einmal das breite Himmelbett es schaffte, den Raum zu dominieren. Ihn beherrschten vielmehr die wilden Muster, vornehmlich Blumen, die von den Vorhängen, den Kissen, den Bettbezügen, dem Sofa, den Sesseln bis hin zu den Rahmen der Bilder und den Teetassen aufeinander abgestimmt waren. Nur der elektrische Wasserkocher aus Kunststoff hob sich in seinem angegrauten Weiß fast schon peinlich davon ab.

Nachdem sie vor dem offenen Kaminfeuer Tee getrunken hatten, waren sie zu einem nahe gelegenen Stall gefahren. Dort hatten sie sich zwei Pferde geliehen, mit denen sie Stunden über das Land geritten waren, bevor der immer stärker werdende Regen sie zur Rückkehr gezwungen hatte. Abends hatten sie dann in einem Restaurant zwischen altem Gemäuer und schwerem Tafelsilber gespeist, und nur die grüne Pfefferminzsoße über dem Truthahn hatte die romantische Stimmung etwas abgekühlt. An die Sonderheiten der englischen Küche hatte sich Nadine noch immer nicht recht gewöhnen können, obwohl sie nun seit mehr als einem halben Jahr auf der großen Insel lebte. Wegen Tim war sie von München nach London gezogen, nachdem sie fast zwei Jahre eine Long-Distance-Beziehung geführt hatten. Tim war Deutscher wie sie, er hatte allerdings in London studiert und lebte inzwischen schon sieben Jahre hier.

Zärtlich legte Nadine nun ihre Hand auf sein Knie und blickte ihn, während er fuhr, von der Seite an. Sein Profil ähnelte in gewisser Weise dem ihren. Beide hatten die gleichen klassisch gebogenen Nasen, nur war seine noch viel ausgeprägter. Wenn man ihr eigenes Profil karikieren würde, dachte Nadine, käme seines heraus. Ein warmes Gefühl breitete sich in ihr aus, und sie genoss diese Nähe, die ihr so vertraut war. Nadine blickte nun auf seine Hände, wie sie das Lenkrad sicher umfassten. Es waren starke, entschlossene Hände, die sie liebte, denn die

Art, wie sie ihren Körper streichelten oder auch manchmal ihr Gesicht einfach nur hielten, kam für sie der Liebeserklärung gleich, die er bis jetzt nie ausgesprochen hatte. Bei ihrem Anblick fiel es Nadine schwer, ruhig zu bleiben. Ihr Herzschlag ging schneller.

»Hättest du Lust nachher noch essen zu gehen?«, unterbrach Tim ihre Gedanken und warf ihr einen kurzen Blick zu.

»Oh ja. Gute Idee. Wohin?«

»Paul ist mit ein paar Leuten im ›China Blue‹«, schlug er vor, und dabei sah er sie nicht an, obwohl sie gerade in der Schlange der Autos standen. Er wusste, dass sie größere Gesellschaften nicht so sehr mochte, aber er wusste auch, dass dies eines ihrer Lieblingsrestaurants war.

Nadine lächelte. Nein, diesmal wollte sie nicht nörgeln, auch wenn sie sich ein leiseres Ausklingen des Wochenendes vorgestellt hatte. Doch Paul war Tims Freund, und irgendwann, so hoffte sie, würde sie vielleicht auch das an ihm entdecken, wofür Tim ihn so schätzte.

»Gern.«

In einiger Entfernung tauchten aus dem grauen Dunst mehrere schlanke Silhouetten auf. Fünf Baukräne, zählte Nadine, aus alter Gewohnheit heraus, um die Größe des Bauvorhabens einschätzen zu können, und auf einmal hielt sie inne, denn ihr wurde bewusst, dass sie damit eigentlich nichts mehr zu tun hatte.

Und als sie so dasaß und sich einredete, dass ihr Leben im Moment geradezu traumhaft verlief, baute sich nun vor ihren Augen dieses Gesicht auf und verdrängte schonungslos die heiteren Bilder der Gegenwart. Es war ein Gesicht, dessen Falten, Färbungen und Konturen ihr so vertraut waren, dass sie jede seiner Regungen ohne Worte verstand, und das sie besser kannte als jedes andere. Sie sah die Augen vor sich, wache Augen, von denen sie wusste, dass sie, wenn sie sie anblickten, auch durchschauten. Nur nicht an ihn denken, nicht jetzt, da sie so glücklich war. Sie wehrte sich gegen die Bindung, die sich an ihr festhielt, obwohl eine andere schon längst ihren Platz eingenommen hatte. Langsam löste sich das Bild ihres Vaters wieder auf, und mit den Konturen verschwanden auch die Gedanken an ihn.

Durch die Scheiben, gegen die der feine Regen unentwegt sprühte, nahm sie nun die Fahrzeuge wieder wahr, die sich, zusammen mit ihnen, nur meterweise vorwärts bewegten.

Sie strich ihre kurzen blonden Haare wieder glatt und griff nach den Blackcurrant-Pastillen, die in einer silbernen Box auf der Mittelkonsole lagen. Als ihr Tim im selben Augenblick seine offene Hand hinhielt, lächelte Nadine und legte eine Pastille hinein. Sie genoss die kleinen Gewohnheiten zwischen ihnen. Für sie waren sie alle winzige Beweisstücke für ihre Liebe.

Das Glücksgefühl stellte sich wieder ein, und da Nadine es nicht verglich, konnte sie auch nicht merken, dass es nicht mehr ganz so stark war wie zuvor.

Nachdem sie auf Parkplatzsuche um den ganzen Block gefahren waren, hielt Tim vor dem Haus und ließ Nadine aussteigen.

Das Haus, in dem Tim die Wohnung im ersten und zweiten Stock besaß, war ein schmaler vierstöckiger roter Klinkerbau mit einem kleinen Vorgarten, der durch ein altes schmiedeeisernes Geländer verziert war. Es stand in einer Reihe mehrerer anderer ähnlicher Häuser.

Nadine stieg die wenigen Stufen hoch. An der Haustür drehte sie sich noch einmal um und blickte dem Wagen, in dem Tim saß und der deshalb etwas ganz Besonderes für sie war, so lange nach, bis er hinter dem großen weißen Gebäude an der Ecke verschwunden war. Nadine bemerkte auf der anderen Straßenseite ein paar gut gelaunte junge Leute, die gerade das gegenüberliegende Haus betraten, über dessen Tür das Schild *Bed and Breakfast* prangte. Sie trugen weite, ausgebeulte Hosen, T-Shirts in XX-Large und Rucksäcke. Nadine lächelte. Sie dachte daran, wie es gewesen war, als sie als Teenager zu einem mehrwöchigen Sprachkurs das erste Mal nach London gekommen war. Das Prickeln, das diese verheißungsvolle, unbekannte Stadt damals in ihr ausgelöst hatte, erfüllte sie heute wieder genauso wie zu jener Zeit, vor mehr als zehn Jahren. Vom ersten Augenblick an war sie von dieser Stadt fasziniert gewesen, und dass sie nun hier lebte, empfand sie insgeheim als kleinen Sieg über die Mittelmäßigkeit ihres bis dahin eher ruhigen Lebens.

Nadine trug ihr Gepäck die schmale, steile Treppe in den ersten Stock bis zur Wohnungstür hinauf, sperrte die drei Sicherheitsschlösser auf und trat ein. Wie jedes Mal, wenn sie die Wohnung betrat, nahm sie auch jetzt mit leiser Genugtuung deren Innenleben auf. Nicht, weil die Einrichtung und Bilder so außergewöhnlich waren – es waren eher zweckmäßige, sparsam ausgesuchte Teile –, sondern weil sie Tims Leben widerspiegelten.

Sie selbst hatte kein einziges Möbelstück mitgebracht, als sie vor ein paar Monaten hergezogen war. Ihre Möbel, als stumme Zeugen ihrer Geschichte, passten nicht mehr in ihr jetziges Leben. Sie standen noch immer in ihrem ehemaligen Apartment, das sich in ihrem Elternhaus befand, so wie sie es damals verlassen hatte.

Auf einmal bemerkte Nadine, dass die Luft in dem Raum schal war. Sie stellte die Tasche ab, ging durch den Wohnraum zum Fenster und öffnete es. Es hatte inzwischen aufgehört zu regnen, und der frische Windstoß, der hereinblies, war angenehm kühl.

Nadine hatte ihre Tasche schon längst ausgepackt, aufgeräumt und säuberte gerade eine Etage höher im Bad ihre Reitstiefel, als Tim von draußen hereinkam.

»Nadine?«

»Ich bin hier oben!«

Im Spiegel beobachtete sie ihn, wie er mit einem Schwung seine Reisetasche auf das Bett hievte und die wetterfeste dunkelgrüne Jacke achtlos darüber warf.

»Die Decke wird nass. Kannst du nicht ...« Um Himmels willen, sie klang ja wie ihre Mutter! Nadine biss sich auf die Lippen.

»Was hast du gesagt?«

»Ach, nichts.«

Wenig später stand er neben ihr am Waschbecken.

Ich kenne dich schon so gut, dachte sie voller Zärtlichkeit. Wenn du diese Handbewegung machst, mit der du dir die Haarsträhne aus dem Gesicht streichst, und deinen Haaransatz beäugst ...

Tim fiel nicht auf, dass sie ihn beobachtete.

»Mit Paul habe ich übrigens schon gesprochen und ihm gesagt, dass wir kommen«, meinte er, während er sich die Hände wusch.

»Wann müssen wir denn los?«

»So in einer halben Stunde.«

»Okay. Ich muss nur noch vorher mit meinen Eltern telefonieren.«

»Schon wieder?!«

Nadine überhörte den leisen Vorwurf in seinem Ton und schwieg.

»Findest du das nicht etwas übertrieben?«, bohrte Tim nach.

»Ich muss doch keine Rechenschaft abgeben, wie oft ich mit meinen Eltern telefoniere«, wehrte sie sich mit unerwarteter Heftigkeit.

»Nein, aber dann ...«

Nadine unterbrach ihn. »Es dauert nicht lange«, versicherte sie und fügte dann einlenkend hinzu: »Du verstehst das nicht. Sie machen sich doch sonst Sorgen.«

Tims Miene drückte aus, dass er dafür wirklich nicht viel Verständnis aufbringen konnte. Er verließ nun das Bad, und Nadine hörte, wie er die Stufen hinunter in den Wohnraum ging. Mit einem Strahl Wasser spülte Nadine den Schmutz, der vom Reinigen der Reitstiefel seine Spuren auf dem weißen Emaille hinterlassen hatte, aus dem Waschbecken. Sie spülte so lange, bis auch die kleinen grauen Rinnsale verschwunden waren. Dann drehte sie das Wasser in der Dusche auf, wobei es eine Zeit dauerte, bis sie die Temperatur reguliert hatte, denn die Armaturen waren alt und funktionierten nicht mehr richtig.

Sie zog sich rasch aus und stieg hinein in das dampfend heiße Nass.

Nadine blieb im Flur stehen und wartete, dass ihre Mutter den Hörer abnahm. Allein das Freizeichen, das sie jetzt hörte, vermittelte ihr schon das beruhigende Gefühl der unmittelbaren Nähe zu ihrem Elternhaus. Im Geiste sah sie das Wohnzimmer vor sich mit der großen alten Couch, auf deren Polstern sie als Kind heimlich die Treppe hinuntergerutscht war, dem niedrigen Tisch aus lackiertem dunklen Holz mit dem kleinen Brandfleck, der höchstwahrscheinlich, aber das wusste niemand so genau, von einer Zigarette ihrer Mutter stammte, und dem Regal, in dem das grüne Telefon nun klingelte, und sie sah ihre Mutter, die mit schnellen Schritten herbeigeeilt kam, dabei ihr glattes blondes Haar hinters Ohr strich und dann zum Hörer griff.

»Hier Borchert.«

Es war die Stimme ihres Vaters. Seltsam – um diese Zeit saß er doch normalerweise vor dem Fernseher, und eigentlich gab es nichts, was ihn von der Zwanzig-Uhr-Tagesschau abhalten konnte. Nicht einmal ans Telefon ging er dann. Nadine war überrascht – fast bereute sie es, angerufen zu haben.

»Ich bins. Hallo.« Ihr Ton klang eine Spur zu verhalten, und sie fügte eilig hinzu: »Wie gehts?«

»Wie soll es schon gehen? Nicht so gut wie dir.«

Nadine hasste diesen Satz. Er verursachte ihr jedes Mal Schuldgefühle, und sie erwiderte nichts.

»Du willst wahrscheinlich deine Mutter sprechen.«

»Nein, nein, äh ...«

»Die hat eine Sitzung mit diesem Verein.«

Nadine fragte nicht weiter nach. Sie wusste, dass sich ihre Mutter für die Förderung von Hauptschülern in München engagierte und mehrere der Jugendlichen als Patin betreute.

»Ich wollte mich nur kurz melden, weil sie angerufen hatte. Ich will dich aber jetzt nicht stören. Du schaust doch sicher die Nachrichten.«

»Das ist nun auch schon egal.«

Allein aufgrund seines Tons, in dem eine leichte Kritik mitschwang, die jedoch nichts mit der Zeit ihres Anrufs, sondern mit der Situation an sich zu tun hatte, fühlte sich Nadine sofort unbehaglich, und sie bemühte sich, das Gespräch in eine freundlichere Bahn zu lenken. »Natürlich will ich auch wissen, wie es dir geht. Läuft das Geschäft?«

»Na ja, es geht«, antwortete ihr Vater. Er machte eine Pause – und dann, ganz nebenbei, doch nicht ohne Stolz, brummte er ins Telefon: »Den Auftrag für das Hotel hab ich bekommen.«

»Aber das ist ja super! Dann hat ihnen dein Entwurf also doch gefallen«, begeisterte sich Nadine.

»Anzunehmen. Sie haben mein Angebot auf jeden Fall, so wie es war, akzeptiert.«

»Gratuliere.« Erleichterung schwang in ihrer Stimme mit, während sie sich gleichzeitig ein wenig ärgerte, dass ihr Vater wohl nicht in der Lage war, seine Freude über einen Auftrag, um den er fast ein Jahr lang gekämpft hatte, offen auszudrücken und so mit ihr zu teilen. Nadine erinnerte sich gut, wie sie ihm bei dem Modell geholfen hatte. Kurz nach ihrer Diplomarbeit war es gewesen.

Ganze Nächte hatten sie über den Entwürfen verbracht, hatten gezeichnet und diskutiert, gezeichnet und diskutiert. Nadine hatte sich zu diesem Zeitpunkt sehr stolz gefühlt – überhaupt, sie waren ein gutes Team gewesen, damals.

Ihr Vater beschrieb nun die Einzelheiten seiner Vertragsverhandlung, und Nadine hörte erfreut zu – und mit jedem Wort kamen die Dinge, die hinter ihr lagen, wieder näher.

Ohne es zu merken, war sie schon eine ganze Weile telefonierend im Flur umhergegangen. Jetzt blieb sie an der Tür zum Wohnraum stehen und betrachtete Tim, der über den Esstisch gebeugt stand und die Tageszeitung überflog. Nadine sah, wie sich der glatte Stoff seines Hemdes über seinem Rücken spannte, und allein schon in dem Bewusstsein, dass sie nur ihre Hand auf seine Schulter zu legen und langsam seinen Rücken hinabzustreichen bräuchte, und er würde sich ihr zuwenden, und seine Augen würden ein Spiegel ihrer Gefühle sein, lag ihr Glück. Als er nun aufblickte, freute sie sich über sein Lächeln. Es kam ihr zwar etwas verhalten vor, aber dann glaubte sie, sich getäuscht zu haben.

»Tja, und jetzt stehe ich vor einem großen Problem«, hörte sie ihren Vater sagen.

Was ist es denn jetzt schon wieder? Um ihren Mund erschien plötzlich ein angespannter Zug.

Kann es nicht einmal ein Gespräch geben, das einfach nur angenehm verlief? Und sie erinnerte sich an das letzte Telefonat, in dem er ihre Einladung, sie zu besuchen, schroff abgelehnt hatte – mit der Begründung, es gäbe schließlich keinen besonderen Grund für ihn, nach London zu reisen. Das hatte sie damals sehr getroffen.

Ihr Vater schwieg noch immer.

»Wieso?«, fragte sie gepresst und bemühte sich, nicht gereizt zu klingen.

»Was glaubst du, wie viel Arbeit das ist? Ich weiß noch gar nicht, wie ich das schaffen soll. Mir wächst hier alles über den Kopf. Bis eben habe ich am Schreibtisch gesessen.«

»Sag mal, hast du immer noch niemanden für mich eingestellt?«

»Nein. Mir reichen die, die ich bereits beschäftige. Was glaubst du, was da alles zusammenkommt.«

»Das kann doch nicht sein!« Wie immer, wenn sie sich ärgerte, wurde ihre Stimme etwas höher und etwas lauter.

»Außerdem, finde mal jemanden, der gut ist.«

»Da gibt es doch genügend Leute, und bei der momentanen Arbeitslosigkeit erst recht.«

»Hast du eine Ahnung! Und wenn jemand gut ist, kannst du ihn nicht bezahlen. Die haben alle Vorstellungen! Die bleiben doch lieber arbeitslos, da verdienen sie mehr.«

»Stimmt. So billig, wie ich für dich gearbeitet habe, arbeitet mit Sicherheit niemand!«

»Hohe Gehälter muss man sich erst verdienen.«

Tim kam nun aus dem Wohnraum. Sein Blick ließ unzweifelhaft erkennen, dass er diese unsinnigen Diskussionen schon kannte und demzufolge auch keine Minute länger auf sie warten würde.

»Du, ich muss jetzt aufhören. Wir sind zum Essen verabredet.«

»Na dann, schönen Abend!« Aus dem Hörer drang nur noch ein Knacken. Er hatte aufgelegt.

Das plötzliche Ende des Gesprächs wirkte auf sie so brutal, dass sie irritiert stehen blieb und Tim, der die Wohnung verließ, einfach nur hinterherstarrte.

»Was ist denn jetzt?« Tim hielt die Haustür auf. Er war leicht gereizt.

»Sorry.« Nadine verspürte gar keine Lust mehr auszugehen. Mit einem flüchtigen Lächeln überspielte sie jedoch ihr Unbehagen, schnappte sich ihre kleine Handtasche von Gucci, die Tim ihr geschenkt hatte, und folgte ihm.

»Was ihr nur immer zu reden habt! Langsam wird es mal Zeit, dass du dich abnabelst.«

»Nur weil ich so ein gutes Verhältnis zu meinen Eltern habe, heißt das noch lange nicht, dass ich mich nicht abgenabelt habe. Du könntest dich übrigens auch mehr um deine Eltern kümmern«, brauste Nadine auf.

Tim warf ihr einen erstaunten Blick zu, während er den kleinen Schlüssel im Sicherheitsschloss oben an der Tür zweimal umdrehte. »Wieso? Die sind doch zufrieden.«

Die Unbefangenheit, mit der er das sagte, stimmte Nadine ein wenig traurig. Fast beneidete sie ihn darum.

Warum musste sie auch nach jedem Gespräch mit ihrem Vater ein schlechtes Gefühl haben?, fragte sich Nadine, als sie mit Tim nun im Fond eines typischen englischen Black Caps saß, das sich durch den lebhaften Verkehr auf der Kensington High Street bewegte. Seit sie durch den Umzug nach London zum ersten Mal ihren eigenen Weg ging, ließ ihr Vater sie ständig spüren, dass sie ihn im Stich gelassen hatte. Doch hatte er nicht Recht? Schließlich war sie es, die gegangen war und ihn mit seiner vielen Arbeit sitzen gelassen hatte.

Die Straße schlängelte sich über den Hügel von Notting Hill, vorbei an seinen weiß getünchten eleganten Backsteinhäusern mit den durch schwarze schmiedeeiserne Zäune geschützten Ziergärten.

»Die anderen werden wahrscheinlich schon längst da sein«, unterbrach Tim ihre Gedanken.

»Kann schon sein«, entgegnete Nadine wortkarg.

Sie saß da, die Hände um ihre Schultern geklammert, sodass die Arme über der Brust verschränkt waren, und sah schweigend aus dem Fenster.

Tim wusste, was sie bedrückte. »Und? Wie geht es deiner Mutter?«

»Ich habe mit meinem Vater gesprochen.«

»Ach, deshalb.«

Nadine blickte ihn an. Um Tims Lippen spielte ein sonderbares Lächeln.

»Was meinst du mit ›deshalb‹?«

»Deshalb bist du so schlecht drauf.«

»Quatsch.«

»Jedes Mal, wenn du mit ihm gesprochen hast, läufst du zwei Tage lang mit schlechter Laune herum«, stellte Tim ruhig fest.

Obwohl sie im Innersten wusste, dass es so war, wollte sie es sich nicht eingestehen. »Bin ich jetzt vielleicht schlecht drauf?«

Sie lachte kurz auf, lehnte sich zu Tim hinüber und drückte ihm einen geräuschvollen Kuss auf die Wange.

In einer belebten Straße, in der sich eine Kneipe an die andere reihte, stiegen sie aus dem Taxi. Viele Menschen trafen sich dort um diese Zeit, begrüßten einander mit einer Umarmung oder einem Händeschütteln und standen in kleinen Gruppen zusammen, um dann gemeinsam in den jeweiligen Restaurants und Bars zu verschwinden. Als Nadine jetzt mit Tim durch dieses bunte Menschengetümmel auf den mit Girlanden geschmückten Eingang des »China Blue« zuging, ihre Hand von seiner fest umschlossen, verdrängte die Gegenwart die Vergangenheit, und sie fühlte sich auf einmal wieder sehr lebendig.

Obwohl das »China Blue« aus einem Raum bestand, der die Größe eines Saales hatte, war es aufgrund seiner guten und preiswerten Küche fast immer voll besetzt. Gegen Mitternacht hielten sich allerdings außer Nadine und Tim, die mit ihren Freunden an einem runden Tisch saßen, nur wenige Leute in dem Restaurant auf. Die leeren Tische um sie herum trugen noch die Spuren der letzten Gäste, sie mahnten zum Aufbruch. Nadine blickte in die matten Gesichter der Freunde, die, erschöpft vom Essen, vom Alkohol und von den vorangegangenen lautstarken Diskussionen, mit letzter Energie versuchten, sich gegenseitig Gehör zu verschaffen. Sie langweilte sich und war müde, doch da Tim sich noch gut zu unterhalten schien, sagte sie nichts. Paul, den er seit Studententagen kannte, bot ihm gerade an, ihm zu einer Mitgliedschaft in seinem Golfclub zu verhelfen, dafür sollte Tim für ihn im Gegenzug eine der hoch gehandelten Mitgliedschaften in dem Nachtclub erwirken, der zurzeit besonders in war.

Nichts ist umsonst, dachte Nadine mit leichtem Bedauern und wandte sich ab. Sie fing den Blick von Pauls Freundin Marietta auf, die sich eigentlich zur anderen Seite des Tisches hin unterhielt, aber gleichzeitig und mit zunehmendem Misstrauen ihrem Freund mit einem Ohr zuhörte.

Marietta war ständig eifersüchtig, ein Gefühl, das Nadine nicht kannte, vielleicht aber auch nur deshalb, weil sie niemals einen Anlass dazu gehabt hatte. Während die zierliche Griechin über alles offen sprach, gab Nadine von sich nur wenig preis, denn trotz unzähliger Treffen blieb Marietta ihr fremd. Wahrscheinlich, weil ihr Leben sich um andere Dinge drehte als darum, wo man wann hingeht, was man wo trägt und wie man sich fit und jung hält.

Um nun Mariettas Argwohn gegenüber Paul nicht überkochen zu lassen, bemühte sich Nadine, ihr zu erklären, dass das Interesse an so einer Mitgliedschaft nachlässt, sobald man sie hat, aber dass das Ringen um diese in London einfach zum gesellschaftlich guten Ton gehörte und die Mitgliedschaft in einem hoch angesehenen Club einem Ritterschlag der Queen fast gleichkam.

Letzteres war für Marietta ein beruhigendes Argument, und Nadine trank den letzten Schluck Wein aus ihrem Glas und hoffte, dass sie bald aufbrechen würden.

»Nadine, wir fahren am nächsten Wochenende alle zusammen aufs Land!«, rief Paul.

Nadine warf Tim einen fragenden Blick zu. Hatten sie nicht überlegt, eventuell nach München zu fliegen?

»Ist doch eine gute Idee!« Lachend trank Tim ihr zu. Weder er noch die anderen bemerkten, dass Nadine ihr Glas gar nicht hob, weil es leer war.

»Schön«, antwortete Nadine und riss sich zusammen, um nicht laut auszusprechen, was sie empfand: Ich würde viel lieber nach Hause fahren. Und damit meinte sie: zu ihren Eltern.

Mit der Müdigkeit kam auch die Melancholie. Nadine dachte an das Gespräch mit ihrem Vater, und plötzlich tauchten sie vor ihrem geistigen Auge auf: die großen Büroräume mit den alten, schon längst überholten Zeichentischen, den Plänen an den Wänden, den Regalen, in denen die Aktenordner eng aneinander gepresst standen, und dann sein Büro mit dem wuchtigen Schreibtisch, auf dem zwischen unerledigter Post, dringenden Aktennotizen und mahnenden Rechnungen ein altes Schwarz-Weiß-Foto von ihr in einem silbernen Rahmen stand, und schließlich ihr Vater, sein sorgenvoller Blick ... All diese Bilder fügten sich zu einem bedrückenden Ganzen zusammen.

»Schatz, willst du noch was?«

Tim machte sie auf die junge Asiatin in dem langen, roten, bestickten Seidenkleid aufmerksam, die nun neben ihr stand, und, bereit zum Nachschenken, eine weitere Flasche von dem wunderbaren Barolo in der Hand hielt. Mit einem Blick sah Nadine, dass die Zigarren, die sich die Männer in der Zwischenzeit angesteckt hatten, noch auf eine gute halbe Stunde des Ausharrens schließen ließen, und sie gab sich geschlagen.

»Danke.«

Je länger sie nun dasaß und zuhörte, wie Tims Freunde über nichts anderes als ihre Vergnügungen sprachen, desto schäbiger kam sie sich ihrem Vater gegenüber vor und desto größer spürte sie die Kluft zwischen sich selbst und ihnen.

Nadine lag schon im Bett, unter dieser federleichten riesigen Decke, deren Stoff sich so herrlich glatt auf ihrer Haut anfühlte, dass er allein normalerweise schon eine Liebkosung für sie bedeutete. Doch jetzt empfand sie den feinen Damast als kühl, jetzt fröstelte sie. Sie zog die Knie an und rollte sich ein. Das half nicht wirklich, aber es gab ihr zumindest das Gefühl, sie könne das bisschen Wärme, das noch in ihr war, bei sich halten. Als Tim kam und sich zu ihr legte, blieb sie einfach regungslos liegen. Er ließ sich nicht anmerken, ob ihn ihre Stimmungswechsel bedrückten. Wie immer schmiegte er sich an sie, und da lagen sie nun, Körper an Körper – und die Hitze, die von ihm ausging, löste allmählich den Druck in ihr, sodass sie anfing, sich zu entspannen. Sie sah ihn nicht an, als sie leise nachhakte: »Ich dachte, wir wollten nächstes Wochenende nach München.«

»Das läuft uns doch nicht davon. Fliegen wir eben eine Woche später.«

Langsam begann er, sie zu streicheln, er strich über ihre Schultern, ihren Rücken und ihren Po, ganz leicht, aber unaufhörlich, und sie ließ es einfach nur geschehen, bis sie diese große Zärtlichkeit in sich aufsteigen spürte. Dann drehte sie sich zu ihm und stemmte sich mit ihrem Oberkörper etwas hoch, damit sie sein Gesicht besser sehen konnte. Im Leuchten seiner dunklen Augen lagen unzählige Verheißungen: Lust oder Liebe, Verlangen oder Zärtlichkeit? Schweigend überließ er sie Nadines Interpretationen. Und nun streichelte sie ihn. Streichelte sein Gesicht, seine Brust, küsste ihn spielerisch, bis sie den drängenden Druck seiner Lippen spürte, und mit wachsender Leidenschaft überkam sie eine Mischung aus Glück und Erleichterung. Er presste seinen Körper an ihren, und ihr war, als verflüchtigte sich mit der Berührung auch noch der letzte Rest Spannung in ihr. Sie folgte seinen Bewegungen, erwiderte sie, bis selbst ihr Atem den gleichen Rhythmus hatte. Eine Woge, die sie hob und senkte, erfasste sie beide und trug sie fort, und um nichts in der Welt würden sie ihre Körper voneinander lösen, bevor sie keuchend zur Seite rollten und ineinander verschlungen liegen blieben. Das innige Gefühl der Anziehung und der Geborgenheit war wiederhergestellt.

KAPITEL 2

Am Morgen war Nadine von einer bleiernen Müdigkeit erfüllt, die sie auch noch im Bett hielt, als Tim schon längst gegangen war. Mit einem kleinen Kuss auf ihre nackte Schulter hatte er sich verabschiedet und sie weiterschlafen lassen. Nadine dehnte zufrieden ihren matten Körper. Die Müdigkeit ihrer Glieder, in denen sie noch die nächtliche Leidenschaft spürte, gaben ihr ein wohliges Gefühl. Ihr Blick fiel auf ihre Armbanduhr, die Viertel nach acht zeigte, und sie erschrak. Sie sprang aus dem Bett, eilte, nackt wie sie war, ins Bad und stellte sich unter die Dusche, wo sie nicht einmal darauf wartete, dass sich das Wasser erwärmte, sondern ihren Körper rasch abbrauste. Kurz darauf verließ sie das Haus, ohne das Frühstück, das Tim für sie stehen gelassen hatte, angerührt zu haben.

Draußen war es kühl, die Straßen lagen im Schatten, und der herannahende Herbst, der einen ganz eigenen Geruch hatte, erfüllte die Luft. Als Nadine aus der schmalen Seitenstraße auf die breite Cromwell Road trat, öffnete sich der Himmel, und das warme Licht der Septembersonne fiel etwas weiter hinten auf die prachtvolle Fassade des Victoria and Albert Museums. Trotz des Zeitdrucks erfreute sie sich an dem Bild der Straße, dem Verkehr, den Menschen, und sie hatte das erhabene Gefühl, die ganze Stadt gehöre ihr. Im Laufschritt näherte sich Nadine der U-Bahn-Station South Kensington.

Das neue Industrieviertel lag außerhalb der Stadt, westlich von London, kurz vor Heathrow. Jedes Mal, wenn Nadine zwischen den modernen Gebäuden hindurchschritt, kam sie sich vor wie in einer anderen Welt. Die großen Hallen erhoben sich wie metallisch glänzende Raumstationen über dem Boden. Überragt wurden sie nur von den spiegelnden und gläsernen Bürokomplexen aus Stahlkonstruktionen; nichts war dem Zufall oder der Natur überlassen, alles vielmehr bis in das letzte Detail geplant. Eine bizarre, neue Welt, die Nadine faszinierte und an der sie sich nie satt sehen konnte. Doch so sehr sie sich auch für die Architektur begeisterte, so sehr löste diese immer wieder Betroffenheit darüber in ihr aus, dass sie das, was sie liebte, nicht tun konnte. In diesen Momenten kamen ihr die eindrucksvollen Gebäude wie spöttische Zeugen ihrer Hilflosigkeit vor. Kritiker waren sie, die ihr mit stolzer Überlegenheit zeigten, was das Leben alles an Großem bereithielt. Nadine bewunderte die Menschen, die so etwas geschaffen hatten, und sie träumte davon, es ihnen gleichzutun.

Seit sie hier in London lebte, hatte sie sich bei verschiedenen renommierten Architekturbüros vorgestellt, in einigen auch auf Empfehlung von Tim, der wegen seines Jobs bei der Bank über die besten Kontakte verfügte, doch selbst die stellten zurzeit niemanden ein, was die desolate Situation der gesamten Baubranche verdeutlichte. Die Auftragslage war rückläufig, was Nadine schon an den vielen leer stehenden Bürogebäuden und den wenigen Baustellen sehen konnte. Das könne sich von heute auf morgen ändern, hatte Tim sie kürzlich aufgemuntert, denn allein den ihm vorliegenden Anträgen für Baufinanzierungen zufolge könne man meinen, die Leute wollten ganz London neu erbauen. So blieb Nadine zuversichtlich.

Und dann erfreute sie sich wieder an den Konstruktionen, freute sich über jedes neue Detail, das sie fand, und konnte sich nur schwer lösen, um durch die schwere Eisentür in eine der Hallen einzutreten.

Heute blieb ihr jedoch keine Zeit, sich darüber Gedanken zu machen. Den ganzen Weg von der Haltestelle bis zur Halle war sie gerannt und trat nun erhitzt und außer Atem durch die Tür, hinter der sich das Lager des Versandhauses befand.

Drinnen war es düster und trostlos. Der Geruch von Metall, Kunststoff und des Dampfes der Bügelmaschinen rief in Nadine die Erinnerung an eine Autowaschanlage wach. Die Halle war ungewöhnlich hoch, ausgestattet mit mehreren aus Gerüsten gebauten Etagen, sodass man an die Kleider gelangen konnte, die per Knopfdruck an Rollschienen hängend transportiert und am Ende der Halle automatisch in Plastikfolien geschweißt wurden. Unter schepperndem Lärm wurden unzählige Kleidungsstücke hin und her bewegt. Dieses Szenario, das jedem einzelnen Teil seine Individualität und somit seinen Zauber nahm, bedrückte Nadine. Wie sie so zu tausenden nebeneinander auf Plastikbügeln hingen, kamen die Kleider ihr vor wie seelenlose Hüllen, darauf wartend, dass ein Mensch sie zum Leben erweckte.

Der Mann vom Sicherheitsdienst, der in dem kleinen Büro gleich hinter dem Eingang saß, bemerkte sie nicht. Erst wenn die Mitarbeiter das Gebäude verließen, achtete er darauf, dass jeder auf den Knopf des Zufallsgenerators schlug, der irgendwann beliebig mit lautem Geheule Alarm schlug und denjenigen ausmachte, der dann kontrolliert werden sollte. Jetzt war der Sicherheitsmann jedoch in die *Sun* vertieft und schaute nicht einmal auf, als Nadine an ihm vorbeieilte. Auf schmalen Eisengittern lief sie zu einem kleinen Raum an der Seite des Lagers, der als Garderobe und gleichzeitig als Aufenthaltsraum diente. Hastig schlüpfte sie aus ihrer Jeansjacke, die sie zusammen mit ihrer Tasche in einem der vielen Spinde verschloss. Sie war zwanzig Minuten zu spät. Nadine atmete tief durch. Dann ging sie durch die Lagertür in den Shop.

Der große, hell erleuchtete Raum wirkte wie die Etage eines edlen Kaufhauses. Sanfte Musik rieselte den ganzen Tag über ohne Unterbrechung aus unsichtbaren Lautsprechern, und die ständige Wiederholung degradierte selbst den besten Song zu einer nervenden Geräuschkulisse.

Nadines Blick schweifte durch den Raum: Kundinnen waren noch keine da, denn die Damen, die das Privileg hatten, hier zu vergünstigten Preisen einzukaufen, kamen meist erst später; aber Sandra Wolver, die Shop-Leiterin, stand unweit von ihr, neben der Kasse. Schnell verzog Nadine sich und eilte unbemerkt in eine andere Richtung zu Jenny, die gerade dabei war, einen großen Karton neuer Ware auszupacken und zu etikettieren. Nadine mochte Jenny, die immer gut gelaunt war, obwohl sie es mit ihren vierundzwanzig und als allein erziehende Mutter nicht so einfach hatte. Sie lebte mit Marvin, ihrem dreijährigen Sohn, in einem winzigen Apartment und kam jeden Monat immer nur ganz knapp über die Runden. Von seinem Vater – sie hatten sich noch vor Marvins Geburt getrennt – lehnte sie jede Unterstützung mit dem kurzen Kommentar ab: »Ich verkaufe doch nicht unsere Freiheit.«

Jenny war die Einzige, mit der Nadine sich manchmal unterhielt, denn hier unter den Kolleginnen machte sie schon der Tatbestand, dass sie studiert hatte, zur Außenseiterin. »Die meint, sie ist besonders schlau«, wurde des Öfteren hinter ihrem Rücken getuschelt. Nadine wusste das, doch wenn sie es mitbekam, tat sie jedes Mal so, als hätte sie es nicht gehört.

»Hi, Jenny.« Um nicht noch mehr Zeit zu verlieren, nahm sie gleich einen Stapel Pullover aus dem Karton.

»Morgen«, begrüßte Jenny sie freundlich. Und nach einer Weile fügte sie hinzu: »Du wurdest schon vermisst.«

»Dachte ich mir schon ... Wenn man länger bleibt, merkt es kein Mensch. Aber wehe, man kommt nur eine Minute zu spät.«

»Ich hab ihr gesagt, du bist schon hier und nur irgendwo unterwegs.«

»Danke.«

Nadine nahm einen Pullover aus der Plastikhülle, faltete ihn und legte ihn säuberlich in das Regal. Die Anspannung, die bis eben noch ihren Magen eingeschnürt hatte, ließ langsam nach. Sie blickte Jenny an. »Du solltest dich nicht mit ihr anlegen. Ich will nicht, dass du meinetwegen Ärger kriegst.«

»Solange ich mich nicht darüber ärgere, ist es doch völlig egal«, meinte Jenny unbekümmert und lachte.

»Trotzdem. Du musst aufpassen«, erklärte Nadine ernst.

Mit einem scharfen Messer schnitt sie den nächsten Karton auf. Obwohl ihr Zuspätkommen keine Konsequenzen hatte, ärgerte sie sich: Sie ärgerte sich über sich selbst, über ihr Schuldgefühl von vorhin, nur weil sie läppische zwanzig Minuten zu spät gekommen war; sie ärgerte sich, dass sie sich immer für alles rechtfertigen musste, und sie ärgerte sich, dass sie letzte Woche der Inventur wegen jeden Tag länger gearbeitet hatte, weil sie sich eben nicht um Arbeitsstunden scherte, sondern das, was anfiel, erledigte, und sie nahm sich vor, in Zukunft pünktlich aufzuhören. Und dann spürte sie diese ständig wiederkehrende Sehnsucht nach einer partnerschaftlichen und zugleich erfolgreichen Zusammenarbeit – einer Zusammenarbeit wie der mit ihrem Vater.

Seit Stunden hatten sie unentwegt Kartons geschleppt, Kleidungsstücke ausgepackt und einsortiert. Jetzt hielt Nadine inne. Das Grummeln in ihrem Magen erinnerte sie daran, dass sie nicht gefrühstückt hatte, und sie dachte an den Frühstückstisch, den sie unberührt stehen gelassen hatte. Sie wollte vor Tim zu Hause sein, um den Tisch abzuräumen. Nadine hätte jetzt gern etwas gegessen, doch das war im Shop verboten. Ihr Rücken schmerzte von dem vielen Bücken, und sie versuchte, ihre Glieder so zu drehen, zu dehnen und zu strecken, dass die Verspannung ein wenig nachließ.

»Na das muss ja gut tun, so ein bisschen in der Ecke herumstehen«, meinte Sandra Wolver, die gerade eine Kundin an ihnen vorbeiführte, mit unüberhörbar sarkastischem Unterton. Angesichts ihrer angespannten Haltung und des erschöpften Gesichtsausdrucks hätte sie Nadine in Ruhe lassen und weitergehen müssen, doch stattdessen fügte sie noch hinzu: »Bist du damit immer noch nicht fertig? Du musst aber noch die Dekoration da drüben umstellen! Irgendwie gefällt mir die Farbgebung nicht.«

Der arroganten Kopfbewegung folgte ein charmantes Lächeln, mit dem sie die Kundin zu den Ständern mit den sportlichen Blazern geleitete.

»Miststück!«, zischte Nadine ihr lautlos hinterher. Zu Hause würde sie so einer Person nicht mal Guten Tag sagen, dachte sie und ärgerte sich umso mehr, weil sie hier einen Job ausübte, für den sie nicht die geringste Anerkennung erhielt, während sie von ihrem Vater gebraucht wurde, und zwar für eine Arbeit, die sie noch dazu liebte. Mit einem Mal war ihre Wut verflogen, und sie wurde traurig.

»Was mach ich eigentlich hier?«, fragte sie sich leise.

In solchen Situationen hätte sie am liebsten alles hingeworfen, wäre da nicht ihr Stolz gewesen, der ihr verbot aufzugeben.

Es war auch ihr Stolz, der sie daran hinderte, Tim von diesen kleinen boshaften Hieben zu erzählen, denn seiner Meinung nach hätte sie diesen Job überhaupt nicht annehmen dürfen. Er verdiente viel Geld, und es hätte ihm nichts ausgemacht, im Gegenteil, er hätte sie sogar gern so lange finanziert, bis sie eine ihrer Ausbildung entsprechende Arbeit gefunden hatte. Wenn es nach ihm gegangen wäre, hätte sie tun können, was ihr Freude bereitet. Ihm war nur wichtig, dass sie glücklich war. »Mach doch einfach, was dir Spaß macht«, hatte er anfangs immer gedrängt, wenn er gesehen hatte, dass es sie bedrückte, keine Arbeit zu haben. Und als er mit der Zeit bemerkt hatte, dass sie sich nicht einfach nur amüsieren konnte, hatte er ihr vorgeschlagen: »Wenn du unbedingt etwas Sinnvolles tun willst, dann melde dich doch für einen Kurs an oder studiere noch einmal irgendwas.« Doch Nadines Glück war von anderen Dingen abhängig. Sie vermochte nicht einfach zu nehmen, ohne ein schlechtes Gefühl zu haben, wenn sie nicht im gleichen Maße geben konnte. Nadine musste sich ihr Glück verdienen.

Die Kartons waren nun alle ausgepackt. Nadine legte die letzte der neuen Hosen ins Regal und ging gleich dazu über, die leeren Kartons zusammenzuklappen. Sie arbeitete schnell und effizient. Jeder Handgriff saß. Neben ihr faltete Jenny gemächlich die Pullover zusammen und blickte in die Richtung, in die Sandra Wolver verschwunden war.

»Noch bissiger und man müsste sie wegsperren.« Jenny drehte sich jetzt zu Nadine um. »Ich helf dir nachher bei der Deko.«

»Ich hab gehört, dass sie so einen megastrengen Vater hat, der sie früher oft geschlagen haben soll«, warf Nadine ein.

»Na und? Das ist doch kein Grund, sein gesamtes Umfeld so zu schikanieren. Also sorry, die Wolver ist eine erwachsene Frau. Man kann die Schuld an seinen Handlungen nicht immer auf die Eltern schieben. Irgendwann ist Schluss damit.«

»Aber wir werden trotzdem durch unsere Kindheit geprägt.«

»Die Therapeutennummer kannst du dir bei der sparen«, brauste Jenny auf. »Was soll ich denn da sagen? Jeder hat schließlich irgendwann irgendwas Unschönes in seiner Kindheit erlebt.«

Nadine schwieg. Sie wusste, dass Jenny, die ohne Vater aufgewachsen war, unter einer hysterischen Mutter gelitten hatte, deren Stimmung von der Gunst häufig wechselnder Männer abhängig gewesen war. Vielleicht lebte Jenny heute deshalb allein, dachte Nadine, hütete sich aber davor, diesen Gedanken auszusprechen.

»Hier geht es um was anderes«, fiel Jenny noch ein. »Hier geht es darum, dass man Verantwortung für sich und für sein Handeln übernimmt.«

»Du hast ja Recht«, meinte Nadine sanft und begann, die Kartons aufeinander zu schichten.

Wie froh konnte sie sein, dass es bei ihr anders gewesen war. Ihr Vater hatte nie die Hand gegen sie erhoben, obwohl er es mit ihr nicht leicht gehabt hatte. Aufmüpfig war sie als Jugendliche gewesen und hatte sich gern allen Autoritäten widersetzt. Nadine sah sich als Vierzehnjährige in einem Restaurant beim Mittagessen mit ihren Eltern und deren Freunden. Es war ein schöner Frühlingstag, die Kastanienbäume blühten, und alle waren gut gelaunt. Sie war gerade aus der Schule gekommen und saß ihrem Vater gegenüber. Am Vortag hatte sie den Unterricht geschwänzt, und an diesem Morgen hatte sie in der Schule eine Entschuldigung mit der gefälschten Unterschrift ihrer Mutter abgegeben. Das machte sie immer so. Die Signatur ihrer Mutter konnte sie inzwischen im Schlaf fälschen. Sie war zwar in der letzten Woche beim Blaumachen erwischt worden, doch gerade deswegen fühlte sie sich besonders sicher, dass niemand auf die Idee kommen würde, sie wäre so dreist, es sich gleich wieder zu erlauben. Und genauso war es gewesen. Niemand hatte etwas bemerkt. So saß sie am Tisch, ließ sich das Hühnchen mit Pommes frites schmecken, hütete stolz ihr Geheimnis und fühlte sich allem und jedem überlegen.

»Ich glaube, ich habe vergessen, dir etwas zu sagen.« Ihr Vater beugte sich plötzlich über den Tisch zu ihr herüber, sprach dabei aber in einem verhaltenen Ton, sodass die anderen nichts mitbekamen.

Nadine sah ihn fragend an.

»Ich war doch letzte Woche bei deinem Lehrer, du weißt schon, warum ...«

Klar. Es war wegen des Schuleschwänzens gewesen. Sie wunderte sich, warum er ausgerechnet jetzt darauf zu sprechen kam. Noch immer hatte sie keine Ahnung, worauf er hinauswollte, doch nun, unter seinem ernsten Blick, wurde sie langsam nervös. Und dann kam es:

»Tja, und da habe ich mit ihm vereinbart, dass in Zukunft nur noch meine Unterschrift auf einer Entschuldigung zählt und nicht mehr die deiner Mutter. Und dass er mich gleich informieren soll, sollte wieder einmal die Unterschrift deiner Mutter irgendwo auftauchen.«

Er wusste Bescheid. Siedend heiß lief es ihr den Rücken hinunter und gleichzeitig hinauf, bis zu den Haarwurzeln. Nadine hatte auf einmal das Gefühl, ihre Wangen, ihr ganzes Gesicht würden glühen. Würde man sie jetzt von der Schule werfen? Zu der Panik, die sie plötzlich erfasste, kam noch die große Peinlichkeit, ertappt worden zu sein. Am liebsten wäre sie untergetaucht, hätte sich eingegraben, irgendwo ganz tief unten im Erdreich. In der sicheren Befürchtung eines riesigen Donnerwetters blinzelte sie ihren Vater vorsichtig an.

»Das habe ich wohl vergessen, dir zu erzählen«, stellte er noch einmal ganz sachlich fest. Und mehr sagte er nicht.

Nadine saß ihm beschämt gegenüber und fühlte sich so klein und so schlecht, dass sie sich schwor, nie mehr auch nur eine Stunde zu schwänzen – und ihr Vater? Der unterhielt sich mit seinen Freunden, als wäre nichts geschehen, und nur noch einmal, ganz kurz, wandte er sich ihr zu.

»Ach, deinem Lehrer habe ich übrigens erklärt, dass ich vergessen hätte, deine Mutter zu informieren, und dass es diesmal wirklich ihre Unterschrift wäre.«

Danach erwähnte er diesen Vorfall nie wieder.

Ja, sie hatte einen Vater, auf den sie stolz sein konnte und um den ihre Freundinnen sie beneideten.

Nadine hatte alle Kartons aufeinander gelegt und hob sie nun auf.

»Komm! Lass uns das Zeug wegbringen! Hilfst du mir bitte?« Sie hatte Mühe, den Stapel Kartons allein zu halten. Die harten Kanten drückten unangenehm auf ihre Handflächen, sodass sie etwas ungehalten rief: »Jenny!«

Keine Antwort. Jenny wirkte abwesend. Sie stand vor einem Pullover, den sie bereits zur Hälfte zusammengelegt hatte, und starrte ihn einfach nur an. Mit zunehmender Verwunderung sah Nadine, wie Jenny nun den zweiten Ärmel nahm, ihn umständlich faltete und es nicht schaffte, ihn symmetrisch dem anderen Ärmel anzugleichen, und für einen Moment fragte sie sich, ob Jenny etwa getrunken hatte.

»Hey! Was tust du denn da?«

Jenny machte Anstalten, sich zu Nadine umzudrehen, dabei schwankte sie. Fast hätte Nadine aufgelacht, doch als sie in Jennys blasses Gesicht blickte, auf dessen Stirn sich kleine Schweißperlen gesammelt hatten, wurde ihr plötzlich klar, dass Jennys Bewegungen nichts mit der hilflosen Ungeschicklichkeit Betrunkener zu tun hatten, und sie erschrak: Jennys Augen hatten ihren Glanz verloren, ihre Bewegungen waren fahrig. Dies war eine völlig andere Hilflosigkeit, die hier zum Ausdruck kam. Die Kartons fielen zu Boden und stürzten in sich zusammen, als Nadine auf Jenny zueilte, um sie zu stützen.

»O Gott!«

Nadine spürte das Zittern, das durch Jennys Körper lief, und fühlte, wie ihr Herz schneller schlug. »Du brauchst was zu essen. Hast du was zu essen dabei?«

Jenny nickte und fasste mechanisch in ihre Jackentasche, in der sie angestrengt nach etwas tastete. Mit Mühe zog sie schließlich ein Päckchen Traubenzucker hervor, war jedoch nicht in der Lage, es zu öffnen. Nadine nahm es ihr aus der Hand. Sie war jetzt vollkommen konzentriert, jede ihrer Bewegungen war ruhig, auch wenn es dauerte, bis es ihr gelang, das Papier vom Traubenzucker zu lösen.

»Die könnten sich auch mal 'ne einfachere Verpackung einfallen lassen«, schimpfte sie.

Jetzt endlich hatte sie den dünnen gelben Faden gepackt, der die durchsichtige Hülle teilte. »Hier.« Sie schob Jenny ein Stück Traubenzucker in den Mund und drückte ihr die restlichen in die Hand. »Du setzt dich am besten dahin.«

Folgsam nahm Jenny auf dem Hocker vor der Umkleidekabine Platz.

Während Jenny dasaß und, nach Fassung ringend, langsam ein- und ausatmete, schichtete Nadine die Kartons wieder aufeinander, als wäre nichts geschehen, dabei hätte sie Jenny viel lieber in den Arm genommen, um sie und um sich selbst zu beruhigen. Da sie aber wusste, dass Jenny Mitgefühl leicht mit Mitleid verwechselte und darauf ziemlich allergisch reagierte, ließ sie sich ihre Betroffenheit nicht anmerken. Nur hin und wieder warf sie ihr einen besorgten Seitenblick zu, um sich zu vergewissern, dass alles in Ordnung war. Diese plötzliche Konfrontation mit solch einer Gefahr, der Bedrohung eines Lebens, hatte Nadine sehr nachdenklich gestimmt, und auf einmal sehnte sie sich beinahe schmerzlich nach ihren Eltern: Sie hatte sie schon viel zu lange nicht mehr gesehen.

Sandra Wolver war es, die ihre Gedanken zerstreute, als sie nun auf Jenny zusteuerte. »Was hast du im Mund?«, fuhr Sandra Wolver sie an.

»Traubenzucker.«

Jenny war noch sehr blass, aber ihre Augen waren schon etwas klarer, und langsam trat auch wieder Farbe in ihr Gesicht. Nadine beobachtete ihre Freundin, die sich vergeblich bemühte, sich nichts anmerken zu lassen. Das Zittern, das in Jennys Stimme mitschwang, ja ihre gesamte Haltung zeigten jedoch ganz deutlich ihre Erschöpfung.

Doch Sandra Wolver merkte nichts, und selbst wenn sie es gemerkt haben sollte, so machte sie nicht den Eindruck, darauf Rücksicht zu nehmen. Mit strengem Blick sah sie auf Jenny herab. Sie konnte sie nicht leiden – wahrscheinlich weil Jenny mit ihren rotbraunen langen Locken und den grünen Augen hinreißend und Sandra Wolver für ihre zweiunddreißig, trotz der bunten Schmetterlingsklammern im Haar, alt und verhärmt aussah, was nicht nur auf ihre Größe vierunddreißig zurückzuführen war, auf die sie sich heruntergehungert hatte, sondern auch daran lag, dass sie sich mit Ausdauersport fast ums Leben brachte. Vierzig Kilometer Radfahren jeden Morgen gingen eben nicht spurlos an einem vorbei.

Es gibt Momente, in denen man nicht fähig ist, Angriffen standzuhalten, die einen unter normalen Umständen gar nicht berühren würden, und so war es auch allein Jennys Entkräftung zuzuschreiben, dass sie nun eingeschüchtert aufstand und glaubte, sich entschuldigen zu müssen:

»Es tut mir Leid, aber ...«

»Das muss ich in der nächsten Personalbesprechung ansprechen. So etwas geht natürlich überhaupt nicht. Es gibt da immer noch die Abmahnung.«

Nadine sah, wie Jenny zusammenzuckte, ihre Schultern sich spannten und sie damit kämpfte, ihr Gleichgewicht nicht zu verlieren, und sie empörte sich:

»Soll sie sich vielleicht hier hinlegen? Sie wäre ja beinahe zusammengebrochen. Du weißt doch ganz genau, dass sie Diabetikerin ist!«

»Tut mir Leid. Auf persönliche Schicksale kann man keine Rücksicht nehmen.« Sandra Wolver drehte sich um und ließ sie stehen.

Nadine war sprachlos. Sie blickte Jenny an, sah, dass sich ihre Augen langsam mit Tränen füllten, und Wut stieg in ihr hoch. Noch an diesem Tag würde sie mit dem Personalchef sprechen.

Er war ein kleiner Mann, dessen Geschmacksvorstellungen weit neben denen des Hauses lagen, was man an diesem Tag wieder mal deutlich an seinem orangefarbenen Hemd und der grünen Krawatte sehen konnte. Obwohl er der Chef von mehr als fünfhundert Leuten war, kam es Nadine auch immer so vor, als verkleidete er sich mit seinem Anzug – denn dann war er wer.

»Nein, das hat sie falsch verstanden, natürlich darf sie Traubenzucker essen. Es ging ja nur darum, dass man im Shop nicht sein Butterbrot auspackt.«

Sandra Wolver hatte sich wieder mal geschickt herausgeredet, und der Personalchef war seiner Rolle gerecht geworden. Somit war der Fall erledigt. Nadine hätte es sich ja denken können, doch zumindest hatte sie erreicht, dass Jenny von nun an ungestört essen durfte, wo und wann immer sie Lust dazu verspürte.

Es ist viel leichter, sich für andere einzusetzen, überlegte Nadine, als sie an diesem Abend mit der U-Bahn nach Hause fuhr. Sie schob es darauf, dass sie eben stärker war als Jenny und mehr einstecken konnte – und ihr wäre nie eingefallen, dass es vielleicht daran liegen könnte, dass sie andere wichtiger nahm als sich selbst.

Tim erzählte sie davon nichts. Als er nach Hause kam, hatte sie schon längst das verschmähte Frühstück abgeräumt, den erkalteten Earl Grey ins Spülbecken geschüttet, das unbenutzte Geschirr zurück in den Hängeschrank gestellt und stand gerade in der Küche, die so schmal war, dass man nicht aneinander vorbeigehen konnte, ohne einander zu berühren. Tim begrüßte sie mit einem zärtlichen Kuss und blieb eine Weile bei ihr. Er erzählte Belangloses von seinen Bankgeschäften und dass Paul angerufen habe und der wieder mal Stress mit Marietta habe, die zunehmend Druck auf ihn ausübe, sie zu heiraten, und dass es immer das Gleiche sei mit den Frauen und dem Heiraten. Nadine äußerte sich nicht dazu, sondern nickte nur etwas abwesend und schüttete die rohen Tomaten in das erhitzte Olivenöl, in dem ein paar angebräunte Knoblauchzehen schwammen, sodass es laut zischte und sie einen Schritt zurücktreten musste, um den heißen Spritzern auszuweichen. Ihr war nicht nach Reden – Jennys Zusammenbruch, der schmale Grat zwischen Leben und Tod, hatte deutlich gemacht, was wichtig war und was nicht – also ging er in den Wohnraum und schaltete den Fernseher ein, während Nadine mit Kraft die Tomaten in dem Topf zerquetschte.

Später dann, als sie am Esstisch saßen, Spaghetti aßen und Rotwein tranken, sah sie plötzlich auf und sagte: »Am Wochenende fliege ich nach München – ob du nun mitkommst oder nicht.«

KAPITEL 3

»Ich brauche doch kein Jackett, oder?«

Tim packte gerade mit der ihm eigenen Lässigkeit seine Reisetasche, was bedeutete, dass er seine Sachen einfach hineinwarf – während Nadine ihre Kleidung Stück für Stück fein gefaltet in einen Koffer legte. Sie besaß nicht viel, doch von den wenigen Dingen, die sie sorgsam ausgewählt hatte, bedeutete ihr jedes einzelne etwas; sie trug es dann auch weit über das Modeverfallsdatum hinaus und ging deshalb beinahe liebevoll damit um.

»Ich weiß nicht«, antwortete Nadine zögernd.

Sie hob den Kopf und blickte Tim an, doch im Geiste sah sie ein gemütliches Restaurant mit holzgetäfelten Wänden, einem riesigen Kristalllüster und kleinen, weiß gedeckten Tischen vor sich und dann Mike, den sie schon gekannt hatte, als sie noch unweit von seinem Lokal zur Schule gegangen war, und der sie an ihren Tisch führte. Nadine malte sich aus, wie sie zu viert, ihre Eltern, Tim und sie, an ihrem Lieblingsplatz hinten in der Ecke saßen und sich ihre Mutter unter den vielen Desserts wieder mal nicht zwischen Crème brûlée und Mousse au chocolat entscheiden konnte, während ihr Vater wie immer Käse bestellte. Sie lächelte. Es war ein beruhigendes Gefühl, dass alles noch genauso sein würde, wie sie es verlassen hatte, sodass sich die Vergangenheit in die Gegenwart übertragen ließ.

»Vielleicht gehen wir ja aus. Nimm doch zur Sicherheit mal 'nen Anzug mit!«, sagte Nadine laut, doch Tim machte keine Anstalten, die Schranktür zu öffnen, hinter der seine vielen teuren Anzüge hingen.

»Ach was. Jeans tun es doch auch«, erwiderte Tim ganz beiläufig.

»Wie du meinst.«

Klar tun es Jeans auch, dachte Nadine, und trotzdem versetzten ihr seine Worte einen kleinen Stich. Während Nadine jetzt gekränkt schwieg, erzählte Tim von einem Geschäft, an dem er – damit meinte er die Bank – sich beteiligen solle, was er – wieder meinte er die Bank – aber nicht tun werde, denn es sei nicht profitabel genug, und dabei suchte er nun doch in seinem Schrank nach einem Jackett, einem sportlichen, das er auf seine gepackte Tasche warf. Er hatte keine Ahnung, was in Nadine vorging, und während er im Bad nach seinem Kulturbeutel sah, verstrickten sich ihre Gedanken zunehmend, und auf einmal unterstellte sie ihm, ihre Familie nicht zu schätzen und das, was für sie wichtig war, überhaupt nicht wichtig zu nehmen.

Erst als Tim aus dem Bad zurückkam und sie kurz umfasste und ihr dabei einen Kuss auf den Nacken drückte, gestand sie sich ein, dass er ja immer heilfroh war, wenn er außerhalb der Bank auf Anzug und Krawatte verzichten konnte. Auf einmal kam sie sich lächerlich vor in ihrer Befangenheit. Weshalb reagierte sie nur immer so empfindlich, wenn es um ihr Elternhaus ging? Warum erwartete sie stets, dass er sich genauso freute wie sie? Hatte nicht jeder seine eigene Quelle, aus der er Freude oder Leid schöpfte? Schließlich entsteht das, was einem wichtig ist, doch immer aus der Tiefe ganz persönlicher Erfahrungen.

»Wenn du dich nicht beeilst, werden wir noch das Flugzeug verpassen. Wir müssen mindestens eine Stunde vorher da sein. Besser noch früher, denn seit dem Anschlag in der City kontrollieren sie ganz genau. Da stehst du ewig in der Schlange.«

Nadine eilte in die Küche, wo sie die Einkaufstüten von Harrods abgestellt hatte, und packte noch schnell die Sachen, die sie dort in der Feinkostabteilung eingekauft hatte, in ihren Koffer: schwarzen Tee mit Rosenblättern von Fortnum & Mason, dazu typisch englisches Teegebäck, das herrlich nach Butter schmeckte, und die Kekse, die ihr Vater so liebte, weil sie nicht so süß waren wie die, die es bei ihnen zu Hause zu kaufen gab. Den Bilderrahmen aus echtem Sterlingsilber, den sie für ihre Mutter auf dem Portobello Market erstanden hatte, schob sie zum Schutz zwischen ihre Wäsche. Nadines Mutter besaß davon schon eine ganze Sammlung, denn auch schon früher, jedes Mal wenn Nadine in England gewesen war, um Tim zu besuchen, hatte sie ihr einen mitgebracht. Dieser eine würde sich nun mit dem neuesten Foto von Nadine zu all den anderen gesellen, die bereits auf dem Sekretär im Wohnzimmer standen. Durch die Fotos nahm ihre Mutter Anteil an Nadines Leben, sie gaben ihr das beruhigende Gefühl, Nadine nahe zu sein, und vermittelten ihr die wunderbare Erfüllung eines Traums, den Nadine an ihrer Stelle lebte.

Der Flug war schnell vergangen, und sie waren pünktlich in München gelandet. Während Tim am Schalter eines bekannten Autoverleihers den Vertrag über einen Wagen abschloss, ging Nadine schon mal nach draußen, wo sie stehen blieb und innehielt. Durch das gläserne Vordach sah sie den hellblauen Himmel, der mit schmalen, konturlosen Wolken überzogen war, die ihr vorkamen wie abgerissene Fetzen Zuckerwatte, und sie spürte, es war Föhn: Der Wind, der dem Süden Deutschlands immer die milderen Temperaturen beschied, blies auch für diese Jahreszeit – es war Ende Oktober – ungewöhnlich warm.

Nadine zog ihre Jacke aus und atmete tief durch. Sie freute sich, wieder hier zu sein, doch sie wusste zugleich, dass sie sich in zwei Tagen genauso freuen würde, wieder abzureisen. Im Vergleich zu dem hektischen London kam ihr schon bei der Ankunft in München alles so ruhig und lieblich vor, dass sie das Gefühl hatte, die Welt würde sich auf einmal viel langsamer drehen. Auf Besuch heimzukommen war wunderbar, doch heimzukommen, um hier zu leben, hätte für Nadine definitiv einen persönlichen Rückschritt bedeutet.

In einem Mercedes fuhren Tim und Nadine über die Autobahn zügig in Richtung München, entgegen dem Strom, der sich freitagnachmittags aus der Stadt herausbewegte.

Während der Fahrt schweifte Nadines Blick umher, und sie genoss das Gefühl, dass ihr jedes Haus, jeder Baum, jeder Stein vertraut waren. Hier hatte sie ihre Geschichte, setzte sich ihr Leben aus vielen einzelnen Elementen zusammen. Hier war sie aufgewachsen und zur Schule gegangen, und hier hatte sie studiert.

Sie kamen an einem großen Gebäude vorbei, hinter dessen weiß getünchter Fassade ungefähr achthundert Jugendliche mit längst überholter Strenge auf das Abitur vorbereitet wurden.

»Schau! Dort ist meine Schule.«

»Ah ja. Interessant«, meinte Tim und lächelte. Wahrscheinlich amüsierte es ihn, dass Nadine sich nicht beherrschen konnte, ihn jedes Mal, wenn sie an dem Gebäude vorbeifuhren, darauf hinzuweisen. Sie tat es mit einer Mischung aus Stolz und Hingabe, denn diese Stadt hatte sie geprägt, und sie, sie war ein Teil von ihr.

»Und da oben war im letzten Jahr mein Klassenzimmer«, fuhr Nadine mit unbeirrtem Eifer fort, und ihr Blick schweifte von den großen Fenstern im dritten Stock hinüber auf die kleine Grünanlage gegenüber dem Hauptportal. »Und an den Parkbänken dort hinten haben wir uns immer getroffen, Schüler aus allen Klassen – und die Lehrer haben vom Fenster aus beobachtet, wer mit wem und so weiter. Und das haben wir dann im Unterricht zu spüren bekommen.«

»Zu dir waren sie bestimmt besonders streng.«

»Allerdings.« Lachend neigte sie sich zu Tim und gab ihm einen flüchtigen Kuss auf die Wange, es bereitete ihr ein geradezu kindliches Vergnügen, die Erinnerungen wieder aufleben zu lassen.

»Der hieß früher aber ganz anders«, dachte sie laut, als sie an einer grau gestrichenen Eisentür vorbeifuhren. Nur ein dezentes Schild sowie ein kleines Guckfenster in der Tür wiesen auf einen Nachtclub hin. Sie erinnerte sich, was passiert war, als sie das erste Mal dort gewesen war:

Mitten in der Pubertät steckte sie damals, zu jung auf jeden Fall, um nachts in Diskotheken abzuhängen, doch auch zu alt, um es nicht wenigstens einmal zu versuchen. Und da sie wusste, dass ihre Eltern einem Besuch nie zustimmen würden, nutzte sie ein Wochenende, das sie bei ihrer Schulfreundin Karin verbrachte, deren Eltern verreist waren, um endlich, in einer Samstagnacht, in diese ach so heiß ersehnte Welt hinabzusteigen.

Nadine lächelte und sah sich als Mädchen in knallengen Jeans mit weitem Schlag und hohen Plateauschuhen, dessen viel zu orange gefärbtes Haar glatt und bis weit über die Schultern fiel. So stand sie damals an der Bar, als sie ihn plötzlich bemerkte, wie er von oben hereinkam, ihr Vater. Noch jetzt konnte sie spüren, wie ihr zu jenem Zeitpunkt der Schreck in die Glieder fuhr. Geistesgegenwärtig duckte sie sich, in der Hoffnung, nicht gesehen zu werden, was sich jedoch im Nachhinein als absolute Fehleinschätzung herausstellte. Im Gedränge des Nachtclubs wäre sie untergegangen – doch das Fliegen ihrer Haare verriet sie, ja, es machte schon von weitem auf sie aufmerksam. In gehockter Haltung kauerte sie dann auf dem Boden, völlig unbeachtet von Leuten an der Bar, und das Pochen ihres Blutes tönte lauter in ihren Schläfen als die harten Rhythmen der Gruppe Pink Floyd.

Und da tauchte er auf und blickte sie an. Nadine kannte ihren Vater, und sie wusste, wenn seine Lippen schmal wurden und er sie so ansah, wie er sie jetzt ansah, dann war er sauer, richtig sauer. Sie befürchtete das Schlimmste: Nicht, dass er sie ohrfeigen oder anschreien würde, aber es reichte ja schon, dass alle um sie herum gleich mitbekommen würden, wie er sie aus dem Lokal zog, und eine größere Peinlichkeit konnte sie sich in dem Moment nicht vorstellen. Starr vor Schreck saß sie da, harrte der unabwendbaren Blamage, doch dann kam alles ganz anders, als sie dachte.

Ungefähr zehn Meter von ihr entfernt, am anderen Ende der Bar, war er stehen geblieben, und während er sie nun schweigend anblickte, bedeutete er ihr mit dem Zeigefinger – nur für sie ganz allein sichtbar –, dass sie ihm folgen sollte; dann wandte er sich ab und verschwand so plötzlich in der Menge, wie er aufgetaucht war.

Nadine war dermaßen perplex, dass sie noch einen Moment in dieser Stellung ausharrte, bis sie sich schließlich lächerlich vorkam und aufstand. Ihre Augen suchten im Getümmel nach ihm. Und es dauerte eine Weile, bis sie sein weißes Haar schließlich auf der obersten Stufe entdeckte und sah, wie er, ohne sich noch einmal umzudrehen, das Lokal wieder verließ. Ein Stein fiel ihr vom Herzen. Dass er ihr hier vor allen Leuten keine Szene gemacht hatte, die sie bloßstellte, rechnete sie ihm in diesem Moment hoch an. Nadine war klar, dass er draußen auf sie warten würde und ihr keine Zeit mehr blieb, sich noch groß zu verabschieden. Sie beeilte sich, Karin, die sich gerade auf der Tanzfläche austobte, Bescheid zu geben, lehnte aber deren Angebot, sie nach draußen zu begleiten, ab. Die bevorstehende Standpauke wollte sie lieber ohne Zeugen über sich ergehen lassen. Als sie ging, hoffte sie inständig, dass niemand mitbekommen hatte, dass sie von ihrem Vater aus der Disko geholt wurde.

Die Enttäuschung über den verpatzten Abend und das Gefühl, gerade jetzt etwas Außergewöhnliches zu verpassen, verdrängten jedoch das aufkommende Schuldgefühl gleich wieder, und als sie draußen zu ihrem Vater in den Wagen stieg, wappnete sie sich gegen das zu erwartende Donnerwetter mit dem unbeholfenen Trotz einer Vierzehnjährigen. Doch es passierte nichts. Kein Wutausbruch, keine Gardinenpredigt. Nichts. Einfach nichts. Ihr Vater schwieg während der gesamten Fahrt nach Hause und verlor auch später nie mehr ein Wort darüber. Der anfänglichen Erleichterung folgte nach ein paar Tagen schwärmerische Bewunderung, sodass ihr das dadurch entstandene Ungleichgewicht nicht weiter auffiel, genauso wenig wie das Gefühl, das sich in ihr Inneres eingegraben hatte: wieder einmal noch tiefer in seiner Schuld zu stehen – eine Schuld, die sie Jahre später dazu drängen würde, sie noch zu begleichen.

»Du hattest es schon faustdick hinter den Ohren.« Da Tim diese Geschichte längst kannte, teilte er mit Nadine nun ihre Erinnerungen.

»Nein, nicht wirklich. Ich war damals einfach nur neugierig.«

Tim zwinkerte ihr zu. In seiner Vorstellung war Nadine kühn und draufgängerisch, jemand, der seinen Kopf durchsetzte. »Ich möchte besser nicht wissen, was du mir alles nicht erzählt hast«, lachte er und bog gut gelaunt in die Straße ein, die zu Nadines Elternhaus führte.

Zwischen großen Einfamilienhäusern und Villen stand das schmucklose, aber dennoch geräumige Haus ihrer

Eltern. Noch im Auto fiel Nadine auf, dass die Hecken und Büsche, die im Vorgarten wild wucherten, dringend einen Rückschnitt nötig hätten. Der aufsteigende Ärger über die vernachlässigten Pflanzen und die Tatsache, dass der Hilfsgärtner, der normalerweise sonst mindestens einmal im Monat kam, offensichtlich seit ein paar Monaten nicht mehr da gewesen war, wich einer plötzlichen Betroffenheit, die sie sich nicht gleich erklären konnte. Nadine wusste, dass ihr Vater zu viel Zeit hinter seinem Schreibtisch verbrachte und nicht dazu kam, selbst den Garten zu pflegen; sie wusste auch, dass ihre Mutter nach einem Bandscheibenvorfall erst recht nicht dazu in der Lage war, doch was sie nicht geahnt hatte, war, dass sich ihre Eltern wohl diese Ausgaben nicht mehr leisten konnten. Und es waren die Pflanzen, jene ungezähmt wuchernden Ranken, das Unkraut und die abgestorbenen Äste, die Nadine die Sorgen ihrer Eltern als Erstes deutlich vor Augen führten. Genauso, wie sie das schweigend wahrnahm, bemerkte sie jetzt, nachdem sie ausgestiegen waren und auf das Haus zugingen, andere unheilvolle Zeichen der Veränderung: die feinen Risse im Putz der Fassade und die vereinzelten Flecken, die von verschiedenen Wasserschäden herrührten und danach verlangten, dass das Dach repariert wurde. Alles war anders als früher.

Zwischen den Pflastersteinen auf dem Weg zu der Haustür spross Unkraut, und Nadine widerstand der Versuchung, es herauszuziehen. Stattdessen nahm sie den Haustürschlüssel aus der Tasche und läutete, bevor sie die Tür aufsperrte. Seitdem sie ausgezogen war, hatte sie sich angewöhnt, ihr Kommen so anzukündigen.

Durch den Eingangsbereich kamen sie in das helle Treppenhaus und gingen auf die Wohnungstür links im Erdgeschoss zu, vorbei an der Tür, neben der ein Schild mit der Aufschrift *Multimedia* an der Wand hing. Früher hatten sich dort die Büroräume ihres Vaters befunden, und Nadine hatte damals eigenhändig und voller Enthusiasmus ein klares, unaufdringliches Schild aus Acryl angebracht mit einer Schrift aus weißen, schnörkellosen Lettern, auf dem *Architekturbüro* stand. Wenig später liefen die Geschäfte so gut, dass die Räume zu eng wurden und ihr Vater das Büro in einer alten Villa nur ein paar Straßen entfernt einrichtete.

In diesem Moment wurde die Wohnungstür geöffnet.

»Nadine, schön, dass ihr da seid! Wie war der Flug? Wann seid ihr denn angekommen?«

Nadine strahlte. Zärtlich küsste sie ihre Mutter auf beide Wangen. Sie nahm den Duft ihres Parfums mit Genuss wahr: Es roch intensiv nach Erinnerung.

»Gut seht ihr aus!«, stellte Nadines Mutter mit liebevollem Blick zufrieden fest, nachdem sie Tim ebenfalls begrüßt hatte.

»Uns geht es auch gut«, bekräftigte Nadine lächelnd und blickte kurz zu Tim. Dann wandte sie sich wieder ihrer Mutter zu. »Hellblau steht dir.«

Der Pulli, den Nadines Mutter zur Jeans trug, betonte die Farbe ihrer Augen und verlieh ihnen Glanz. Sie sah sehr viel jünger aus als sechsundfünfzig. Mit verlegenem, fast kindlichem Lächeln winkte ihre Mutter ab; das tat sie immer, wenn es um sie ging.

»Ach, der ist doch schon alt. Kommt rein!« Und nach einem Moment fügte sie mit bedeutungsvoller Stimme hinzu: »Dein Vater ist noch im Büro. Wart ihr schon dort?«

In den Worten ihrer Mutter lag gleichzeitig die unausgesprochene Aufforderung, ihren Vater aufzusuchen. Nadine ignorierte sie. Normalerweise wäre sie schnurstracks zu ihm ins Büro geeilt, vor allem an einem späten Freitagnachmittag, wenn Frau Schmidt, seine Sekretärin, und die angestellten Architekten und Techniker bereits gegangen waren und er dann allein an seinem Schreibtisch saß und weiterarbeitete. Jetzt, da die Begegnung mit ihm so kurz bevorstand, schob Nadine das Zusammentreffen lieber noch etwas hinaus; es war das schlechte Gewissen, das sie zurückhielt: Die großen Pläne, die er mit ihr gehabt hatte, hatte sie zerstört. Außerdem wusste er, wann ihr Flugzeug gelandet war, und hätte genauso gut nach Hause kommen und sie begrüßen können. Dass er das nicht tat, zeigte ganz deutlich, dass er ihr das Weggehen immer noch verübelte, was es für Nadine nicht leichter machte; es dämpfte ihre Freude, wieder zu Hause zu sein. Laut sagte sie:

»Ich denke, wir bringen erst mal das Gepäck nach oben, oder?« Der Blick, den sie Tim dabei zuwarf, war mehr bittend als fragend.

»Klar. Lass uns das gleich erledigen.«

Nadine wollte Tim, der nach den beiden Taschen griff, die sie neben der Wohnungstür abgestellt hatten, in ihr Apartment im ersten Stock vorausgehen. Es lag über den ehemaligen Büroräumen und hatte einen separaten Eingang.

»Nicht dahin! Dein Vater hat die Sachen jetzt ...«

Nadine hielt inne, und noch bevor sie sich voller Verwunderung wieder zu ihrer Mutter umgewandt hatte, fuhr diese fort:

»Er hat dein Apartment vermietet.«

Es dauerte einen Moment, bis sie begriff, und ihr erster Gedanke war: Wieso hatten sie ihr nichts davon erzählt?

»Du weißt ja, wie er ist. Er hat alles ganz schnell entschieden. Und jetzt ist es vermietet. An eine sehr nette Frau.«

»Und meine Sachen?«

Im Grunde war es ihr in dem Moment egal, was aus ihren Möbeln geworden war, sie wollte nur irgendetwas sagen, um das aufsteigende Unbehagen zu überspielen, und zugleich der Antwort auf die eigentliche Frage entgehen, die in ihrem Kopf kreiste: Warum?

»Die haben wir in dein altes Kinderzimmer gestellt. Es sieht eigentlich ganz hübsch aus als Gästezimmer – wirklich.«

Nadine schwieg.

»Ist alles noch da«, versicherte Nadines Mutter und lächelte ein wenig bemüht.

Nadine fühlte, wie sich ihr Magen jetzt mehr und mehr zusammenzog, denn die Worte ihrer Mutter konnten die bittere Tatsache, die dahinter stand, nicht mehr verkleiden: Ihren Eltern ging es finanziell viel schlechter, als sie gedacht hatte. Sie zwang sich zu einem Lächeln, streckte den Arm nach ihrer Mutter aus und fasste sie um die Taille.

»Das war doch eine gute Idee«, sagte sie und bemühte sich, ihre Stimme heiter klingen zu lassen, denn eines wollte sie auf jeden Fall vermeiden: dass Tim das mitbekam, was sie bereits wusste, und deshalb fuhr sie im selben Ton fort: »Ich habe mich sowieso schon gefragt, wieso ihr das Apartment nicht längst vermietet habt. Die wenigen Male, die ich hier bin, reicht das kleine Zimmer voll und ganz aus.«

Nadine und Tim stiegen über die Wendeltreppe im Wohnzimmer hinauf in den ersten Stock und betraten den Raum, der ganz früher einmal Nadines Kinderzimmer gewesen war. Nadine ging voraus. Sie schaute sich um und ließ ihren Blick über die Möbel schweifen. Jedes Teil, das hier dicht neben dem anderen stehen musste, schien die Traurigkeit widerzuspiegeln, gegen die Nadine auf einmal ankämpfen musste und die sie hinter ihrem Lächeln verbarg: das französische Bett, der in verschiedene Richtungen verstellbare Designersessel, den sie zu ihrem achtzehnten Geburtstag geschenkt bekommen hatte, die weißen Regale, der kleine Holztisch mit den abgewetzten Stühlen und der alte, bemalte Bauernschrank.

»Gemütlich.«

Hörte Nadine da nicht einen ironischen Unterton in Tims Stimme? Doch kaum hatte er die Tür hinter sich geschlossen und die Taschen abgestellt, nahm er ihre Hand, hielt sie fest und ließ sich rücklings auf das Bett fallen, sodass er Nadine mit sich zog.

»Ah, das tut gut!«

Verkrampft lag Nadine auf ihm. Sie wollte sich ihm entziehen, denn diese plötzliche Nähe passte nicht zu den deprimierenden Gedanken, die sie trennten. Sie wand sich in seinen Armen, aber er ließ sie nicht los.

»Tim, lass das! Wir haben doch keine Zeit. Meine

Mutter wartet unten auf uns, und mein Vater kommt auch jeden Moment aus dem Büro.«

»Psst«, flüsterte er und blickte sie verschwörerisch an, sodass sie ihren Widerstand aufgab. »Nur einen Moment liegen, ganz kurz.«

Tim streckte sich, und Nadine, die nun unfreiwillig halb über ihm lag und ihre Beine etwas ungelenk um ihn geschlungen hatte, fühlte, wie sich sein Körper unter dem Stoff der Jeans und des Hemdes erst dehnte und dann wieder lockerte. Sie hörte ihren eigenen Atem, kurz und gepresst, und bemühte sich, tief einzuatmen. Langsam entspannte sie sich, und der Druck in ihrem Kopf ließ nach. Seine Hand strich sanft über ihren Rücken und blieb dann auf ihrer Hüfte liegen. Ihr Kopf ruhte nun in der Mulde seiner Schulter, und gemeinsam verharrten sie einen Moment schweigend in dieser Stellung.

Nadine genoss diese ruhige Einigkeit und wünschte sich, dass sie nie zu Ende ginge. Es war so einfach, sich in eine heile Welt hineinzuträumen. Sie wollte jetzt keine Probleme haben. Sie wollte, dass alles so war wie früher.

Die Geräusche, die später von unten zu ihnen drangen, das Klappern von Geschirr und der Schall kurzer Schritte, unterbrachen die Stille und sagten Nadine, dass ihre Mutter in der Küche anfing, das Abendessen vorzubereiten, und dass es höchste Zeit war, ihren Vater zu begrüßen.

KAPITEL 4 Er war noch immer nicht zu Hause eingetroffen, sodass sich Nadine entschlossen hatte, ihn nun doch in seinem Büro aufzusuchen, während Tim in der Zwischenzeit noch eine Dusche nahm. Sie hatte auf einmal das Bedürfnis gehabt, ihren Vater allein zu sehen, und war die zwei Straßen zu der Altbauvilla entlanggelaufen, in der sich das Architekturbüro ihres Vaters befand.

»Nadine! Ihr seid schon da? Ich habe gar nicht mitbekommen, dass es schon so spät ist. Hallo.«

Als er sich hinter seinem Schreibtisch erhob und ihr lächelnd entgegenkam, fiel Nadine sogleich auf, dass er schlecht aussah. Sie erschrak. Er wirkte dünner, seine Haut im Gesicht schimmerte leicht fahl, und seine Wangen wirkten etwas eingefallen. Spontan überfiel sie das Bedürfnis, ihn zu umarmen. Verunsichert, weil solche Zärtlichkeiten niemals zwischen ihnen üblich gewesen waren, besann sie sich aber eines Besseren und streifte mit ihren Händen nur leicht seine Arme, als sie ihm einen flüchtigen Kuss auf die Wange drückte. Er sollte diesen kurzen Anflug von Mitgefühl nicht auffangen. Um sich auch selbst nicht weiter zu beunruhigen, verdrängte sie ihre Bestürzung und lenkte schnell ab, indem sie ihn mit heiterer Miene nach dem Projekt fragte, an dem er gerade arbeitete. Die Architektur, die inzwischen einzige Gemeinsamkeit, rettete sie, brachte sie einander wieder näher.

Während er ihr die Pläne zeigte, die an der Wand hingen und zum Teil auch übereinander auf einem großen Tisch lagen, wuchs ihr Interesse, und das ungute Gefühl verschwand.

Engagiert betrachtete sie nun den Grundriss des Hotels: Empfangsbereich, Halle, Bar und Restaurant.

»Es hat sich ja doch noch einiges verändert. Nicht schlecht. Die Idee, die Aufzüge auf die andere Seite der Lobby zu legen, ist wirklich genial«, sagte sie, ehrlich beeindruckt und gleichzeitig erleichtert, dass das Fundament ihrer Beziehung, nämlich ihre Bewunderung für ihn, wieder gesichert war. Ihr Mitleid hatten sie beide nicht verdient.

»Tja, manchmal hat dein alter Vater doch noch gute Ideen.«

Als er ihr erklärte, wie er mit dem Ingenieur nach langem Hin und Her schließlich doch eine elegante Lösung für die Unterbringung der Lüftungsschächte in dem Restaurant gefunden hatte, musterte sie ihn genau, seine rahmenlose Brille, sein schmales Gesicht unter dem schlohweißen Haar, jede seiner Gesten, um ihn sich wieder vertraut zu machen und lieb zu gewinnen, und irgendwie auch, um sich selbst zu entlasten. Und nun schien ihr, als sähe er gar nicht so schlecht aus. Wahrscheinlich hatte sie sich vorhin alles nur eingebildet, dachte sie und bemerkte laut:

»Dann läuft es ja bestens, oder?«

»Ja, klar. Besser als je zuvor. Über mangelnde Aufträge kann ich mich nicht beklagen ... Ich komme nur nicht mehr vom Schreibtisch weg.«

Normalerweise wäre Nadine aufgefallen, dass ihr Vater den Blick abwandte, als er ihr antwortete, doch jetzt war sie abgelenkt, denn sie betrachtete gerade die vielen Skizzen, die auf dem Schreibtisch ihres Vaters lagen. »Du solltest mehr delegieren.«

»Du bist gut. Alle sind so beschäftigt. Göbel arbeitet an einem Kindergarten, Haas an der Bank, die Hellwig wird schon mit ihrem Projekt allein nicht mehr fertig, und das mit diesen Computern ...«

»Du zeichnest jetzt auf Computer?«, unterbrach sie ihn erfreut.

Er schüttelte den Kopf. »Ist mir viel zu kompliziert. Aber die anderen. Was will man machen?«, sagte er mit einem tiefen Seufzer. »Wenn man konkurrenzfähig bleiben will, muss man eben mit den Wölfen heulen. Das war eine Rieseninvestition. Fünf Computerplätze, dazu noch einen Riesendrucker und den ganzen Firlefanz ... Aber für mich ist das nichts. Das lerne ich auf meine alten Tage bestimmt nicht mehr.«

Eine Feststellung war das, ohne eine Spur von Bedauern. Nadine war diejenige gewesen, die sich immer dafür eingesetzt hatte, das Büro zu modernisieren. Wie hatte er sich damals dagegen gesträubt! Dreißig Jahre habe es schließlich so funktioniert, und es würde auch noch dreißig weitere Jahre so funktionieren, hatte er gegen sie argumentiert. Und jetzt auf einmal, wo sie nicht mehr in der Firma war, hatte er offensichtlich all das realisiert, was sie immer hatte ändern wollen. Irritiert über diese für sie unerwarteten Veränderungen, ließ sie einen Moment verstreichen, ehe sie sich ihm wieder zuwandte. Er wollte sich offenbar die Genugtuung, mit der er ihr Erstaunen aufgenommen hatte, nicht anmerken lassen und rückte einen Plan zurecht, der an der Wandschiene hing, und befestigte ihn mit runden Magneten.

»Außerdem ...«, fügte er jetzt hinzu, »wirkliche Kreativität entwickelt sich nicht auf dem Computer, sondern mit Stift und Papier.«

Nun hielt er inne und sah sie an, als wäre ihm gerade etwas eingefallen. »Wo ist denn eigentlich der Banker?«

Nadine überhörte den leicht abfälligen Klang seiner Stimme. »Tim ist zu Hause«, antwortete sie kurz, und dann fiel es ihr wieder ein, und sie fügte vorwurfsvoll hinzu: »Du hättest mir übrigens schon vorher sagen können, dass du das Apartment vermieten willst.«

»Tut mir Leid. Ich hab nicht dran gedacht.«

Diese so leicht dahingesagten Worte trafen Nadine. Er hatte es nicht einmal für nötig befunden, sie zu informieren! War sie denn nun, da sie nicht mehr für ihn arbeitete, nichts mehr für ihn wert?

»Dass ich vermieten musste«, fuhr ihr Vater fort, »hatte sich einfach so schnell ergeben. Ich wollte eigentlich nicht, aber Frau Krüger, die dringend eine Wohnung gesucht hat, ist die Assistentin von Hofmann ... Sie hat sich von ihrem Mann getrennt.«

Seine Stimme war wieder weicher geworden. So war das also. Nadine kannte Hofmann; er war ein mittelgroßer Bauunternehmer und hatte ihrem Vater schon zwei – nein, sogar drei – lukrative Aufträge erteilt: ein Mehrfamilienhaus, ein Hotel in Berlin und jetzt auch dieses Hotel hier. Mit einer Mischung aus Entrüstung, übergangen worden zu sein, und gleichzeitig Erleichterung, dass das Apartment nicht aus finanzieller Not vermietet worden war, stand sie da und hörte, wie er ihr nun lang und breit erklärte, warum das so wichtig war; dass sich dadurch die Bindung an die Firma Hofmann intensivieren und er auf jeden Fall immer mit Ausschreibungen bedacht werden würde.

Nadine hatte große Lust, aufzufahren und seinen Redefluss zu unterbrechen, dass sie so dumm nicht sei und das sehr wohl verstanden habe –, doch sie beherrschte dieses hitzige Verlangen, vermutete sie doch hinter seiner ausführlichen Erklärung nichts anderes als sein schlechtes Gewissen, sie übergangen zu haben.

»Außerdem«, so schloss er, »ist Frau Krüger eine ruhige und angenehme Mieterin.«

Inzwischen hatte sich Nadine entschieden, nichts weiter dazu zu sagen. Sie begleitete ihren Vater durch die Büroräume, lobte hier und da die für sie noch nicht ganz fassbaren Veränderungen und neuen Errungenschaften und unterdrückte das Bedürfnis, sich gleich hinzusetzen, einen der Computer einzuschalten und das neue Programm auszuprobieren.

Da sie Tim nicht so lange allein lassen wollte, verließ sie noch vor ihrem Vater das Büro und eilte zu Fuß nach Hause. Sie nahm eine Abkürzung, einen schmalen Weg zwischen Villen und gepflegten Gärten. Um diese Zeit war es bereits ziemlich still in dieser Gegend, kein Mensch war auf der Straße unterwegs, nur ein Hund bellte kurz auf, als Nadine an einem der Gärten vorbeikam. Es war der alte Lenny, ein Schäferhundmix, der in seinen jungen Jahren in der ganzen Gegend herumgestromert war. Inzwischen war auch er ruhiger geworden. Ihr Blick schweifte die Häuser entlang, sie blickte in ein erleuchtetes Fenster und sah eine Familie, die gerade beim Abendessen saß. Dabei konnte sie deren Gesichter erfassen, deren Gesten, deren Stimmung. Im nächsten Haus deckte eine Frau gerade den Tisch, und weiter hinten schien aus einem Fenster das blaue Licht eines Fernsehers. Genau diese scheinbare Idylle war es, die Nadine kaum ertragen konnte. Für sie kam es einem Stillstand gleich. Sie hatte eine ganz andere Vorstellung von ihrem Leben. Bunt, abwechslungsreich sollte es sein. Unbekanntes wollte sie sehen, Neues, aus dem sie dann schöpfen konnte. Nein, so wollte sie nie leben. Was war sie froh, dass sie diese spießige Welt mit seiner Eintönigkeit hinter sich gelassen hatte!

Es war ihr nicht leicht gefallen. Sie erinnerte sich an den Tag, an dem sie ihren Eltern eröffnet hatte, dass sie wegen Tim von zu Hause wegziehen würde – nach London, zu den, wie ihr Vater gern lästerte, pigmentarmen, hasenzahnigen Briten. Es hatte ihr vor diesem Moment gegraut. Nicht wegen ihrer Mutter. Die hatte schon immer die Freude mit Nadine teilen können, völlig uneingeschränkt. Hauptsache, Nadine war glücklich, das war für sie das Wichtigste; dadurch konnte sie auch an Nadines Glück teilhaben. Es war wegen ihres Vaters: Er hatte sich ihre Zukunft schließlich ganz anders vorgestellt. Solange sie zurückdenken konnte, stand fest, dass sie einmal in das Borchert'sche Architekturbüro einsteigen und mit ihrem Vater zusammen die ganz großen Projekte realisieren würde. Schon als kleines Mädchen hatte sie, während ihre Freundinnen rote, grüne, gelbe und blaue Fabelwesen, Männchen oder Pflanzen gemalt hatten, vorwiegend eines gezeichnet: Häuser in Form von fantastischen Gebilden, Häuser in den erstaunlichsten Farben, Häuser, die es so noch nicht gab. Und anschließend hatte sie, mithilfe ihres Vaters, Modelle daraus gebastelt, so viele, dass sie eines Tages eine ganze Siedlung hatte bauen können, die sie voll Stolz »Nadineland« genannt hatte.

»Neunundneunzig Prozent ist Handwerk, ein Prozent ist Talent«, war der Lieblingsspruch ihres Vaters, und so hatte sich Nadine unentwegt bemüht, besser zu werden. Sie selbst hatte keine Ahnung, wie gut ihre Arbeit tatsächlich war, denn die Chance, sich zu messen, hatte sie nie gehabt. Während ihre Kommilitonen an allen möglichen Wettbewerben teilnahmen, arbeitete Nadine für ihren Vater, der immer so viele Aufträge annahm, dass er sie dringend brauchte – und Nadine war stolz, dass sie ihm helfen konnte. Sie liebte ihren Vater – und sie liebte die Architektur –, und das machte sie so gut in diesem Fach.

Und dann war der Moment gekommen, an dem sie all seine Erwartungen hatte zerstören müssen. Sie hatte jede Menge Vorwürfe erwartet, doch stattdessen hatte er sich nur ganz sachlich erkundigt, was sie denn in London vorhabe. Kein Wort des Bedauerns war über seine Lippen gekommen. Im Gegenteil. Seine ausgesprochenen Zweifel daran, dass sie als Architektin in London überhaupt Fuß fassen könnte, übertrugen sich auf sie, und sein überlegenes Lächeln verunsicherte sie. Und während er ihr die Probleme der englischen Wirtschaft darlegte, dachte sie darüber nach, wie es wohl gewesen wäre, wenn er sich einfach nur für sie gefreut hätte. Ihr war doch auch nicht wohl bei dem Gedanken, wegzugehen, in eine fremde Stadt, und dort irgendeinen Job annehmen zu müssen! Und jetzt war die Angst vor dem Unbekannten, das auf sie zukommen würde, noch größer; eine Angst, die dem beflügelnden Zauber des Neuen keinen Platz ließ.

»Eines verspreche ich dir: Die Schale der Waage werde ich auf dieser Seite sehr schwer machen. Ich bin mir sicher, dass du Ostern wieder zurück bist. Allerspätestens. Was willst du denn dort? Ohne die Firma bist du nichts.«

Nadine hatte die schmerzlich zusammengezogenen Lippen, die diese bittere Prophezeiung ausgestoßen hatten, übersehen. Verstört hatte sie auf dem Absatz kehrtgemacht und das Büro verlassen. Und bis heute hatten sie nie wieder über dieses Thema gesprochen.

Nein, niemals würde sie zugeben, dass ihr Vater doch Recht behalten hatte, und genau deshalb behielt sie die traurige Wahrheit für sich und log, als sie später, während sie mit Tim und ihren Eltern beim Abendessen saß, erklärte: »Mir gefällt der Job. Man hat mit so vielen Menschen zu tun, das ist interessant und mal was ganz anderes. Und außerdem ist Mode doch absolut kreativ.«

»Wenn man sie entwirft, dann schon«, erwiderte Nadines Vaters nur ganz trocken und blickte auf seine Tochter, die ihm gegenübersaß und gerade damit beschäftigt war, mit ihrer Gabel eine Mulde in den Kartoffelbrei zu drücken, um dann die Soße hineinlaufen zu lassen, sodass ein kleiner brauner See entstand. Ihre Mutter hatte ihr Lieblingsgericht gekocht: Hackbraten mit Kartoffelbrei.

»Es ist ja nicht auf Dauer, nur bis ich was gefunden habe. Und jetzt, so als Überbrückung, ist es doch perfekt«, verteidigte sie sich, ihre ganze Aufmerksamkeit immer noch auf den Teller konzentriert, denn sie konnte das unangenehme Gefühl nicht loswerden, dass er sie wieder einmal durchschaute.

Zu Nadines Erleichterung bohrte er nicht weiter nach, sondern sprach über die Qualität des kalifornischen Rotweins, den er gerade einschenkte. Erst als er sich nun an Tim wandte, der neben ihm saß, blickte Nadine beunruhigt auf.

»Ich dachte, Sie, Tim, könnten ihr dabei helfen. Sie haben doch die besten Kontakte, oder nicht?«

Was sollte denn das schon wieder? »Natürlich kann er das. Ich will es aber nicht«, kam sie Tim zuvor und fuhr ihren Vater leicht unwirsch an.

Tim lächelte ihr beschwichtigend zu und antwortete dann in aller Ruhe: »Es sieht im Moment überall nicht so gut aus, aber ich bin sicher, dass es bald klappen wird.« Dann erklärte er, warum er aus der Sicht der Banken die momentane Situation der Baubranche als gar nicht so schlecht einschätzte, sprach von Konjunktur, Zinsentwicklung und Wachstum. »Außerdem hat sie ja einen Job, der ihr Spaß macht«, meinte Tim abschließend in der vollen Überzeugung, dass es auch so war.

»Na ja. Dann ist ja alles in Ordnung«, sagte ihr Vater

und streifte Nadine mit einem kurzen Blick, der ihr klar machte, dass er über ihren Seelenzustand sehr wohl Bescheid wisse, was ihn, ohne dass sie es wollte, für einen Moment zu ihrem Verbündeten machte und Tim ausgrenzte. »Ich hoffe nur«, fügte er hinzu »es dauert nicht ewig, und ihr wartet auch nicht so lange, bis sie alles verlernt hat. Wäre ja schade, wenn das Studium umsonst gewesen wäre.«

»Da mach ich mir keine Sorgen. Ich glaube, die beiden kommen schon ganz gut zurecht«, mischte sich nun Nadines Mutter auf ihre sanfte, aber bestimmte Art ein und begann, eine lange Geschichte über eines ihrer jugendlichen Patenkinder zu erzählen, das sie am Morgen in der Stadt beim Schuleschwänzen erwischt hatte.

Nadine musste ihren Vater nicht ansehen, um zu wissen, dass sie beide an dasselbe dachten. Sie hörte ihrer Mutter dankbar zu, und auch die anderen aßen weiter, ohne ein Wort zu sagen.

Nach dem Dessert hatte Tim sich erhoben, um aus seiner Tasche eine Zigarre zu holen, wobei Nadines Vater die Gelegenheit nicht hatte auslassen können, ihn mit einem triumphierenden Unterton gleich darauf hinzuweisen, dass er selbst diese »Dummheit« schon mit Mitte zwanzig aufgegeben hatte. Tim hatte seine eigene Schwäche mit einem charmanten Augenzwinkern quittiert, bevor er das Esszimmer verlassen hatte.

Nadines Vater saß nun schweigend am Tisch und überlegte. Die ganze Situation schien ihm gehörig auf die Nerven zu gehen. Für einen Moment starrte er einfach vor sich hin ins Leere, dabei rollte er mit den Fingern einen Teil seiner Serviette hin und her, dann blickte er auf. »Er ist ja ganz nett, dein Tim. Aber irgendetwas stört mich an ihm.« Nadines Augen verdunkelten sich, und er zögerte einen Moment, obwohl er sich schon längst dazu entschieden hatte weiterzusprechen. »Ich weiß, was es ist ... Er kann einem nicht richtig in die Augen schauen.«

Argwöhnisch und die Absicht, die hinter dieser Behauptung stand, bereits ahnend, sah Nadine ihren Vater an, doch bevor sie etwas darauf erwidern konnte, ergriff ihre Mutter für Tim Partei.

»Also das stimmt nun wirklich nicht!«

»Doch. Jedenfalls kann er mir nicht in die Augen schauen«, behauptete er beharrlich. »Und das hat so etwas Unehrliches, so was Verschlagenes ...«

»Papa ...!«, unterbrach Nadine ihn entsetzt. »Tim und verschlagen? Das kann doch nicht dein Ernst sein! Was redest du denn da?«

»Ich meine ja nur. Leute, die einem nicht in die Augen schauen können ...«

»Jetzt hör aber auf! Das ist doch lächerlich!« Nadines Mutter stand auf. Mit der Heftigkeit ihrer Bewegung unterstrich sie ihre Worte und setzte dieser unsinnigen Diskussion ein Ende.

Nadine hatte gar nicht mehr hingehört. Sie war noch wie benommen von dem Hieb, den er ihr mit seiner Bemerkung versetzt hatte. Nun erhob sie sich ebenfalls und nahm die restlichen Dessertteller mit versteinerter Miene vom Tisch.

»Ich hab doch gar nichts gegen ihn«, versicherte ihr Vater versöhnlich.

Wortlos trug Nadine das Geschirr in die Küche, stellte es dort auf die Ablage, während ihre Mutter die Spülmaschine einräumte. Sie tat es auf ihre Art – akribisch genau. Jeden Teller spülte sie unter fließendem Wasser ab, bevor sie ihn, nach einem System, das nur sie selbst verstand, in die Maschine stellte. Nadine hatte längst aufgegeben, ihr dabei zu helfen, denn sie konnte es ihr sowieso nicht recht machen. Während sie jetzt ihrer Mutter zusah, hing sie ihren Gedanken nach.

Sie ärgerte sich, dass die Meinung ihres Vaters für sie immer noch so wichtig war, dass sie sich darüber aufregte und seine Worte deshalb auch jetzt einen bitteren Nachgeschmack hinterließen. Verschlagen und unehrlich. Wie kam er eigentlich darauf? Es stimmte, dass Tim nicht so viel erzählte. Aber nur weil er zurückhaltend ist, ist er deshalb noch lange nicht unehrlich. Oder ...? Erschrocken über ihre eigenen Gedanken, die wie Saboteure nur darauf warteten, ihre Liebe zu unterwandern, hielt sie inne.

Sie griff nach einem der benutzten Teller, spülte ihn unter dem fließenden Wasser, reichte ihn ihrer Mutter, und halblaut, sodass ihre Worte außerhalb der Küche nicht gehört werden konnten, beschwerte sie sich: »Es ist einfach unverschämt, was er über Tim gesagt hat.«

»Aber du kennst doch deinen Vater. Der meint es nicht so.«

»Dann soll er so was auch nicht sagen!«

»Er macht sich eben Sorgen.«

»Wieso denn das?«, fragte Nadine gereizt.

Ihre Mutter schwieg. Sie bückte sich, um das Spülmittel in die Maschine zu schütten; im stillen Einvernehmen war keine Antwort nötig, denn auch sie schien zu wissen, dass es keinen Anlass gab, sich um Nadine zu sorgen.

»Warum nimmst du eigentlich keine Tabs? Die sind viel praktischer«, lenkte Nadine ab.

Während ihre Mutter ihr die Vorzüge ihres alten Spülmittels erklärte, hörte Nadine kaum hin, sondern dachte darüber nach, dass es mal wieder typisch sei, dass ihr Vater ihr allein nichts zutraute. Wann hörte das endlich auf? Wann akzeptierte er ihre Entscheidungen? Wann ließ er sie erwachsen sein?

»Um mich braucht er sich keine Sorgen zu machen. Die einzige Sorge, die ich im Leben habe, ist er«, erklärte sie laut, und es war ihr egal, ob er es draußen im Esszimmer hörte oder nicht.

»Er meint es doch nur gut.«

»Das stimmt nicht, denn dann würde er sich ja für mich freuen.«

»Er freut sich doch auch. Er kann es nur nicht zeigen. Und außerdem ist er eifersüchtig, was ganz normal ist. Das sind Väter von Töchtern nun mal. Das fängt auch schon ganz früh an.«

Nadine sagte sich, dass ihre Mutter Recht hatte, die Eifersucht bekam ihr Vater einfach nicht in den Griff.

Sie hatte ja auch keine Ahnung von dem Schmerz, der in ihm wühlte, wenn er sie mit einem dieser jungen Männer sah, und dem unterdrückten Zorn bei der Vorstellung, dass dieser sie berührte, und der quälenden Hilflosigkeit, wann immer sie sich aus seinem Einfluss- und Sichtbereich entfernte. Und da sie das Gefühl nicht kannte, konnte sie auch nicht wissen, dass er alles versuchen, dass er die Waagschale hier auf seiner Seite auffüllen würde, um sie wieder zurückzubekommen. Nicht um ihretwillen – um seinetwillen. Denn Eifersucht blendet die Liebe aus. Eifersucht will besitzen, will beherrschen, will halten.

Als sie wieder in das Esszimmer kamen, roch es nach Zigarre, die beiden Männer unterhielten sich gerade, und Nadine und ihre Mutter setzten sich dazu, ohne das Gespräch zu unterbrechen. Während Tim seine Aufenthalte in Kuba schilderte – vor zwei Jahren war er mehrmals geschäftlich für einen deutschen Investor auf die Insel gereist –, lächelten ihr seine Augen immer wieder zu.

Nadine wirkte jetzt völlig ruhig; kein Anzeichen deutete mehr auf die Spannung hin, die zwischen ihr und ihrem Vater aufgetreten war, denn noch immer glimmte in ihr die Hoffnung, er würde sich eines Tages mit Tim verstehen, und diese, wenn auch kleine Chance wollte sie ihm und auch sich selbst nicht nehmen.

Nadine beobachtete die beiden. Ihr Vater schien voll und ganz auf das Gespräch mit Tim konzentriert zu sein, dabei machte er, zu ihrer Erleichterung, eine ganz zufriedene Miene. Dass er in Konkurrenz ging mit dem um so viele Jahre jüngeren Mann und heimlich einen ungleichen Wettstreit focht, merkte Nadine nicht. Sie wünschte sich die frühere Harmonie, die Tim nun miteinbeziehen sollte, so sehr zurück, dass sie sich über jedes Gespräch zwischen den beiden freute.

Ihr Vater hatte währenddessen das Thema von Kuba weggelenkt. Gerade erzählte er voller Stolz, wie er als

Architekt an seinen ersten Auftrag, ein repräsentatives Mehrfamilienhaus, gekommen war. Anfang zwanzig war er damals gewesen, viel zu jung für so einen wichtigen Auftrag. Doch er hatte ihn unbedingt haben wollen, er hatte ihn gebraucht. Um älter und somit erfahrener zu erscheinen, hatte er sich schließlich einen Vollbart wachsen lassen und so die Auftraggeber geblufft. Danach war er in der Branche etabliert gewesen und hatte keine Sorgen mehr gehabt. Auch nicht mit den Frauen, mit denen schon gar nicht, denn es waren nicht wenige, die von nun an hinter ihm her gewesen waren.

Das alles klang nach einer Erfolgsstory. Doch wenn er weitersprach, davon, dass er den Auftrag nur deshalb so dringend gebraucht hatte, weil er seine seit einigen Jahren an MS erkrankte Mutter hatte versorgen müssen, da sein Vater, der mit der Krankheit nicht umgehen konnte, die Familie sitzen gelassen hatte, ja, wenn er davon sprach, dann war jeder betroffen, dann sagte niemand mehr ein Wort.

Und auch diesmal löste seine Geschichte, obwohl Nadine sie schon unzählige Male gehört hatte, Bewunderung und Mitgefühl in ihr aus und machte ihren Vater zu ihrem persönlichen Helden. Mit unverhohlenem Stolz blickte sie zu Tim, der so beeindruckt zuhörte, dass er sogar seine Zigarre übersah, die im Aschenbecher vor sich hin glimmte und deren Blätter sich in Asche verwandelten, ohne dabei die Form zu verlieren. Am liebsten hätte sie ihm zugerufen: Schau, ist er nicht toll? Hat er nicht Schweres mitgemacht? Und da ihr Vater nun an Gewicht wieder gewonnen hatte, maß sie wohl auch seinen Worten mehr Bedeutung zu, denn auf einmal ertappte sie sich dabei, dass sie schon eine geraume Weile darauf geachtet hatte, ob Tim nun ihrem Vater in die Augen sah oder nicht.

Zu ihrer Genugtuung tat er das sehr wohl. Dem kurzen Triumph, den Nadine in dem Moment, als sie das feststellte, empfand, folgte sogleich das beschämende Gefühl, dass sie sich zu einer Tat hatte hinreißen lassen, die ihrer Beziehung zu Tim nicht würdig war. Wie eine Spionin hatte sie ihn beobachtet, hatte, ohne dass er davon wusste und, was noch viel schlimmer war, ohne dass sie es gewollt hatte, die Position gewechselt und sich auf die Seite ihres Vaters gestellt.

Nun kam sie sich schäbig vor, richtig schäbig, auch wenn sich die Zweifel nur in ihr selbst zu Wort gemeldet hatten und niemand etwas davon gemerkt hatte. In ihrer flüchtigen Verunsicherung war sie plötzlich dankbar für Tims ahnungsloses Lächeln, für seine Liebe, die ihr im Vergleich zu der ihren unangemessen groß erschien, und eine Woge der Zärtlichkeit strömte ihm entgegen. Während ihr Blick die zwei Männer, die ihr gegenübersaßen, umschloss, bedauerte sie, dass sie sich nicht zu beiden gleichzeitig hingezogen fühlen konnte. Warum musste sie immer Stellung beziehen, entweder für den einen oder für den anderen?

Für den Rest des Abends blieb sie innerlich mit Tim verbunden, und zum Zeichen dafür beugte sie sich über den Tisch, griff nach seiner Hand und hielt sie fest – so lange, bis er sich von ihr löste, um der Hitze, die von ihrer Hand ausging, zu entgehen.

Später, nachdem Tim schon hinauf in ihr Zimmer gegangen war, blieb sie noch unten, um mit ihrer Mutter die Spuren des Abends zu beseitigen. Sie räumte die letzten Reste des Geschirrs vom Tisch, leerte den Aschenbecher in den Abfall, stellte Salz- und Pfefferstreuer zurück in die kleine Biedermeier-Anrichte, rückte die Stühle um den Tisch zurecht, und dabei fiel ihr Blick in den Garten.

Ihr Vater hatte die Terrassentür weit geöffnet und war nach draußen gegangen, und Nadine spürte, wie die kühle Brise der Nacht den vertrauten Geruch von Tims Zigarre langsam vertrieb.

Als er nun durch die Tür trat, warf sie ihm einen vorwurfsvollen Blick zu. »Du magst ihn nicht.«

»Das stimmt doch nicht. Ich habe überhaupt nichts gegen ihn. Er lebt nur in der falschen Stadt.«

»Und was war das mit dem Nicht-in-die-Augen-schauen-Können? Verschlagen und unehrlich? Das ging ja wohl zu weit. Im Übrigen schaut er dir sehr wohl in die Augen!«

Ihr Vater sah sie nur kurz an, bevor er weiterging und ganz nebenbei, mit einem herablassenden Schulterzucken bemerkte: »Dann muss er wohl einen Silberblick haben.«

»Schon komisch, dass die alten Herren immer mit ihren früheren Geschichten auftrumpfen müssen«, bemerkte Tim.

Er lag bereits im Bett und blätterte nur noch aus reinem Zeitvertreib in einem Frauenmagazin, während Nadine sich auszog. Sie mochte es, wenn er auf sie wartete.

»Wieso? Er hat doch nur von seiner Jugend erzählt«, entgegnete Nadine. »Das hat er eben alles erlebt.«

»Ich habe das auch nicht als Vorwurf gemeint«, stellte Tim ganz ruhig klar. »Mir fällt es nur auf.«

Nadine merkte, dass sie immer gereizter wurde. Den ganzen Abend über hatte sie sich bemüht, die beiden füreinander zu gewinnen, hatte diese alberne Anspielung ihres Vaters auf Tim über sich ergehen lassen müssen. Dass Tim nun auch noch anfing, ihren Vater zu kritisieren, war ihr einfach zu viel. Sie brauste auf: »Ich hätte dich gern gesehen, wenn du in seiner Situation gewesen wärst. Hättest du dich so um deine Mutter gekümmert? Bestimmt nicht! Du rufst sie ja nicht einmal an!«

»Im Gegensatz zu deiner erwartet meine das auch nicht«, entgegnete Tim und warf die Zeitschrift auf den Boden.

»Was soll denn das heißen?«

»Nichts«, antwortete Tim laut gähnend. Er legte sich auf die Seite, sodass er ihr den Rücken zuwandte. »Nacht. Schlaf gut. Es war trotzdem ein schöner Abend«, brummte er versöhnlich.

Nadine sah ihn an und zögerte. Sie wusste nicht, was sie noch hätte sagen können, ihr Kopf war auf einmal leer, und sie war müde. »Du auch«, gab sie leise zurück.

KAPITEL 5

Am nächsten Tag waren Tim und sie schon am frühen Vormittag aufgebrochen, um in die Stadt zu fahren.

In Schwabing schlenderten sie durch die farbenreiche Hohenzollernstraße mit ihren zahllosen kleinen Boutiquen, Bars und Cafés, die alle den neuesten Trends aus London und New York immer nur ganz knapp hinterherhinkten. Für Nadine ein Muss, jedes Mal, wenn sie in München war. Hier ließ sie sich gern treiben und nahm dabei alles wahr, was um sie herum geschah. Irgendwo roch es nach Kaffee und Schokolade. Sie gingen weiter, und der Geruch verflüchtigte sich. Drei Teenies, schmalhüftig und nabelfrei, überholten sie und stürmten in eine der für diese Straße typischen Läden, die nicht breiter waren als ein Wohnwagen, ein schmaler Raum eben, aber voll modisch verlockender Klamotten.

Vor der nächsten Kreuzung warteten sie an der Ampel neben einer jungen Frau, die mit der einen Hand einen Kinderwagen hielt, in dem ein Baby schlief, und mit der anderen nach einem kleinen Mädchen griff und aufgebracht schalt, weil es einen vorwitzigen Schritt auf die Straße gewagt hatte. Dem Kind standen Tränen in den Augen. Nadine lächelte das Mädchen an, doch es wandte sich verlegen seiner Mutter zu und vergrub den Kopf in deren Rock. Der jungen Frau schien das lästig zu sein, denn ihre Aufmerksamkeit war nun ganz nach vorne auf die Straße gerichtet, und sie schob das Kind von sich. Als die Ampel auf Grün schaltete, drängte sie weiter, indem sie die Kleine mit hektischen Bewegungen mit sich zog. Das Kind hatte aufgehört zu weinen und strengte sich nun an, mit dem Tempo der Mutter mitzuhalten. Nadine hätte dem Mädchen am liebsten zugerufen: Deine Mutter ist jung. Nimm es nicht persönlich! Und sie dachte daran, dass man es viel leichter hätte, wenn man als Kind schon wüsste, wie unreif die eigenen Eltern manchmal waren und mit welchen Problemen sie sich herumzuschlagen hatten.

Nadine wich einem jungen Mann mit Aktentasche aus, der mitten auf dem Bürgersteig stehen geblieben war und angestrengt eine große Tafel mit einer verwirrenden, handgeschriebenen Auswahl an Aufstrichen und Belägen von Sandwiches, Bagels und Ciabatte studierte. Tim war bereits weiter vorne und steuerte auf einen Laden zu. Sie folgte ihm in das Schuhgeschäft, in dem er sich gleich zwei Paar handgearbeitete italienische Slipper kaufte.

Obwohl München als teures Pflaster in Deutschland seinem Ruf durchaus gerecht wurde, waren die Preise im Vergleich zu London wiederum so niedrig, dass es Tim ein wahres Vergnügen bereitete, Geld auszugeben. So schleppte auch der junge Verkäufer eines exklusiven Herrenausstatters, in sicherer Vorahnung auf ein in dieser Zeit eher selten gewordenes gutes Geschäft, ständig neue Hosen, Hemden und Pullover an, die er auf dem feinen alten Holztisch ausbreitete. Mit Blick auf die

Preisschilder erinnerte Tim Nadine an die Zeit, als es noch umgekehrt gewesen war, als London und auch die europäischen Metropolen auf dem Kontinent den Deutschen geradezu paradiesische Einkaufsmöglichkeiten geboten hatten – aber das war schon lange her und hatte sich inzwischen gehörig geändert.

»Überhaupt muss man sich heutzutage als Deutscher im Ausland so vorkommen, als käme man aus einem armen Drittland«, bemerkte Tim, bevor er mit zwei Hosen über dem Arm zum Anprobieren hinter der hochglanzpolierten Schwingtür der Umkleidekabine verschwand.

»Also *so* ist das auch wieder nicht«, protestierte Nadine. Sie stellte sich nun vor die Kabine und redete weiter, ohne dass sie Tim sehen konnte. Stattdessen fixierte sie die Edelstahlbeschläge auf der spiegelnden Holztür, die sie von ihm trennte. »Die Häuser in England zum Beispiel, ich meine die normalen Häuser. Von Fugen und Ritzen haben die Architekten dort noch nie was gehört. Da stimmt nichts. Ich denke, was die Qualität betrifft, so sind die ganz schön hintendran, und genauso ist es in Frankreich oder Italien. Schau dir doch nur mal die Bäder an! Bis da endlich mal das warme Wasser kommt ...«

Tim lehnte sich nun lachend aus der Schwingtür und zog Nadine zu sich. »Es ist schon süß, wie du für dein Land in den Krieg ziehst.«

»Aber es stimmt doch! Außerdem ist es auch dein Land.«

»Nur ziehe ich dafür nicht in den Krieg, jedenfalls nicht wegen Fugen und Ritzen. Ja, ja ... die Fugen und Ritzen.«

Und er lachte noch mehr, und Nadine, die eine Grimasse schnitt, als sie seine Hand auf ihrem Po spürte, ärgerte sich nicht wirklich, dass er sie nicht ernst nahm. Sie genoss es viel zu sehr, gemeinsam mit Tim Sachen für ihn auszusuchen, nicht wegen der Kleidungsstücke an sich, sondern wegen der Verheißungen, die sie ihr versprachen, denn Nadine betrachtete jedes einzelne Teil als Symbol für kommende schöne Stunden. Während Tim einen Pullover in der neuesten Farbe, einem kräftigen Aprikot, überzog, stellte sie sich vor, wie sie nach einem langen Spaziergang zurückkamen, in ein Gästezimmer in irgendeinem Landhaus, mit Blumentapete und Wasserkocher, und Tim sie in diesem aprikotfarbenen Pullover anblickte – so wie jetzt –, wachsam, fragend, und dann ...

»Was denkst du? Soll ich den nehmen?«

Nadine, wieder herausgerissen aus ihren Träumen, nickte lächelnd. Obwohl er ihr zwischenzeitlich vertraut war, erfüllte es sie mit Stolz, dass dieser Mann zu ihr gehörte. Seine Schultern waren kräftig, seine Beine muskulös und schlank, und der kleine Bauchansatz fiel nur auf, wenn man genau hinsah. Mit großem Wohlgefallen schaute sie ihm zu, wie er sich jetzt nach links wandte, den Blick mit angestrengter Miene auf sein Spiegelbild gerichtet, wie ein Künstler, der vergeblich versucht, eine neutrale Distanz zu seinem Werk herzustellen, und ihr zustimmendes Lächeln gab ihm alle Bestätigung der Welt.

»Und was ist mit dir? Gefällt dir nichts?«, fragte er sie gut gelaunt, als sie wieder auf der Straße waren und in Richtung Wagen gingen.

»Doch, aber nicht so, dass ich es unbedingt haben müsste.«

»Ich will dir etwas schenken. Such dir was aus!«

Nadine schüttelte den Kopf. Sie wollte nicht, dass er ihr etwas kaufte, nur weil er sich etwas kaufte. Deshalb winkte sie ab und schlug vor, jetzt schon ins Zentrum zu fahren, wo sie sich später mit Freunden verabredet hatten.

Sie hatten den Wagen in der Tiefgarage abgestellt und traten hinaus auf den großen gepflasterten Platz, der auf zwei Seiten von Oper und Residenz imposant eingerahmt wurde. Die Fußgängerzone lag hinter der schön renovierten historischen Häuserfront auf der anderen Seite, die jetzt im Sonnenlicht hell glänzte. Auf dem Weg dorthin kamen sie bereits an den ersten feinen Geschäften vorbei, und Tim machte Nadine hier und dort auf ein schönes Stück in den Auslagen aufmerksam, denn er hatte es sich in den Kopf gesetzt, ihr etwas zu schenken, und ließ nun nicht locker. Für ihn war es ein Spiel aus alter Gewohnheit. Nadine amüsierte sich darüber, was sie meist tat, wenn Tim wieder einmal seinen längst überholten Prinzipien folgte. Und irgendwann, sie waren in der Theatinerstraße, gab Nadine schließlich nach. Sie betraten einen großen Modetempel, in dem die Verkäuferinnen unnahbar durch den Raum schwebten. Die vier oder fünf Kundinnen, die sich zurzeit in diesem Laden aufhielten, umgab alle der undurchdringliche Dunst von »teuer«. Es war jedoch nicht das Äußere, durch das sich Nadine von ihnen unterschied. Ihr lebendiges Wesen, das sich in lebhaften Gesten und wachen, glänzenden Augen ausdrückte, stellte einen viel größeren Kontrast dar – doch das wusste sie nicht. Sie merkte nur, dass sie herausstach, und fragte sich, ob es den anderen auch auffiel.

Es war nicht leicht, etwas auszuwählen, wenn man die lauernden Blicke der Verkäuferinnen im Rücken spürte. Nadine schob die Kleiderbügel, auf denen die Teile hingen, mit raschen, geübten Griffen auseinander, einen nach dem anderen, dabei warf sie jeweils einen kurzen Blick auf jedes einzelne Stück. Sie konnte sich allerdings nicht entscheiden, und schließlich wählte Tim für sie eine Hüfthose mit Schlag aus schönem Stoff aus. Sie war ziemlich teuer, doch Nadine freute sich, dass sie ihm gefiel.

Nadine musste die wenigen Stunden nutzen, die sie in München verbrachten, und hatte deshalb gleich all ihre Freunde in einem bayerischen Wirtshaus, das eine Institution in der Stadt war, zusammengetrommelt. Hier in dem großen Saal, der ganz oben an den Wänden durch die Wappen berühmter deutscher Adelsgeschlechter gesäumt war, saßen sie nun, die jungen Leute, die einander viel zu gut kannten, und schwatzten neugierig und aufgeregt durcheinander. Nadine war, als hätten sie sich erst gestern das letzte Mal gesehen, und mit dem herrlich beruhigenden Gefühl, dass die alte Vertrautheit vom ersten Moment an wiederhergestellt war, lehnte sie sich entspannt zurück. Da waren Hans, der mit ihr studiert hatte und dauernd kurz vor dem vermeintlich großen Durchbruch stand, jedes Mal mit einem noch größeren Bauprojekt, das er gerade entwickelte, David, der immer noch beim Bauamt arbeitete, obwohl er ständig auf die

Beamten schimpfte, Karin, seit kurzem Texterin bei einer großen Werbeagentur, mit der sie auf dem Gymnasium gewesen war, und Gabriele, ihre Sandkastenfreundin, die diesem auch noch nicht entwachsen war und nach wie vor davon träumte, Schauspielerin zu werden.

»Bleibst du denn für immer in London?«, fragte Gabriele vorsichtig und nippte an einem Halb-Liter-Glas gespritzten Apfelsaft, auf dessen Rand ihre rot geschminkten Lippen einen fettigen Abdruck hinterließen.

»Nadine wäre ja blöd, wenn sie es nicht täte. London ist eine so coole Stadt! Und wenn man es sich leisten kann ...«, warf Hans ein und legte seine Hand als Zeichen der Freundschaft auf Nadines Arm. Seine kleine Anspielung auf Tims Vermögen nahm Nadine ihm schon deshalb nicht übel, weil Hans ganz offensichtlich voller Bewunderung für Tim war, so wie er alles, was nach Erfolg aussah, unreflektiert und mit kindlichem Eifer bestaunte. Irgendwo schmeichelte es ihr sogar, was sie aber nie zugegeben hätte. Als sie Gabriele nun antwortete, beugte Nadine sich nach vorne, sodass Hans seine Hand zurückziehen musste.

»Ich denke schon, dass ich in London bleibe. Aber nicht wegen der Stadt.« Ein kurzer liebevoller Blick streifte Tim, der sich gerade mit David über Baugenehmigungsverfahren unterhielt. »Obwohl London wirklich klasse ist«, fügte sie hinzu, und in ihrer Stimme schwang unüberhörbar ein wenig Stolz mit. »Es ist so international. Man fühlt sich dort nicht als Ausländer, weil eben alle von irgendwoher kommen.«

»Also, ich könnte das nicht«, entgegnete Gabriele, und Nadine pflichtete ihr im Stillen bei.

Gabriele war von ihrer Erziehung her eher ängstlich, war sie doch von ihrer erfolgreichen Mutter bis zur hilflosen Abhängigkeit verwöhnt und dominiert worden, worunter sie heute litt. Ständig auf der Suche nach ihrem eigenen Weg, ließ sie keine esoterische Unsinnigkeit aus, ohne jedoch einen reellen Schritt im Alleingang zu wagen. Spontan tat sie ihr wieder Leid, und deshalb flunkerte sie: »Natürlich kannst du das auch. Du musst dich nur trauen.«

Gabrieles leises Lächeln ließ Nadine nicht weiter insistieren, und als Gabriele jetzt mit sanfter Stimme widersprach: »Nein, aber das ist auch in Ordnung«, fühlte sie sich doch ein wenig beschämt. Vielleicht hatte einer ihrer vielen Selbstfindungskurse ja doch etwas gebracht, erklärte sich Nadine diese unerwartete Wandlung.

Plötzlich sah sie eine junge Frau hereinkommen, die laut und gestikulierend auf ihre Begleiterin einredete, und sie erschrak. War das nicht ...? Na klar, diese Haare gehörten doch zu Sarah. »Typisch«, sagte Nadine zu sich selbst, »unüberhörbar und unübersehbar.«

Ausgerechnet jetzt, als Nadine auf diesen hellblond gesträhnten Schopf starrte, musste Sarah sich umdrehen, und für einen kurzen Moment trafen sich ihre Blicke. Nadine schaute schnell zur Seite. Die anderen hatten Sarah zum Glück nicht bemerkt, und Nadine war froh, dass auch Sarah nicht an den Tisch kam, um die alten Freunde zu begrüßen.

Das leichte Schaudern, das Sarahs unerwartetes Erscheinen auslöste, hatte sie sofort wieder unter Kontrolle, und sie erinnerte sich an jene Zeit, vor mehr als zehn

Jahren: Als beste Freundinnen hatten sie damals die gleichen Kleider getragen, die gleichen Kraftausdrücke benutzt, sich für das Gleiche begeistert und das Gleiche abgelehnt. Nur bei den Jungs war es anders. Da hatte Nadine immer mehr Glück. Ihre erste Liebe dauerte drei Jahre, während Sarah ständig nur von einem Liebeskummer in den nächsten stürzte. Und dann kam sie zu Nadine; und sie teilten diesen Schmerz, durchlitten Sarahs unerfüllte Sehnsucht und suchten nach Strategien, die zerstörte Hoffnung wiederherzustellen.

Wie froh Nadine dann war, einen Vater zu haben, mit dem sie über alles sprechen konnte und der vor allem immer genau wusste, was zu tun war – sozusagen aus der Sicht eines Mannes. In dieser Zeit begann auch jene Verschiebung, die aus einem Vater einen Berater, einen Freund, einen Vertrauten machte. Und das nicht nur für sie, sondern auch für diejenigen ihrer Freundinnen – es waren bestimmt nicht wenige –, die sich in einem scheinbar aussichtslosen Liebeschaos verstrickt sahen. Sie alle vertrauten sich ihrem Vater an. Manchmal amüsierte es Nadine auch, wie sie die Ratschläge, die er ihnen gab, dankbar annahmen, aber immer machte es sie stolz. Ihr Vater hatte Hochkonjunktur.

»Du rufst ihn jetzt nicht an. Es macht dich viel interessanter, wenn du dich zurückziehst. Glaub mir, ich spreche aus Erfahrung«, hatte Nadines Vater zu Sarah gesagt.

Sie waren eng zusammengerückt an dem langen Esstisch ihrer Eltern, Nadine, Sarah und er. Nadines Mutter hatte sich schon längst mit einem Buch zurückgezogen. Das war auch gut so, dachte Nadine, denn mit ihr konnte man über solche Themen nicht sprechen. Sie hielt nichts von strategischen Schachzügen, besonders nicht in Liebesangelegenheiten. Nadine und ihre Freundinnen dafür umso mehr.

Sarahs Augen waren auch schon weniger gerötet. Sie hingen erwartungsvoll an seinem Gesicht. »Meinen Sie wirklich?«

»Natürlich.« Mit einigen erklärenden Sätzen bekräftigte ihr Vater seine Taktik, und Nadine pflichtete ihm mit lebhaftem Nicken bei. Sie konnte sehen, dass die Bestimmtheit seiner Worte Sarah langsam wieder aufrichtete, ihre angespannte Miene glättete sich, und sie schien sich zu sammeln; doch dann sah sie ihn auf einmal wieder fragend an und runzelte dabei die Stirn.

»Aber könnte es nicht auch bedeuten, dass ...?«

Jetzt fing das Ganze schon wieder an!, dachte Nadine. Sarah hatte wirklich die Gabe, eine Szene immer wieder von allen Seiten zu betrachten, und nicht nur, wie sie sich abgespielt hatte, sondern auch, wie sie sich hätte abspielen können. Nadine bewunderte ihren Vater für seine Geduld. Selbst wenn es ihm zu viel wurde, ließ er sich das nicht anmerken. Man hatte immer noch den Eindruck, es interessierte ihn. Egal. Sie hatte auf jeden Fall genug und das dringende Bedürfnis, ins Bett zu gehen.

»Also ich bin jetzt müde.«

Ihr Vater nickte ihr verständnisvoll zu.

Sarah fiel nicht einmal auf, dass sie sich zurückzog. Sie war viel zu sehr damit beschäftigt, bei Nadines Vater auch noch die letzten Reste ihres Seelenmülls abzuladen.

Trotz ihrer Müdigkeit lächelte Nadine, als sie auf ihr Zimmer ging. Sie lächelte über die Genesung ihrer

Freundin, über die Klugheit ihres Vaters und über ihr eigenes Glück.

Später hatte sich Nadine noch oft gefragt, ob es nicht besser gewesen wäre, wenn sie nicht so früh schlafen gegangen wäre, dann wären Sarah und sie vielleicht immer noch befreundet. Dann hätte sie aber auch nie erfahren, dass Sarah ein Problem mit ihr hatte und dass die vermeintliche Freundschaft, die sie verband, eben doch keine war.

Denn sonst hätte Sarah am nächsten Morgen in der Schule, wo sie mit einigen Mitschülerinnen am langen Gang vor dem Klassenzimmer zusammenstand, nicht diese grauenhafte Lügengeschichte erzählen können.

»Das war ein Ding«, hörte sie Sarah sagen, als sie sich der kleinen Gruppe näherte. »Er hat mich vielleicht angemacht.«

»Und dann ...?«

Alle lauschten so gebannt, dass niemand von Nadine Notiz nahm, die jetzt erst dazustieß und umso gespannter war.

»Wenn ich gewollt hätte, dann wäre schon etwas passiert«, verkündete Sarah gerade mit unverhohlenem Stolz.

Nadines Neugierde wich einer Angst, die sie plötzlich überfiel. So plötzlich, dass sie ihren Blick erschrocken abwandte. Eine deutliche, drückende Angst. Vorsichtig sah sie wieder zu ihrer Freundin, und auf einmal, ohne es in einen klaren Gedanken fassen zu können, wusste sie ganz genau, dass sie mit ihrem Gefühl richtig lag. Sie musste verhindern, dass Sarah weitersprach, doch sie brachte kein einziges Wort heraus. Das Entsetzen schnürte ihr die Kehle zu, während Sarah ahnungslos drauflosredete:

»Er war scharf auf mich. Und dann hielt er mich fest, im Wagen, als er mich nach Hause gefahren hat.« Sie legte eine kleine Kunstpause ein, in der sie das Interesse ihrer Zuhörerinnen sichtlich auskostete, bevor sie fortfuhr: »Nicht wirklich brutal, aber in dieser Art von Spaß, bei der du nicht weißt, ob es nicht doch ein bisschen Ernst ist. Ich habe mich dann losgemacht, und er ist mir noch hinterher ... Ha, ha, das war vielleicht was!«

Jedes einzelne Wort schnitt Nadine tief ins Herz. Fassungslos starrte sie Sarah an, die noch zu ihr hinübergrinste, als redete sie über irgendeinen Typen, so wie immer, und nicht über ...

»Was soll denn das heißen?«, fragte Nadine.

Den unheilvollen Unterton in ihrer Stimme hatte Sarah wohl überhört, denn sie lachte auf. »Dein Vater war noch ganz schön heiß drauf gestern ... Aber keine Angst. Ich hab ihn abblitzen lassen. Obwohl er ja kein schlechter Typ ist.«

Die anderen stimmten in Sarahs Lachen ein.

Nadine betrachtete Sarah. Sie fand auf einmal, dass sie billig aussah mit ihren gebleichten langen Haaren; und auf die bildete sie sich noch was ein! »Du lügst«, erwiderte sie barsch.

»Nein. Wirklich nicht. So was könnte ich auch gar nicht erfinden. Er hat mir sogar seine Hand auf den Oberschenkel gelegt, ziemlich weit oben.« Und sie lachte wieder.

In Nadine stieg ein Gefühl auf, das ihr bislang fremd gewesen war. Plötzlich hatte sie Lust, Sarah zu schlagen, diese billige dumme Gans! Doch dann unterdrückte sie das Hassgefühl und setzte einen spöttischen Blick dagegen. »So ein Quatsch! Das erzählst du nur, weil du neidisch bist. Schon die ganze Zeit. Weil es bei mir eben klappt und bei dir nicht.« Nadine behielt die hochmütige Miene bei, als sie hinzufügte: »Mein Vater würde so etwas nie tun. Niemals!« Dann drehte sie sich um und ließ sie stehen und die anderen auch. Sarah würdigte sie keines Blickes mehr.

»Mensch, Nadine, sei nicht sauer!«

»Komm! Sarah macht sich doch nur wichtig.«

Nadine hatte keine Ahnung, von wem die letzten Worte stammten, die sie in ihrem Zorn nur noch bestätigten. Sie befand sich bereits im Klassenzimmer und steuerte auf den Platz zu, der noch frei war, rechts hinten in der Ecke. Sie konnte nicht mehr neben Sarah sitzen. Nie mehr!

Als der Unterricht begann, saß Nadine an dem schmalen Tisch ganz hinten, den Blick unbewegt zum Fenster hinaus gerichtet. Es war ihr Stolz, der sie tröstete, der sie aber auch starr machte und ein Verzeihen nicht mehr zuließ.

Ihren Vater hatte sie mit dieser Geschichte nicht konfrontiert, aus Scham und aus Angst, ihn zu verärgern.

Karin holte sie aus ihren feindseligen Gedanken, indem sie sie anstupste und laut in die Runde rief: »Nadine wollte ja schon immer nach England. Ich weiß noch, in der Schule: Da hat sie aus dem englischen Wörterbuch die Wörter alphabetisch gelernt. Von A bis Z.«

»Das stimmt. Weit bin ich allerdings nicht gekommen«. Nadine lachte erleichtert auf.

»Wenn ich besser Englisch könnte, dann würde ich heute sofort nach London gehen. Da gibt es die supercoolen Agenturen. Und was macht Karin? Karin bleibt hier. Nix multikulti«, stellte Karin selbstironisch fest und brachte mit der Grimasse, die sie zog, die anderen zum Lachen.

Es war eine heitere, aufgekratzte Gesellschaft, die auch Tim vertraulich mit einbezog. Unter seinem schweigenden Lächeln strahlte Nadine im Mittelpunkt und fühlte sich von allen beneidet. Von der Bewunderung der Freunde beflügelt, überraschte sie auf einmal ein ihr bisher unbekanntes Gefühl: Überlegenheit. Selbstzufrieden präsentierte sie ihr neues Leben und gab sich dem verwegenen Trugschluss hin, dass sie es geschafft hatte, den Sprung in eine andere Welt, in eine große Welt, in der sie zwar nur eine Randfigur war – aber das wusste ja niemand, nicht einmal sie selbst. Und noch einmal schwenkte ihr Blick hinüber zu Sarah.

Ihr Vater steuerte seinen noch immer ansehnlichen großen Mercedes etwas älteren Baujahrs, in dem sie zu viert saßen und zum Abendessen fuhren. Am Nachmittag, während Tim und sie in der Stadt gewesen waren, hatte er zu ihrer Überraschung in Nadines Lieblingsrestaurant einen Tisch reserviert und war jetzt bester Laune, als er noch dazu unweit entfernt einen Parkplatz fand. Seine momentane Heiterkeit übertrug sich auf die anderen, und Nadine, die mit Tim Hand in Hand neben ihren Eltern über die Straße schlenderte, war einfach nur glücklich, dass er sich wohl endlich mit der Situation abgefunden hatte. Es war Abend, ein leichter Wind trieb die Blätter der am Straßenrand wachsenden Buchen über das graue Pflaster vor sich her, so viele, dass man sie als Vorboten des Winters nicht mehr ignorieren konnte; auch die Temperaturen waren jetzt schon merklich kühler, und die Blätter fingen sich an den Beinen der Stühle, die zusammengestellt auf der Terrasse des Restaurants ihr Dasein bis zum nächsten lauen Sonnentag fristeten.

Nach ihrem Vater betraten sie das kleine Restaurant mit den holzgetäfelten Wänden, dem riesigen Kristalllüster und den weiß gedeckten runden Tischen. Und wie immer führte Mike sie an ihren Tisch in der Ecke am Ende des großen Raumes. Tim sah gut aus in seinem Jackett, und es störte Nadine nicht im Mindesten, dass er keinen Anzug dabeihatte – ihre Gedanken von damals wären ihr jetzt einfach lächerlich vorgekommen, hätte sie sich daran erinnert. Doch das tat sie nicht. Tim ging hinter ihr, und sie spannte ihren Körper, und in jedem Schritt kostete sie die Bewegung voll aus, als könnte sie seinen Blick auf ihrem Po spüren. Selbstbewusst trug sie ihre neue Hose, die einen Spalt Haut über dem Bund freiließ, schmal, doch breit genug, dass sie die Nacktheit spüren konnte und sich ein Gefühl prickelnder Vorfreude in ihr ausbreitete.

Auch später, während des Essens, blieb ihnen diese Fröhlichkeit erhalten – eine trügerische Fröhlichkeit, wie sich später herausstellen sollte. Während Nadines Vater alte Familienpossen zum Besten gab, betrachtete Nadine ihn lächelnd, mit liebevollem Stolz: Richtig jung sah er aus, wenn seine Augen strahlten. Das war er, ihr Vater –

der Vater, den sie liebte. Sie blickte in die Runde – Tim, ihre Mutter, ihr Vater – und war glücklich, dass die alte Herzlichkeit wiederhergestellt war und sie Tim endlich mit einschloss.

Siehst du?, sagten ihre Augen zu Tim. Er ist nicht so, wie du denkst.

Irgendwann kam ihr Vater dann auf das geplante Designerhotel zu sprechen. In diesem Augenblick zündete in Nadine die Hoffnung, dass sie vielleicht von London aus für ihn arbeiten könnte, und sie begann, mit neuen Ideen zu brillieren; und auf einmal redeten alle durcheinander, und selbst Tim mischte sich ein und wurde plötzlich ungewöhnlich mitteilsam.

»Auf Knopfdruck wird das Fenster entweder Milchglas oder Klarglas. Wenn es Sie interessiert, Herr Borchert, dann kann ich mich mal erkundigen, wer das herstellt«, schlug er vor.

»Ja, warum nicht? Das ist doch eine wunderbare Idee.«

»Billig wird das aber bestimmt nicht«, warf Nadine ein. Ihr war eingefallen, dass die besten Ideen, die sie gehabt hatten, immer aus finanziellen Gründen gescheitert waren.

»Geld spielt bei denen überhaupt keine Rolle. Es geht nur darum, etwas ganz Besonderes, etwas Neues zu entwerfen. Es ist mir ein Rätsel, wie die das machen. So ein Haus kann sich doch niemals tragen. Aber mir solls recht sein. Da kann man sich wenigstens mal richtig austoben.«

Diese so lapidar dahingesagte Bemerkung versetzte ihr einen Stich, denn so ein Projekt hatte sie sich eigentlich immer gewünscht. Keine Kompromisslösungen, kein Feilschen! Was könnte man da nicht alles machen! Umso mehr kreisten ihre Gedanken nun um eine Möglichkeit der Zusammenarbeit. Am liebsten hätte sie ihrem Vater ihre Unterstützung gleich jetzt angeboten, aber sie hielt sich zurück. Stattdessen nickte sie bloß und murmelte: »Hmhm. Das ist ja toll.«

Sie merkte nicht, dass ihr Vater sie aus den Augenwinkeln betrachtet hatte; und nun fuhr er fort:

»Das beste Geschäft ist immer noch eine saubere Altbausanierung. Man kauft ein günstiges altes Objekt, renoviert es und vermietet es dann – vorausgesetzt, man kann es sich leisten oder kriegt eine günstige Finanzierung«, sagte er zu Tim.

»Wenn Sie mal ein Objekt haben, dann können wir vielleicht von Seiten der Bank mit der Finanzierung etwas machen«, bot Tim höflich an, und Nadines Herz begann aus Vorfreude über erste eventuelle Gemeinsamkeiten schneller zu schlagen.

»Stimmt. Sie kennen sich ja aus mit Baufinanzierungen. Ich hätte beinahe vergessen, dass sie sozusagen ein Profi sind«, antwortete ihr Vater, ohne seinen sonst üblichen ironischen Unterton und lächelte Tim freundlich zu.

»Ja, Tim, ich werde vielleicht eines Tages darauf zurückkommen. Sagen Sie, wie lange arbeiten Sie nochmal bei der Bank?«

»Acht Jahre sind es jetzt.«

»Ganz schön lange. Und wollen Sie das immer machen? ... Danke.«

Der Ober hatte ihnen die Dessertkarten gereicht. Nadine ließ die ihre vor sich liegen und rührte sie nicht an. Sie hörte viel zu aufmerksam zu, als dass sie den Ober, die Karte, überhaupt irgendetwas um sich herum bemerkt hätte.

»Denken Sie eigentlich nicht daran, sich zu verändern?«

Tim lächelte sanft, ohne dass sein Gesicht diesen gleichmütigen Ausdruck verlor. Hinter seinem ruhigen Auftreten versteckte er jedoch seinen Unmut, vermutete Nadine, denn in Wirklichkeit hasste er alle Fragen, die direkt mit seiner Person zu tun hatten. »Tja, irgendwann möchte ich mich natürlich schon mal selbstständig machen.«

»Das dachte ich mir. Es passt auch gar nicht zu Ihnen, ewig ein Angestellter zu sein.«

Hoppla, dachte Nadine. Kam es ihr nur so vor, oder hatte er wirklich das Wort »Angestellter« in einem etwas herablassenden Ton ausgesprochen? Für ihren Vater kamen die Banker gleich hinter den Beamten, und für die hegte er eine lebenslange tiefe Verachtung: Die Bürokratie sei, betonte er ständig und bei jeder Gelegenheit aufs Neue, eine Gefahr für die Freiheit und den Fortschritt unserer Gesellschaft. Nadine forschte in Tims Gesicht nach irgendwelchen Anzeichen, die darauf schließen ließen, dass er gekränkt wäre – doch sie konnte keine erkennen. Wahrscheinlich reagierte sie jetzt schon überempfindlich, dachte sie, was sicher daran lag, dass sie ihren Vater einfach zu gut kannte. Und sie lehnte sich etwas vor, gespannt, was Tim dazu meinte, denn bisher hatten sie nie über dieses Thema gesprochen.

»Das habe ich auch nicht vor.«

»Sehr gut. Haben Sie schon eine Idee, was Sie danach machen werden?«

»Ja«, antwortete Tim nur und nahm die Dessertkarte. Für ihn war das Thema abgeschlossen.

»Und wollen Sie dann in der Finanzdienstleistung bleiben und sich mehr auf die Baubranche spezialisieren?«

Meine Güte, jetzt reichte es aber! Nadine fand, dass ihr Vater nun wirklich etwas zu viel fragte. Auch wenn sie selbst mehr als neugierig auf Tims Antwort war. Es war einfach unhöflich, ihn so auszuquetschen.

»Das kann ich mir gut vorstellen«, erwiderte Tim mit gleich bleibender Freundlichkeit, die auch Nadine darüber hinwegtäuschte, dass er sich langsam unbehaglich fühlte. »Es macht mir Spaß, Projekte zu entwickeln, Finanzierungen auf die Beine zu stellen. Warum nicht auch verkaufen? Ich finde das schon interessant.« Tim hatte die Dessertkarte geöffnet und überflog nun die Auswahl der Nachspeisen.

»Dann passen Sie ja wirklich perfekt zu meiner Tochter.«

Verblüfft schaute Nadine ihren Vater an.

»Sie beide ergänzen sich doch wunderbar und könnten sich bestimmt als Bauträger etablieren.«

In diesem Moment wurden sie vom Ober unterbrochen, der die Bestellungen für das Dessert entgegennahm. Ihre Mutter hatte sich für eine Mousse au chocolat entschieden, und nun sah er Nadine fragend an und wartete auf ihre Wahl.

»Ich nehme das Gleiche«, murmelte Nadine, die sonst nie Mousse au chocolat bestellte. Doch jetzt war es ihr gleichgültig, ob sie eine Crème brûlée, eine Bayerische Creme oder eine Mousse au chocolat aß. Sie hatte schnell und ohne zu überlegen bestellt, denn ihre gesamte Aufmerksamkeit galt dem, was sich hier gerade abzuzeichnen schien. Und da war es völlig unwichtig, was sie als Dessert zu sich nahm. Dass ihr Vater Tim wohl akzeptiert hatte, versetzte sie immer mehr in einen Taumel freudiger Erregung.

Nachdem ihr Vater seinen obligatorischen Käse bestellt hatte, griff er das Gespräch wieder auf: »Wo waren wir vorhin stehen geblieben? Ah ja ... Dass Sie beide sich zusammen selbstständig machen. Das scheint mir eine wunderbare Idee zu sein. Noch dazu ist Nadine eine hervorragende Architektin.«

Nadine war so überrascht, dass sie die Bedeutung seiner letzten Worte nicht wahrnahm. Noch nie hatte er sie so deutlich gelobt. Während ihr Vater zu der Flasche Wein griff, die auf dem Beistelltisch in einem Kühler lag, und Tim und sich jovial nachschenkte, wurde ihr klar, worauf er hinauswollte. Es wühlte sie auf. In dem Moment hätte sie ihn umarmen können. Ihr Vater – er kannte sie eben doch ganz gut.

»Stimmt!«, entgegnete Tim. »Wir sind ein tolles Team.« Und sah in ihre leuchtenden Augen, als er sein Glas hob und ihr zuprostete.

»Findest du?«, fragte Nadine vorsichtig, denn sie wollte sich die Hoffnung nicht selbst zerstören.

»Das wäre doch wirklich optimal. Du planst, und ich baue«, bemerkte Tim leichthin, ohne sich groß Gedanken zu machen. Während Nadines Zukunft an seinen Worten hing, machte es ihm einfach nur Spaß, diese gerade geborene Idee weiterzuspinnen. Er nahm das nicht wirklich ernst, so wie er vieles einfach nur von sich gab, weil es gerade passte, und nicht, weil er es wirklich so meinte. Er hatte sich angewöhnt, das zu sagen, was die Leute hören wollten. Später dann, wenn er an die verschiedenen geselligen Zusammentreffen zurückdachte, verschwammen diese unzähligen Stunden, die er hier und dort verbracht hatte, zu einem verschmolzenen Brei, der ihn satt und zufrieden machte.

Nadine war anders. Ihr Leben setzte sich aus vielen einzelnen Fragmenten klar und deutlich zu einem Ganzen zusammen, manchmal bitter, manchmal süß, und dabei erinnerte sie sich an jedes gesprochene Wort. Und sie freute sich nun über das vermeintlich gleiche Ziel.

»In London ist es natürlich schwer, sich zu etablieren. Die Konkurrenz ist groß, und jeder will dort hin«, hörte sie ihren Vater einwenden.

»Wem sagst du das!«, seufzte Nadine. Und je länger ihr Vater nun darüber sprach und die vielen Vorteile einer solchen Partnerschaft aufzählte, desto größer wurde ihr Verlangen nach einer Veränderung.

»Alles eine Frage der Zeit. Das wird schon«, meinte Tim und nahm einen Schluck von dem Espresso macchiato, den er anstelle einer Nachspeise bestellt hatte, bevor er sich dann darauf konzentrierte, seine Zigarre anzuzünden.

»Tja. Es ist schon bedauerlich ... Hier hättest du alles«, sinnierte ihr Vater so vor sich hin, und Nadine sprang sofort darauf an.

»Das stimmt schon. Hier wäre es viel leichter«, pflichtete sie ihm bei, während er den Parmigiano in einzelne Teile brach.

»Will jemand? Bitte schön!«

Nadine reagierte nicht. Sie hatte auch die Mousse au chocolat, die vor ihr stand, nicht angerührt. Ihr Vater hatte das Gewicht auf seiner Seite der Waage langsam immer mehr erhöht, sodass beide Schalen nun nebeneinander schwebten und Nadine nicht wusste, wie ihr geschah. Auf einmal fühlte sie sich in einem luftleeren Raum verloren, in dem sie darauf wartete, dass nur ein Hauch ihr die Richtung deuten würde.

»Käse schließt den Magen«, hörte sie ihren Vater sagen.

Sie schaute zur Seite, ließ ihren Blick über das Restaurant schweifen und fixierte das Fenster gegenüber. Draußen war es inzwischen dunkel, nur ein paar Lichter der Scheinwerfer vorbeifahrender Autos schimmerten immer wieder herein, und sie wartete einfach schweigend weiter, ohne zu wissen, auf was – und dann kam es.

»Wieso kommt ihr eigentlich nicht nach München?«

Ihr Vater hatte Tim direkt und unverblümt gefragt, und Nadine sah nun, wie Tim ihn überrascht anschaute.

»Wieso? Wir sind doch nach München gekommen.«

»Ich meine, fest, für immer.«

Nadine schluckte und griff zu ihrem Glas, um die plötzliche Trockenheit in ihrem Hals mit Wein wegzuspülen. Während sich der weiche hölzerne Geschmack an ihrem Gaumen ausbreitete und sie spürte, wie der Alkohol ihr Blut wärmte, behielt sie die beiden Männer im Auge.

»Ich verstehe Sie nicht ganz. Was wollen Sie denn damit sagen?«

»Ihr könntet doch zusammen einen Betrieb aufbauen,

Tim, Sie mit Ihren Kenntnissen und Erfahrungen, was Baufinanzierungen anbelangt, und Nadine als Architektin. Da wärt ihr doch das ideale Team. Das meinten Sie doch vorhin auch, oder?« Er hatte Tim ganz genau im Visier.

»Ja, ja, natürlich. Da haben Sie schon Recht.«

Nadines Gedanken wirbelten durcheinander. Wie von weit her nahm sie wahr, dass Tim jetzt antwortete: »Das wäre im Grunde ja auch die ideale Lösung.«

»Ihr könntet bei mir in die Firma einsteigen. Wir haben hier doch die besten Kontakte, und das Büro genießt einen guten Ruf.«

Auf Tims skeptischen Blick hin lachte er auf, und Nadine fand, dass er doch noch ziemlich gut aussah.

»Keine Angst. Ich weiß: Wo ein Baum steht, kann kein anderer wachsen. Ich wollte sowieso langsam etwas kürzer treten. Das Alter hab ich ja. Ich könnte euch sozusagen aus dem Hintergrund beraten.«

Und während er weitersprach, freundete sich Nadine mit der Vorstellung langsam immer mehr an.

Wir könnten vielleicht noch Räume dazumieten, die nach hinten in den Garten hinausgehen, dachte sie, und ihr Herz schlug schneller. Plötzlich sah sie die neuen Räume vor sich: hell, groß. So, wie sie sich das früher schon immer ausgemalt hatte. Und die Träume aus dem Gestern griffen auf das Heute über und zeigten alles in einem neuen, strahlenden Licht.

»Wir könnten noch was dazumieten«, wiederholte sie laut. »Da hätten wir dann genügend Platz. Das wäre doch gar nicht schlecht.«

Während Nadine ihre Eltern betrachtete, kam es ihr

vor, als wäre sie für das gemeinsame Glück allein zuständig. Mit einem Mal erschien alles so einfach. Sie griff nach Tims Hand, und in ihren Augen lag eine einzige drängende Bitte: Lass uns hierher ziehen!

Vorsichtig richtete sie nun die Frage an ihn, und in ihrer Stimme lag nur noch ein fast unhörbares Vibrieren. »Tim! Was meinst du denn dazu?«

»Das hört sich eigentlich gar nicht schlecht an«, bemerkte er milde. Ohne dass es seine Absicht war, bestärkte er Nadine durch seine Höflichkeit in ihrer neu erwachten Hoffnung.

»Ich finde diese Idee richtig gut, Tim. Stell dir vor, dann könnten wir zusammenarbeiten, das wäre doch wunderbar!« Nadine strahlte ihn an. Übereifrig stellte sie alle erdenklichen Spekulationen bezüglich Umzug, Zusammenleben und Zusammenarbeit an. Tim äußerte sich nicht dazu. Eigentlich konnte er ihn nicht leiden, den alten Herrn, doch er hütete sich davor, es auszusprechen.

Nadine, die sein Schweigen für Zustimmung hielt, entging die Müdigkeit in seinen Augen. Sie war völlig eingenommen von der Idee. So würde auch das alte, gute Verhältnis bald wiederhergestellt sein. Und auf einmal war sie wieder Nadine, das kleine Mädchen, das es seinen Eltern recht machen wollte, und sie merkte nicht, wie dünn das Eis war, auf dem sie gerade dahinschlitterte.

Tim hatte sich ganz in sich zurückgezogen. Die Traurigkeit, die er spürte, behielt er für sich. Später würde man dann schon sehen. Später konnte man darüber reden. Später, wenn sie allein waren.

Es war weit nach Mitternacht, als sie in Nadines Elternhaus ankamen. Nachdem der Ober bereits die Rechnung gebracht hatte, hatten sie auf Bestreben von Nadines Vater noch eine weitere Flasche Wein bestellt, und Nadine und ihr Vater hatten getrunken und geredet und getrunken und geredet. Tim hatte schließlich kurzerhand ein Taxi bestellt, sonst würden sie noch immer dort sitzen und trinken und reden.

Sie waren nun allein, oben in Nadines Zimmer. Und Nadine sprach weiter von dieser gemeinsamen Zukunft hier in München – mit vor Aufregung geröteten Wangen und lebhaft blitzenden Augen. Und Tim äußerte sich auch jetzt nicht dazu. Er brachte es einfach nicht fertig.

Als Nadine aus dem Bad kam, lag Tim schon im Bett und war bereits eingeschlafen. Sein Atem ging ruhig und gleichmäßig. Normalerweise bewegte er sich, wenn sie zu ihm ins Bett stieg. Instinktiv rollte er sich dann auf die Seite, auf der sie lag, und schlang seinen Arm um sie, schützend und wärmend. Doch in dieser Nacht blieb er auf seiner Seite liegen. Nadine betrachtete ihn, bevor sie das Licht löschte. Durch die Schatten auf seinem Gesicht wirkte sein Kinn kräftiger. Ein paar Strähnen seines Haares hingen ihm in die noch leicht gebräunte Stirn, und seine Lippen hatten einen entschlossenen Zug. Und während sie ihn so betrachtete, hatte sie das Gefühl, ihn mehr zu lieben denn je.

Sie war hellwach, und es dauerte noch eine ganze Weile, bevor auch sie endlich einschlief.

KAPITEL 6

Sie waren nach London zurückgekehrt, und Tim hatte sich noch immer nicht klar zu Nadines Plänen geäußert. Jedes Mal, wenn sie das Thema angesprochen hatte, hatte er etwas von Kunden gemurmelt, mit denen er eine Finanzierung noch zu Ende bringen müsse, oder von irgendwelchen Joint Ventures, die er noch unter Dach und Fach bringen wolle, bevor er London überhaupt erst verlassen könne.

Nadine hatte keine Ahnung, dass er ihr damit etwas vormachte, in der stillen Hoffnung, sie würde es mit der Zeit auf sich beruhen lassen. Für sie klang es, alles in allem, recht zuversichtlich, sodass sie sich weiter in dem festen Glauben wähnte, sie würden über kurz oder lang gemeinsam nach München ziehen. Nachdem die Zeit für sie hier in England also begrenzt war – insgeheim kalkulierte sie mit einem halben Jahr, bis Tim all seine Projekte für die Bank abgewickelt haben würde –, genoss sie London jetzt umso mehr. Jeder Kinobesuch, jeder Spaziergang durch die Stadt, jeder gewöhnliche Einkauf wurde für sie zu einem Erlebnis. Sie gingen wie immer viel aus, fuhren an den Wochenenden mit Freunden meist aufs Land – und so verbrachten sie einen schönen Oktober und einen schönen November.

Im Theater lief schon seit Jahren *The King and I* mit großem Erfolg. Tim hatte Nadine überrascht und vier Karten besorgt, und während der Pause standen sie nun mit Paul und Marietta zusammen und diskutierten über das Stück. In der Bar, ein von verschlissenem Plüsch angestaubter Raum, in dem die Menschen sich dicht aneinander vorbei schoben, stand die Luft. Der beißende Geruch von kaltem Pfeifen- und Zigarettenrauch hing über ihnen, durchwoben von ständig neuen dünnen Rauchschwaden. Nadine reihte sich etwas weiter vorne in die Schlange der Wartenden ein, um an der Theke Kartoffelchips zu kaufen. Bei jedem ihrer Schritte spürte sie, wie das alte Holz unter den abgetretenen Teppichen knarrte. Nichts war hier neu; die vielen Besucher hatten ihre Spuren hinterlassen, und gerade darin lag der Charme dieses berühmten Theaters, in dessen dicken Mauern man sich als kleiner Teil einer langen, erfolgreichen Theatertradition fühlen durfte. Dies nahm Nadine ganz intensiv wahr, als sie nun fast ehrfürchtig über den unebenen Boden schritt. Und auf einmal dachte sie an München, und ihr wurde schmerzlich klar, dass sie das sehr vermissen würde – und nicht nur das, einfach alles. Und zum ersten Mal kamen ihr Zweifel, ob es wirklich richtig war, zurückzugehen.

Als Nadine mit den zwei Tüten zurückkam, hatte Paul unterdessen für die Männer Bier und für die Frauen zwei Gläser Champagner besorgt. Marietta hatte auf Champagner bestanden ... was sonst? Nadine schmunzelte leise. Tim hielt ihr sein Glas entgegen, und Nadine prostete ihm und den anderen zu. Sie waren bestens gelaunt und stießen auf alles an, was ihnen einfiel: auf den Abend, auf die Liebe, auf das Leben. Dann erkundigte sich Paul bei Tim über irgendeinen neuen Anlagefonds, und die beiden vertieften sich in ein Gespräch.

»Da sind wir in München leider nicht so gut dran«, sagte Nadine mit echtem Bedauern zu Marietta. »Die vielen Theater werden uns schon fehlen.«

»Wieso denn das?« Mariettas große dunkle Augen waren fragend auf sie gerichtet.

»Hat Tim euch nichts erzählt? Er hat Paul doch bestimmt eingeweiht.«

Dass Marietta davon nichts wusste, überraschte Nadine nicht. Es gab vieles, was Paul ihr nicht erzählte. Für ihn gab es Männer- und Frauenthemen. Nadine begann schon, es zu bereuen, dass sie davon angefangen hatte. Sie hätte es Tim überlassen sollen, schließlich waren es ja seine Freunde. Vielleicht, hoffte sie, holte er das jetzt nach. Sie zauderte noch, doch da Tim gerade darüber fachsimpelte, welche Aktien man am besten verkaufen sollte, blieb es an ihr hängen, Marietta aufzuklären.

»Wir gehen nach München.«

»Wie? Ihr geht nach München?« Überrascht schaute Marietta hinüber zu Tim und dann wieder zurück zu Nadine, und sie meinte: »Das glaube ich nicht.«

»Doch, doch. Bald sogar«, beteuerte Nadine.

»Ist das schon sicher?«

Bevor Nadine noch weiter ausholen konnte, mischte Tim sich ein. Er hatte ihre letzten Sätze gehört.

»Sicher ist gar nichts«, erklärte er Marietta, und er sah Nadine nicht an, als er weiterredete. »Das war nur so eine Idee von Nadine. Wir hatten darüber gesprochen. Ihr Vater hätte das einfach gern. Du weißt ja, wie sie sind, die Väter. Wenn die sich was einbilden ...«

Nadine blieb ganz ruhig. Sie war überzeugt, dass er ihr jeden Moment durch ein Lächeln, ein Augenzwinkern oder eine Geste zu verstehen geben würde, dass sie Komplizen waren in einer Sache, die nur sie beide und ihre gemeinsame Zukunft betraf und von der die anderen noch nichts wissen sollten. Sie hatten das Thema »Väter« weiter vertieft und lachten gerade darüber, dass Mariettas Vater seiner Tochter zu Weihnachten immer ein sündhaft teures Geschenk machte, nur um ihren gerade aktuellen Freund auszubooten. Nadine schmunzelte. Und dann blickte sie wieder zu Tim. Doch es gab kein Zeichen, das auf eine Entwarnung deuten ließ, kein Lächeln, kein Augenzwinkern und keine Geste – sie begann, sich unwohl zu fühlen, und mit jedem weiteren Wort wurde alles nur noch schlimmer.

»Hey! Jetzt, da du endlich bei ›M and A‹ gelandet bist, denkst du ans Weggehen? Das kann nicht sein, oder?«, fragte Paul erstaunt.

»Ach, nein«, wehrte Tim ab. »Natürlich nicht. Das ist doch alles Quatsch.«

»Was ist denn bitte ›M and A‹?«, forschte Marietta nach, und Nadine hörte gar nicht mehr zu, wie Paul antwortete:

»Merger and Aquisition. Ein spezieller Bereich in der Bank. Da dreht Tim ein ganz großes Rad, Firmenübernahmen und so weiter. Aber im ganz großen Stil. Eine Riesensache.« Mit freundschaftlichem Respekt schlug er Tim auf die Schulter. »Das wolltest du ja immer.«

Nadine überlegte krampfhaft, ob Tim ihr davon erzählt hatte – er musste es ihr gesagt haben –, und in Gedanken durchforschte sie die jüngsten Gespräche, obgleich sie ganz genau wusste, dass sie so eine entscheidende Neuigkeit niemals vergessen hätte. Sie trank ihr Glas Champagner in einem Zug aus, um den bitteren Geschmack in ihrem Mund loszuwerden. Das dumpfe Unwohlsein, das sie jetzt empfand, ging der Erkenntnis nur kurz voraus, dass er niemals ernsthaft vorgehabt hatte, mit ihr nach München zu ziehen. Verwirrt durch diese plötzliche Einsicht, blickte sie die anderen abwesend an.

Marietta gratulierte Tim gerade zu seiner neuen Aufgabe, während Paul ihnen vorrechnete, wie viel Geld Tim in einem Jahr verdienen könnte. Das Thema »München« war längst abgehakt und blieb es auch.

»Tja. Deshalb habe ich euch heute Abend auch alle eingeladen. Paul wusste natürlich davon«, erklärte Tim und blickte Nadine erwartungsvoll an. Als sie nicht reagierte, lachte er nervös: »Das ist doch eine gelungene Überraschung, nicht wahr?«

Nadine nickte wortlos. Eine Betäubung lähmte ihr Denken.

Das Klingelzeichen ertönte nun bereits schon zum dritten Mal, und Paul drängte zum Aufbruch. Erst jetzt merkte Nadine, dass die meisten Leute schon wieder zurückgegangen waren.

Tim näherte sich Nadine und nahm ihr das leere Glas aus der Hand. »Das mit München, das hattest du doch nicht wirklich ernst gemeint?«, vergewisserte er sich, nachdem er die Gläser auf einem kleinen antiken Beistelltisch abgestellt hatte.

Nadine schwieg, und sie folgte den anderen, die sich beeilten, ihre Plätze wieder einzunehmen.

Im Schutz der Dunkelheit saß sie neben ihm. Aufrecht, mit geschlossenen Knien, die Hände auf ihrem Schoß verschränkt. Als er nach ihrer Rechten tastete, beugte sie sich nach vorne und kramte in ihrer Handtasche. Sie spürte, dass er sie von der Seite betrachtete, doch sie tat, als merkte sie es nicht. Diese plötzliche, öffentliche Preisgabe seines mangelnden Vertrauens hier vor seinen Freunden empfand sie als Verrat. Reglos starrte sie nach vorne, und vor ihren Augen verschwamm das Treiben auf der Bühne wie durch einen Schleier zu einem bunten Nebel. Die Dunkelheit half ihr, ihre Gefühle zu verbergen, und gab ihr die Zeit, ihre Gedanken zu ordnen.

Nachdem sie das Theater verlassen hatten, waren sie noch in eine Bar weitergezogen, in die Tim alle großzügig eingeladen hatte, um mit ihm auf seinen Erfolg anzustoßen. Sie lachten viel, tranken Champagner und aßen im Stehen Sushi.

Hin und wieder legte Tim einen Arm um Nadine, die mit den anderen lachte – ein angestrengtes, unechtes Lachen – und sich bemühte, sich ihre Enttäuschung nicht anmerken zu lassen. Auf keinen Fall hier, vor Paul und Marietta, denn die beiden betrachteten den Luxus, sich ein Leben in London leisten zu können, als eine besondere Errungenschaft, die sie über andere erhob.

Nadine wünschte, sie könnte sich für Tim freuen. Doch jetzt, da sie langsam wieder klar denken konnte, ärgerte sie sich, dass er sie nicht schon eher in seine Pläne eingeweiht hatte. Ihr wären viele falsche Hoffnungen erspart geblieben. Sie hatte immer an sie beide gedacht, Tim aber nur an sich, an *seine* Karriere, an *sein* Leben.

Und indem sie ihm nun Egoismus vorwarf, wuchs gleichermaßen auch in ihr ein Egoismus, der sie in Konkurrenz zu ihm stellte.

Müde vom Alkohol, vom Rauchen und vom Reden, schwiegen sie. Sie saßen zu viert im Fond des Taxis, das zuerst Nadine und Tim nach Hause bringen sollte. Nadine fröstelte. Sie mied es, Tim anzusehen, der ihr gegenüber, neben Paul, auf einem kleinen Klappsitz hockte.

Ziellos ließ sie ihren Blick aus dem Fenster schweifen. Es war eine schöne Nacht. Das Leben in der Stadt pulsierte auch noch um diese Zeit wie nirgends sonst: Weiße Scheinwerfer- und rote Rücklichter der in mehreren Spuren fahrenden Autos bildeten zwei breite Schlangen, die sich zwischen bunten Neonlicht-Fassaden der Geschäfte und der mit Millionen von kleinen gelben Lichtern geschmückten Kaufhausfronten dahinzogen. Überall tauchten aus dem Dunkel Menschen auf, Menschen jeden Alters, die im Vergnügungsrausch von einem Lokal zum nächsten streiften, oder andere, die sich mit müden Gesichtern weiterschleppten, in der Hoffnung auf ein bisschen Glück. Das ausschweifende Leben der Stadt schien Nadines eigene innere Verdrossenheit zu verhöhnen, und ihr war, als triumphierte ganz London über sie und zeigte ihr voller Überlegenheit seine pralle Größe.

»Wieso hast du mir nichts davon gesagt?«, warf sie Tim vor, als sie zu Hause waren und die ganze Enttäuschung von neuem über sie hereinbrach. Nun musste sie sich nicht mehr irgendwelchen Regeln unterwerfen. Nun war sie frei, sich ihren Frust von der Seele zu reden.

»Ich wusste ja selbst nichts davon. Ich habe es erst jetzt erfahren.« Kraftlos verteidigte er sich und ging die Treppen nach oben zum Schlafzimmer.

Nadine lief ihm hinterher. »Du hättest mir wenigstens erzählen können, dass du bei der Bank bleiben willst!«

»Wieso denn?«, entgegnete Tim und gähnte. »Es war doch noch gar nichts sicher. Was soll ich denn über Entwicklungen reden, von denen ich nicht einmal weiß, ob sie überhaupt eintreten?«

Er begann, sich auszuziehen. Seine Konzentration lenkte er jetzt voll und ganz darauf, die Balance zu halten. Ziemlich umständlich zog er im Stehen erst das eine Bein, dann das andere aus seiner Hose, wobei er sich kurz an der Wand abstützen musste, um nicht doch das Gleichgewicht zu verlieren. Normalerweise hätte sich Nadine darüber amüsiert, wäre zu ihm gegangen, hätte ihn umarmt, um ihm Halt zu geben, aber in erster Linie, um ihn zu küssen, doch diesmal sah sie nur schweigend zu, wie er sich gemächlich nach seiner Hose bückte, sie vom Boden aufhob und mit einem zufriedenen Gesichtsausdruck auf den Stuhl gegenüber dem Bett schleuderte.

»Und mich lässt du einfach reden. Was glaubst du, wie ich mir vorkomme? Ich schmiede die ganze Zeit Pläne, in dem festen Glauben, wir würden bald nach München ziehen, und dann erfahre ich so ganz nebenbei, dass wir doch hier bleiben.« Sie war sauer, richtig sauer.

»Aber Schatz!« Er sah sie erstaunt an. »Ich dachte wirklich nicht, dass es dir damit ernst war. Da du London doch so liebst und immer betont hast, nie mehr zurückkehren zu wollen.«

Wie er nun vor ihr stand! In Kniestrümpfen ragten seine nackten, schlanken Beine unter dem dunkelblauen Blazer hervor. Lächerlich fand sie ihn in diesem Aufzug. Den Blazer zog er jetzt aus, und mit einer vertrauten Selbstverständlichkeit, die zeigte, dass er sich absolut keiner Schuld bewusst war, hielt er ihn Nadine hin, die vor dem offenen Schrank stand. Nachdem sie keinerlei Anstalten machte, ihm sein Jackett abzunehmen, hängte er es über die Rückenlehne des Stuhls.

Nadine rührte sich nicht. Sie war viel zu sehr mit ihren Gedanken beschäftigt, die unentwegt auf sie einhämmerten. Hatte er sie wirklich missverstehen können? Vielleicht würde er seine Entscheidung rückgängig machen, wenn er einsah, dass ein Umzug nach München für sie beide das Beste war. Vielleicht würde dann alles gut. »Natürlich ist es mir damit ernst. Und ich weiß auch, dass ich immer gesagt habe, dass ich nie zurückkehren will – aber die Situation ist doch jetzt eine ganz andere.« Sie sprach so ruhig wie möglich. »Stell dir doch mal vor! Wir können in das Büro meines Vaters einsteigen, uns selbstständig machen und zusammenarbeiten. An so eine Möglichkeit hatten wir ja nie gedacht. Und außerdem: Dinge ändern sich.«

Ihre Stimme wurde immer lauter, und während sie auf ihn einredete, forschte sie in seinem müden Gesicht nach irgendwelchen Anzeichen des Einverständnisses. »Auch meine Eltern hatten das so verstanden und waren bisher davon ausgegangen, dass wir kommen würden, irgendwann in nächster Zeit. Weißt du denn nicht mehr? Du fandest die Idee doch ganz wunderbar! Du willst ja auch nicht ewig angestellt sein.«

Die beiden Falten zwischen seinen Augenbrauen traten stärker hervor – kein gutes Zeichen. Als er sie nun anblickte, bestätigte sich ihre Befürchtung. Enttäuscht schaute sie zur Seite. Ihre Hände, die sie, zu Fäusten geballt, die ganze Zeit an ihren Körper gedrückt hatte, gaben nach; langsam strich sie über ihren Bauch, als könnte sie das verstörende Gefühl von tiefer Beklommenheit wegschieben.

»Es war doch wirklich nur Spaß«, versuchte Tim, das Ganze herunterzuspielen. Er wandte sich ab, knöpfte sein Hemd auf und ließ es einfach zu Boden fallen.

Mit einem Mal erfasste sie eine Wut, die ihrer tiefen Enttäuschung entsprang. »Du machst immer nur dein Ding! Alles andere ist dir egal. Dir ist es ja auch egal, wer dein blödes Hemd hier aufhebt. Dir ist einfach alles egal! Und ich bin es ganz besonders!«, warf sie ihm mit lauter, anklagender Stimme vor.

Tim fiel auf, wie ihre Augen dabei funkelten. Ihre gesamte Haltung war aufrecht und angespannt, als sie mit grimmiger Miene an ihm vorbeistolzierte, um ins Bad zu gehen. »Wieso ich? Du hast doch die ganze Zeit nur an dich gedacht – und vielleicht noch an deinen Vater. Hast du mich denn jemals gefragt, ob ich das überhaupt will?«, rief Tim ihr nach.

Irritiert blieb Nadine im Türrahmen stehen, dann drehte sie ihren Kopf nach links, verharrte einen Moment, sodass Tim nur ihr Profil sah, bevor sie sich ihm langsam ganz zuwandte. »Du hast nie gesagt, dass du es nicht willst«, entgegnete sie, und ihre Stimme klang belegt.

Er ging an ihr vorbei ins Bad und sprach nun etwas leiser, als er mit einem leichten, kaum erkennbaren Schulterzucken meinte: »Ich dachte, du würdest es merken.«

»Merken? Ich habe nichts gemerkt«, erwiderte sie leicht verwundert und starrte vor sich hin. Woher hätte sie denn wissen sollen, dass er seine Worte in München nicht ernst gemeint hatte? Woher denn, wenn er nichts sagte? Erst jetzt, im Nachhinein, wurde ihr der wahre Grund seiner Zurückhaltung klar.

Nein – das wollte und konnte sie nicht auf sich sitzen lassen, rebellierte es in ihr, und als er wieder ins Schlafzimmer zurückkam, fing sie von neuem an: »Was hätte ich denn merken sollen? Wie denn?«, hakte sie mit brüchiger Stimme nach, und dabei traten ihr Tränen in die Augen.

Unter dem nagenden Gefühl, hintergangen worden zu sein, brauchte sie einen Moment, um sich zu sammeln. Dann fuhr sie fort und setzte in bissigem Ton hinzu: »Weißt du was? Wir haben Augen, um zu sehen, Ohren, um zu hören, und einen Mund, um zu sprechen. Du hättest doch einfach mal sagen können, dass es dir nicht passt und dass du lieber hier bleiben möchtest.«

Tim löschte das große Deckenlicht. Im schwachen Schein der Nachttischlampe verloren sich die harten Konturen seines Gesichts, und seine Augen bekamen einen warmen Glanz. »Nadine, denk doch mal nach.« Tim blieb vollkommen sachlich. »Ich wäre ja völlig bescheuert, würde ich hier alles aufgeben. Unser Leben ist doch in London viel besser.«

Nadine schwieg peinlich berührt; sie wusste, dass er

Recht hatte. Ihr schöner Traum verlor in seinem Scheitern auf einmal seinen Glanz und kam ihr jetzt beinahe albern vor.

Gekränkt wandte sie sich ab und verschwand im Bad, und das Einzige, was Tim von ihr noch hörte, waren die Geräusche, wie sie sich die Zähne putzte und dabei kräftig in das Waschbecken spuckte.

Als Nadine zurückkam, war Tim schon eingeschlafen. Sie knipste die Nachttischlampe aus. Leise legte sie sich zu ihm ins Bett, in dieser Nacht jedoch ganz außen an die Bettkante, sodass sie Tim nicht berührte. Sie drehte ihm den Rücken zu, winkelte die Beine an und zog die kühle gemeinsame Decke nur so weit über sich, dass hinter ihr noch genügend Stoff vorhanden war, der sie umhüllte und ihre Körper trennte.

Desillusioniert dachte sie über ihre Zukunft nach und fühlte sich hin und her gerissen zwischen zwei beschädigten Welten. Auf keinen Fall würde sie allein nach München zurückkehren, dafür liebte sie Tim viel zu sehr. Andererseits, wenn sie an ihren Vaters dachte, wurde ihr ganz schwer ums Herz, und ihr inniges Gefühl für Tim war von einem stillen Vorwurf überschattet.

Ganz allein in ihrem großen Zwiespalt gefangen, lauschte sie Tims ruhigen Atemzügen, während von draußen die nächtlichen Großstadtgeräusche durch das einen Spaltbreit geöffnete Fenster hereindrangen.

KAPITEL 7

Nadine und Jenny saßen in dem kleinen Büro, das an den Verkaufsraum grenzte und von dem aus die Telefonkunden betreut wurden. Obwohl das Gebäude erst ein paar Jahre alt war, ließ die Ausstattung viel eher an die verstaubte Amtsstube einer Finanzbehörde denken als an das Kundenbüro einer modernen Versandhauskette: In der Mitte beherrschten zwei zusammengestellte Schreibtische den Raum, die Wände waren an den beiden Längsseiten von großen Regalen verdeckt, aus denen Prospekte, Kataloge, Fotos und Ordner quollen, und vor dem Fenster neben der kupferfarbenen Kunststoffgießkanne gediehen einige Grünpflanzen in unterschiedlichen Blumentöpfen, die alle säuberlich auf alten Untertellern platziert waren.

Während Jenny per Telefon unentwegt Bestellungen entgegennahm, arbeitete Nadine am Computer. Vor ihr lag ein großer Stapel ausgefüllter Kundenkarten. Neukunden, die sie in die Datei aufnehmen musste. Eine langweilige Aktion. Eher eine Nichtaktion, dachte sie und tippte Namen und Anschrift eines Kunden ein, bevor sie das Formular zu den anderen legte. Dem Stapel nach zu urteilen, hatte sie noch eine ganze Menge vor sich.

Nachdem Jenny gerade ein Telefonat beendet hatte,

hielt Nadine inne, lehnte sich in ihrem Stuhl zurück und blickte sie über den Monitor ihres Computers hinweg an.

»Wir bleiben übrigens hier.«

Jenny war die Erste, der sie das mitteilte. Sie hatte es bisher noch hinausgeschoben, ihre Eltern zu informieren, und jetzt wusste sie nicht, was sie eigentlich hören wollte, ob es ihr lieber war, dass Jenny ihr Hierbleiben für gut befand oder dass sie ihr sagte, sie solle ohne Tim nach München zurückgehen, um sich dort zu verwirklichen. »Tim möchte nicht nach München«, fügte sie hinzu.

»Na, Gott sei Dank!«, entschlüpfte es Jenny so spontan, dass Nadine sie erst erstaunt musterte, bevor sie bemerkte:

»Dann bleibe ich dir wenigstens erhalten.«

Doch Jenny schüttelte den Kopf. »Nicht deswegen. Ich meine, für dich ist es bestimmt die richtige Entscheidung. Das hat mit mir überhaupt nichts zu tun.«

»Findest du?« Gespannt setzte sie sich in ihrem Stuhl wieder gerade und richtete ihren Blick auf Jenny.

»Ja. Es ist doch viel besser so. Aber weißt du, ich halte mich aus solchen Dingen lieber raus. Grundsätzlich. Deshalb habe ich auch nie was gesagt. Um mich geht es ja schließlich nicht. Es ist euer Weg, vielmehr deiner, und du musst selbst wissen, was du tust. Mir hat auch niemand erklärt, was ich machen soll, und ich hätte mir auch nicht dreinreden lassen. Von niemanden. Denn wenn es nach meiner Mutter gegangen wäre, säße ich jetzt bei ihr in Nottingham. Iiihh.« Jenny verzog das Gesicht und schüttelte sich; allein der Gedanke daran ließ sie schaudern. Sie trank einen Schluck Tee aus dem Pappbecher, den sie neben sich auf dem Schreibtisch stehen hatte.

Nadine fiel auf einmal der penetrante Summton des Telefons auf. Sie bemerkte, dass an der alten Telefonanlage gleich mehrere kleine Lampen gleichzeitig blinkten, und bewunderte Jenny, die es schaffte, alle zu ignorieren. Gleichzeitig dachte sie darüber nach, dass man Jennys Zuhause in Nottingham wirklich nicht mit ihrem in München vergleichen konnte. Sie hatte schließlich eine intakte Familie. Probleme, wie Jenny sie mit ihrer labilen Mutter hatte, kannte sie nicht, im Gegenteil, sie war gern mit ihren Eltern zusammen. Nadine setzte an, um ihr das zu erklären: »Ja, aber bei uns ...«

Doch Jenny unterbrach sie: »Dir geht es doch gut mit Tim, und wenn du dich dahinter klemmst, wirst du auch bald in einem coolen Architekturbüro sitzen, um fünf einen Pimms trinken und dir kaum mehr vorstellen können, dass du hier jemals gejobbt hast.«

Ach, wenn sie selbst doch auch so an sich glauben könnte!, dachte Nadine. Momentan erschienen ihr alle Träume unerreichbar, und die einzige Sicherheit, die sie gehabt hatte, ihr Zuhause, war jetzt auch noch ein schmerzliches Stück weiter weggerückt. Nie wieder würde sie sich, bis auf den einen oder anderen kurzen Besuch, dort aufhalten. »Aber ich hatte doch schon alles so wunderbar geplant.«

Unter Jennys skeptischem Blick schwieg Nadine irritiert. Auf einmal hatte sich das Verhältnis zwischen ihnen geändert. Auf einmal war es Jenny, die ihr, der Älteren, das Leben erklärte.

»Meine Süße, du kannst gar nichts planen«, fing Jenny an. »Nicht einmal, wann du zur Toilette gehst. Jetzt ist es eben so, und ich finde es gut, wenn du auch mal was Eigenes auf die Beine stellst.«

»Das wollte ich ja – in München«, erwiderte Nadine und kam sich gleichzeitig in ihrer Hartnäckigkeit lächerlich vor.

»Du immer mit deinem München! Tim hat doch Recht. Was soll er denn bitte dort, wenn er hier so einen geilen Job hat und so viel Kohle macht? Ich versteh dich nicht. Du hast doch alles! Warum bist du nicht einfach nur glücklich?«

Nadine hatte Jenny noch nie so heftig und mit so lauter Stimme reden hören. Sie war so überrascht, dass ihr im ersten Moment gar nicht einfiel, was sie ihr antworten sollte, und bevor sie etwas erwidern konnte, wurde die Tür geöffnet und Sandra Wolver kam herein.

Über Jennys Kopf hinweg, die den Pappbecher abstellte und sich wieder über den Schreibtisch beugte, um das nächste Telefongespräch entgegenzunehmen, blickte sie Nadine fragend an. »Kann ich die Kundenkarten schon mal mitnehmen?«

»Ich muss sie erst noch ausdrucken«, meinte Nadine, ohne sich zu rühren.

Sandra Wolvers Blick fiel auf Nadines Monitor. Er hatte sich zwischenzeitlich in den Ruhezustand geschaltet, und über den Bildschirm lief ein Comic. Sie zog eine Augenbraue hoch, was ihr sogleich einen strengen, leicht blasierten Gesichtsausdruck verlieh. »Darüber müssen wir nachdenken, wenn das nicht klappt.«

»Tu das«, gab Nadine gleichgültig zurück, denn sie hatte beschlossen, sich über Sandra Wolver nicht mehr zu ärgern. Das war ihr in letzter Zeit auch gelungen. Die Vorstellung, bald von hier fort, in München, zu sein, hatte ihr dabei geholfen und ihr die nötige Distanz beschert. Noch hielt dieses Gefühl an, und das wollte sie auch beibehalten.

Sie wandte sich wieder ihrem Computer zu und drückte auf die Tastatur. Der Comic verschwand, und die Kundendatei nahm den Bildschirm wieder ganz ein. Nadine sah auf: »Ich bringe dir die Kundenkarten vorbei, wenn ich fertig bin. Dann musst du nicht extra herkommen.«

Sandra Wolver überlegte, doch dann verkniff sie sich eine weitere Bemerkung. »Na gut.«

Sie lächelte flüchtig zu Jenny hinüber, die ins Telefon sprach und nichts wahrnahm. Ein kurzes Taxieren, bevor sie sich endlich umdrehte und den Raum verließ. An Jenny hatte sie nichts auszusetzen. Seit Nadine mit dem Personalchef gesprochen hatte, hatte Jenny den »Diabetes-Bonus«, und alle, einschließlich Sandra Wolver, waren besonders freundlich zu ihr.

Warum war sie nicht einfach nur glücklich? Nadines Gedanken kreisten immer wieder um Jennys letzte Frage, während sie die Namen der neuen Kunden in den Computer eingab. Verflixt, schon wieder hatte sie einen Namen in die falsche Spalte geschrieben! Sie brach ihre Arbeit ab und starrte versonnen auf die weiße Kunststofftischplatte, deren Fugen in den Jahren schon einen leicht gelblichen Ton angenommen hatten, als könnte sie auf der verkratzten Oberfläche eine Antwort lesen.

Dann hob sie den Kopf und blickte zu Jenny, die immer noch telefonierte und eine längere Bestellung entgegennahm. Sie hörte ihr Lachen und den heiteren Ton in ihrer Stimme, ohne wirklich etwas von dem Gespräch mitzubekommen. Wie schon so oft wunderte sie sich über Jennys Klarheit und Konsequenz. Beneidete sie sie? Ja, sie beneidete Jenny. Sie beneidete sie um die Leichtigkeit, mit der sie durchs Leben ging, ohne dabei den Boden zu verlieren. Wenn man sie fragen würde, was ihr an Jenny gefiel, würde sie antworten: »Jenny weiß einfach, was sie will. Sie geht ihren Weg, völlig unabhängig und frei von der Meinung anderer.«

Natürlich wusste auch Nadine längst, dass das Glück nicht im Außen lag. Sie brauchte auch keinen Besitz, keine großen Reisen, keine teuren Kleider. Sie kannte das Glücklichsein gut, das einer anderen Quelle entsprang und dann leider viel zu schnell versickerte; so wie das Wasser aus einer Quelle versickert, wenn es seinen Lauf nicht kennt.

»Cool!«, rief Jenny, als sie den Hörer auflegte, sich zurücklehnte und mit beiden Händen triumphierend auf den Tisch schlug. »Das war wieder mal eine Sekretärin, die eine Bestellung für ihren Chef aufgegeben hat. Größe sechsunddreißig.« Sie imitierte die Sekretärin: »Direkt in die Firma schicken, noch diese Woche, als Überraschung, für die Frau des Vorstands.« Dann blickte sie Nadine viel sagend an und meinte: »Aber weißt du, was das Komische daran ist? Ich kenne die Frau. Die hat nicht Größe sechsunddreißig, sondern zweiundvierzig – mindestens ... Was heißt: Die Sekretärin lügt – der Mann betrügt.«

Nadine konnte Jennys Spaß an dieser Enthüllung nicht teilen. Sie fand das überhaupt nicht komisch. »Das ist doch schrecklich«, sagte sie laut.

»That's life!« Jenny grinste. »Du darfst dich nur nicht verarschen lassen.«

Nadine schwieg. Auf einmal war sie von einer Sehnsucht erfüllt, die sie fast erdrückte, der Sehnsucht nach einer ganz anderen Welt, nach der warmen, heilen Welt von früher. Vor ihrem inneren Auge erschien plötzlich Tims vertrautes Gesicht, das sie sogleich wieder beruhigte; und sie war sich sicher, dass ihr Weg an seiner Seite der richtige sei.

Tim rief an. Er müsse eine wichtige Geschäftsübernahme vorbereiten. »Warte nicht auf mich. Es wird spät«, meinte er. Und bevor Nadine noch etwas erwidern konnte, war die Leitung still.

Nadine legte den Hörer auf. Sie würden nicht gemeinsam kochen, nicht gemütlich reden. Jetzt merkte sie, dass sie heute Abend von Tim mehr erwartet hatte, nachdem er sie gestern mit seinem Entschluss, hier zu bleiben, regelrecht überfahren hatte. Und nun lagen vor ihr lange einsame Stunden. Sie war enttäuscht.

»Was ist?«, fragte Jenny.

»Ach nichts ... Tim muss arbeiten.« Dieser Anruf hatte ihr nun endgültig die Laune verdorben.

»Dann komm doch mit zu mir«, schlug Jenny vor. »Wir können später noch einen trinken gehen.«

»Ach, ich weiß nicht.« Nadine war unschlüssig. Jenny

wohnte in Battersea, einem Stadtteil Londons, der ziemlich weit entfernt von hier lag. Vielleicht sollte sie einfach nach Hause gehen, eine Flasche von Tims teurem Rotwein köpfen und sich im Bett verkriechen.

»Mensch, komm, du brauchst doch nicht daheim herumzuhocken. Außerdem haben wir was zu feiern.«

»Was denn?«, fragte Nadine erstaunt.

»Dass du mir erhalten bleibst«, antwortete Jenny grinsend.

KAPITEL 8

Eine gute Stunde waren sie mit der Underground unterwegs, das letzte Stück fuhren sie mit dem Bus. Sie holten Marvin bei einer Nachbarin ab, die tagsüber gleich mehrere Kinder in ihrer Obhut hatte. Jenny erfreute die gute Frau mit einem neuen Rock, den sie günstig aus der aktuellen Winterkollektion erworben hatte – auf diese Weise bezahlte sie die Betreuung.

Als sie kurz darauf, lachend und Unsinn redend, das schmale Haus mit der vom Abgassmog völlig verrußten Klinkerfassade betraten, dachte Nadine kurz daran, dass Tim bestimmt noch nie in dieser Gegend gewesen war. Sicher hatte er auch niemals ein Haus wie das betreten, in dem Jenny zwei kleine Zimmer im obersten Stock bewohnte.

Marvin drängte sie die engen Treppen hinauf. Er konnte es nicht erwarten, ihr voller Stolz seine komplette Lego-Sammlung zu zeigen. Nadine lächelte. Sie sah sich selbst, als Mädchen mit blonden kurzen Haaren, und erinnerte sich, wie sie einzelne dieser Bausteine damals bemalt hatte, weil sie so besser aussahen, eine Tatsache, die ihre Mutter nicht hatte verstehen können, ihr Vater hingegen schon ... In dem Moment fiel ihr ein, dass sie ihren Eltern noch Bescheid geben musste, dass sie jetzt doch in London blieben ...

Als sie dann anfing, mit Marvin zu spielen, fielen auf einmal sämtliche trüben Gedanken von ihr ab. Hier war die Wirklichkeit eine andere. Hier wurde sie ganz von diesen lebhaften, strahlenden Augen, dem rötlichen, borstigen Schopf und den flinken Händen bestimmt, die einen Lego-Stein auf den anderen setzten.

Erst als Jenny Marvin zu Bett brachte, kehrte sie wieder in ihre eigene Realität zurück. Und während Nadine sich auf dem alten, weichen Sofa, das gleichzeitig Jennys Bett war, zurücklehnte, überlegte sie, was sie denn noch alles unternehmen könnte, um sich als Architektin zu verwirklichen. Eine Anzeige schalten oder große Bauunternehmen anschreiben?

Kurz darauf kam Jenny herein und schloss leise die Tür hinter sich.

»Wie, so schnell?«, fragte Nadine. Sie wagte es nicht, in normaler Lautstärke zu sprechen.

»Klar«, antwortete die Freundin mit kräftiger Stimme und lachte dabei. »Wir schmusen kurz, und dann schläft er. So läuft das immer. Na? Wollen wir los?«

Zu Nadines Überraschung ließ Jenny ihren Sohn tatsächlich allein zu Hause. Er schien daran gewöhnt zu sein, denn als sie vor ihrem Aufbruch noch einen Blick auf ihn warfen, schlief er friedlich; an der Wand über seinem Bett hing, unübersehbar in großen Lettern auf ein Blatt gemalt, die Kombination der Kurzwahl zu Jennys Mobiltelefon.

»Und das versteht er?«, wunderte sich Nadine.

»Ja klar. Sind ja nur drei Tasten, die er drücken muss.

Du kannst dir gar nicht vorstellen, wie er es liebt, zu telefonieren. Da fühlt er sich ganz erwachsen.«

»Hat er denn keine Angst, wenn er aufwacht?«

»Nö. Außerdem weiß er ja, dass ich sofort da bin, wenn er anruft.«

»Also, meine Eltern hätten mich nie allein gelassen.«

»Das glaub ich«, entgegnete Jenny heiter, aber etwas in ihrem Ton ließ Nadine irritiert aufhorchen.

Noch bevor sie sie fragen konnte, wie sie das eigentlich meinte, wurde Jennys Miene ernst, und sie fügte hinzu:

»Das Wichtigste ist, dass er sich hundertprozentig darauf verlassen kann. Nur so geht es. Wenn du ein Mal das Vertrauen deines Kindes missbrauchst, ist die ganze Beziehung erst mal gestört, und es dauert lange, bis du das wieder gutmachen kannst. Kinder checken das sofort.«

Nadine schwieg. Wahrscheinlich wollte sie Marvin nur möglichst schnell zur Selbstständigkeit erziehen; wegen ihrer Diabetes konnte sie ja nie wissen, wie es mit ihr weiterging ... Doch sofort brach sie ihre Gedanken erschrocken ab.

Als sie hinaustraten und in der kühlen Nachtluft nebeneinander hergingen, schob sie ihre Hand unter Jennys Arm. Der Stoff ihrer Jacke war kratzig und hart.

In der nächsten Straße steuerten sie auf Jennys Stammkneipe zu. Das »Old Henry« war ein typisch englischer Pub mit derben Möbeln aus dunklem, glänzendem Holz, Kissen und Vorhängen in rot-grün-weißem Schottenkaro. Die kleinen Fenster hatten dicke, gewölbte Glasscheiben, die auch bei Tag jedes hereinscheinende Licht dämmten. Beim Betreten des Lokals schlug Nadine der schwere Dunst von Bier und Rauch unangenehm entgegen. Sie schaute sich um. Von den wenigen Gästen – unter der Woche waren, wie Jenny erzählt hatte, nie viele da – kannte Jenny die meisten. Sie nickten einander zu, wohlwollend und doch verschlossen.

An der Theke begrüßte Jenny einen schlanken, eher drahtigen Mann, schätzungsweise Mitte dreißig, der allein, ganz für sich, seinen Whiskey trank. Chris, so erfuhr Nadine, war Ire, schrieb Theaterstücke und verbrachte, wenn er nicht gerade schrieb, die meiste Zeit in Kneipen, wo er die Menschen beobachtete. Zu seinen Füßen lag ein Husky und spitzte die Ohren.

»Den hat er doch nur mit, damit er in Ruhe einen trinken kann. Da tritt ihm niemand zu nahe«, murmelte David, der junge Barkeeper, hinter der Theke und stellte ihnen zwei Guinness hin, die Jenny kurz zuvor durch ein fast unmerkliches Nicken in Auftrag gegeben hatte. Dabei musterte er Nadine interessiert und grinste ihr mit jener überzogenen Selbstsicherheit zu, die er wohl Alkohol oder irgendwelchen Drogen zu verdanken hatte.

Nadine, die das nicht beurteilen konnte, hielt es einfach für das Beste, ihn nicht groß zu beachten.

Sie nahmen die Gläser und zogen sich in eine Ecke zurück, in der sie ungestört über alles reden konnten. Nadine machte sich normalerweise nichts aus Bier, aus Guinness schon gar nicht, doch hier, fand sie, war das etwas anderes.

»Auf dich, auf London und auf die Liebe!«, sagte Jenny und hob ihr Glas.

»Danke.«

An den bitter-süßen Geschmack musste Nadine sich jedes Mal aufs Neue gewöhnen, doch nach dem zweiten Schluck begann es ihr zu schmecken. Inzwischen hatte sie sich auch schon so weit akklimatisiert, dass ihr gar nicht mehr auffiel, wie stickig die Luft hier war.

»Fehlt nur noch der richtige Job«, meinte Nadine und setzte ihr Glas ab.

»Also wenn du den jetzt auch noch hättest, wäre das doch fast schon ungerecht«, entgegnete Jenny, und ihr Lächeln wurde eine Spur ernster.

Nadine wich ihrem Blick aus. Sie schaute zu den drei Männern hinüber, die mit hängenden Schultern und angestrengten Gesichtern vor ihrem Drink saßen, als hätten sie die Hoffnung auf das große Glück schon vor langer Zeit ertränkt, und zu der Frau weiter hinten, die ihr Glück bei dem einarmigen Banditen suchte – und auf einmal kam sie sich ziemlich selbstsüchtig vor. Nein, sie konnte sich wirklich nicht beklagen, und was den Job anging, so musste sie eben weitersuchen. Irgendwann würde sie schon das Richtige finden.

Den Rest des Abends redeten sie dann über andere Dinge, sprangen gemeinsam von einem Thema zum nächsten, tranken Bier, teilten sich ein Club-Sandwich und ließen die Stunden nur so dahinfliegen. Gemeinsam hielten sie kurz inne, wenn Jenny zwischendurch mit der Nadel ihren Finger pikste, um den Blutzuckergehalt zu messen, nur um dann wieder sorglos weiterzureden.

Später, nachdem sie sich, leicht erschöpft vom Alkohol und vom Reden, zurückgelehnt hatten, kam Chris, der inzwischen im Regen einmal mit seinem Hund um den Block gegangen war, wieder herein und setzte sich zu ihnen. Er erzählte den beiden Geschichten von Cork, seiner Heimatstadt, von den Künstlern, die dort lebten, und von seiner Recherche für das neue Theaterstück hier in London. Allmählich überwanden sie ihre Müdigkeit, die Energie kam zurück, und als David die Kneipe um Mitternacht schloss, beschlossen die jungen Leute, weiter zu Chris zu ziehen, der seit einigen Wochen in der Nähe des Lokals wohnte.

Für einen kurzen Moment zögerte Nadine. Sie hatte versucht, Tim zu erreichen, doch auf seinem Handy war nur die Mailbox eingeschaltet, was hieß, dass er entweder noch arbeitete oder schon schlief. Sie hatte ihm eine Nachricht hinterlassen, dass sie mit Jenny unterwegs sei und er sich keine Sorgen machen müsse. Nein, sie brauchte kein schlechtes Gewissen zu haben. Schließlich war er auch selbst daran schuld. Hätte er ihr nicht abgesagt, wäre sie jetzt zu Hause. Und es war wohl auch etwas wie Abenteuerlust, das sie vorwärtstrieb, als sie mit den anderen die Kneipe verließ, neben David, der viel zu oft ihren Arm oder ihre Hüfte berührte und sie dann, wenn sie zur Seite wich, frech angrinste.

Das möblierte Apartment, das Chris für einige Monate bewohnte, sah aus, als diente es dem Vermieter gleichzeitig als Rumpelkammer; die beiden Zimmer waren mit Sofas, Sesseln, kleinen Tischen und Schränken voll gestopft. Das Beste an der Wohnung war die große Dachterrasse, die zu dieser Jahreszeit leider nicht nutzbar war. Nanuk, dem Hund, machte es nichts aus. Er pendelte zwischen drinnen und draußen hin und her, ließ sich mal hier, mal dort nieder.

Während Nadine und Jenny Gläser aus der Küche holten und Chris sich um Rum, Cola und Whiskey kümmerte, hatte es sich David schon in einem der Sessel bequem gemacht. Er spuckte große Töne, er wolle sich auch mal bedienen lassen und so weiter. Nadine störte sich nicht daran. Hauptsache, er ließ sie jetzt in Ruhe, sagte sie sich und wunderte sich anfangs auch nicht über seine unnatürliche Haltung, in der er verharrte, bis sie auf einmal die Anspannung in seinem Gesicht bemerkte, und das jedes Mal, wenn Nanuk an ihm vorbeistrich. Wunderbar, dachte sie, so war er endlich außer Gefecht gesetzt – und sie unterdrückte ein Lachen.

Als sie dann alle zusammensaßen, stand Chris auf und holte etwas zu rauchen. »Beste Qualität«, betonte er stolz.

Nadine sah ihm zu, wie er den Joint baute. Ziemlich geschickt, dachte sie. Sie hätte noch nicht einmal eine Zigarette drehen können, geschweige denn einen Joint. Mit einem Lächeln erinnerte sie sich an früher. Als Teenager hatte sie sich eine Zeit lang einer Clique angeschlossen und hier und da einfach mitgeraucht, wenn die anderen eine Pfeife, einen Joint, was auch immer, hatten kreisen lassen. Aber das war lange her.

Ihr Vater war irgendwann und irgendwie dahinter gekommen. Während einer abendlichen Diskussion mit

Freunden ihrer Eltern, bei der Nadine zwar anwesend gewesen war, aber eher gelangweilt herumgehangen hatte, hatte ihre Mutter plötzlich den Satz fallen lassen:

»Ich würde zu gern mal wissen, wie das so ist mit dem Haschischrauchen.«

Nadine hatte sich ihr in dem Moment so überlegen gefühlt, so unglaublich cool – bis ihr Vater, ganz nebenbei wie damals, als sie die Schule geschwänzt hatte, und wieder nur für sie hörbar, gesagt hatte: »Da könntest du deine Tochter fragen, die wusste bis vor kurzem noch ganz gut Bescheid.«

Nadine war völlig sprachlos gewesen. Tatsächlich hatte sie sich auch schon vor einiger Zeit von genau dieser Clique verabschiedet. Grund war ihr neuer Schwarm, der von all dem nichts wissen wollte, und deshalb war ihr Interesse von einem Tag auf den anderen versiegt.

»Wieso hast du denn nie etwas gesagt?«, fragte sie ihren Vater bestürzt, als sie allein waren.

»Das hätte ich schon, wenn es nötig geworden wäre«, antwortete er in aller Ruhe. »Aber ich wollte dir eine Chance geben, allein aus dieser Sache herauszukommen.« Und dann fügte er noch lächelnd hinzu: »Weißt du, die Leine ist sehr lang – aber es ist eine Leine.«

Mit genau diesen Reaktionen hatte er im Laufe der Jahre ihr vollstes Vertrauen gewonnen, ein Vertrauen, dem auch die wachsenden Unstimmigkeiten der jüngsten Zeit nichts anhaben konnten – eine Leine, die, wie sie beide glaubten, niemals reißen würde.

In Erinnerung an jene Zeit zog sie nun an dem Joint, den David ihr reichte. Der Geschmack war ihr sogleich wieder vertraut. Und da sie nicht viel spürte, inhalierte sie den Rauch noch einmal und noch tiefer, so weit es ging, hielt ihn bei sich, bis sie nicht mehr konnte. Im Ausatmen fühlte sie schon eine leichte Benommenheit in ihrem Kopf. Jenny nahm ihr die Tüte ab, und während sich die anderen weiter unterhielten, war Nadine einfach nur bei sich und lauschte dem Pochen ihres Blutes. Dumpf und rhythmisch klopfte es an ihren Schläfen. Es war angenehm.

Stimmt, dachte sie zufrieden, als sie Jennys Handy auf dem Tisch liegen sah, das Band zu ihrem Kind, Vertrauen ist das Wichtigste.

Sie ließen den Joint mehrmals kreisen. Jenny und Chris hatten sich inzwischen auf der Couch zurückgelehnt, Kopf an Kopf, die gleiche vorsichtige Sehnsucht ... Robbie Williams sang *Mr. Bojango*, und Nadine stellte sich vor, wie Tim jetzt allein schlief, dabei hatte sie nicht die Spur eines schlechten Gewissen ... Sie kicherte vor sich hin.

Da bemerkte sie David, der aufstand und Anstalten machte, zu ihr zu kommen. Das hatte ihr gerade noch gefehlt! Sie überlegte, zu Jenny und Chris auf die Couch auszuweichen, als sie sah, wie er auf einmal stehen blieb, sprachlos, starr, mit weit aufgerissenen Augen.

Der Hund. Er hatte Gefallen an ihm gefunden und umklammerte mit den Vorderläufen sein Bein. Vergeblich versuchte David freizukommen. Nanuk hielt sich an ihm fest und schmachtete ihn an. Nadine sah, dass alles völlig harmlos war. Doch der sonst so draufgängerische David hatte offenbar eine Heidenangst. Sie prustete los, und als die beiden anderen bemerkten, was da vor sich ging, begannen auch sie zu lachen. Je verzweifelter sich David bemühte, den liebeshungrigen Hund loszuwerden, desto mehr lachten sie.

Sie konnten sich nicht mehr beruhigen, brüllten geradezu hysterisch und hielten sich den Bauch. Immer neue Wellen des Lachens rissen sie mit und trieben ihnen Tränen in die Augen. Beste Qualität, hatte Chris gesagt. Nadine hing über der Lehne ihres Sessels, Jenny war vom Sofa gerutscht und kugelte sich auf dem Boden, und es war Chris, der schließlich den völlig entnervten David erlöste und Nanuk auf die Dachterrasse sperrte. Langsam, nur ganz langsam, verebbte das Lachen.

Später, als Nadine mit Jenny auf dem Heimweg war, fing sie wieder an zu lachen, und Jenny stimmte mit ein. Es war vier Uhr morgens. Sie hatten ein Taxi bestellt, das Nadine nach Hause bringen sollte, doch inzwischen war mehr als eine Stunde vergangen, und sie hatten das Warten aufgegeben.

Nadine hatte Tim noch einmal eine Nachricht auf seiner Mailbox hinterlassen. »Hallo, Tim. Ich muss jetzt bei Jenny schlafen, weil ich kein Taxi gekriegt habe. Du bist nicht böse, oder?«

Es war sechs Uhr dreißig, als Marvin kam und zu Nadine auf die Couch kletterte, gnadenlos und unerträglich munter. Der frische Geruch, eine Mischung aus Johnson-Babycreme und Zahnpasta, gab ihr den Rest. Sie hatte das Gefühl, ihr Magen würde sich nach außen drehen, und bevor das passierte, verabschiedete sie sich lieber.

Mit Bus und Underground konnte sie unmöglich den

weiten Weg nach Hause zurücklegen, dazu war sie in ihrem Zustand noch nicht fähig, doch zum Glück war es um diese Zeit kein Problem mehr, ein Taxi zu bekommen.

Kaum saß sie auf dem weichen Rücksitz, fielen ihr die Augen auch schon wieder zu – sie schlief so tief, dass sie nicht einmal mitbekam, dass ihr Kopf in die jeweilige Fahrtrichtung sackte. Später lag sie dann quer über der Rückbank, mit hochgezogenen Knien. Es war eine lange Fahrt; erst, nachdem sie eine Hand auf ihrer Schulter spürte, die lästigerweise nicht aufhören wollte, sie anzustoßen, erst da schlug sie die Augen auf, und in demselben Moment schreckte sie hoch ... Ganz nah vor sich erblickte sie ein fremdes Männergesicht! Es dauerte noch ein paar Sekunden, bis sie den Taxifahrer erkannte. Sie waren längst angekommen und parkten direkt vor dem Haus.

Der Schreck hatte sie mit einem Schlag hellwach gemacht. Als sie das Haus betrat, in dem sich Tim einen Stock höher aller Wahrscheinlichkeit nach gerade ankleidete, zögerte sie. Es waren nun doch das schlechte Gewissen und die vage Vorstellung von ihrem übernächtigten Erscheinungsbild, die sie zurückhielten. Oje, dachte sie. Und auf einmal stieg eine Angst in ihr hoch, die sich vor langer Zeit in ihr Unbewusstes eingeprägt hatte. Wäre sie doch nur heimgefahren! Wieso hatte sie sich hinreißen lassen, mit zu Chris zu gehen? Vielleicht hatte Tim sein Band gar nicht abgehört? Was ist, wenn er ...? Und zu allem Übel rebellierte auch noch ihr Magen ... Nadine, reiß dich zusammen! Sie stieg die steilen

Treppen hoch, und mit jeder weiteren Stufe wurden ihre Beine immer schwerer.

Der Schlüssel, wo war der Schlüssel? Ah, hier. Und jetzt das erste Schlüsselloch, so leise wie möglich – gut gemacht, Nadine. Und nun das zweite ... Scheißsicherheitsschlösser!

Die Wohnungstür ging auf. Schon wieder schlug ihr der Geruch von Frische und Sauberkeit entgegen, diesmal nicht Johnson-Babyöl, sondern Kiton. Sie wusste es genau, sie hatte ihm das Eau de Toilette schließlich geschenkt.

»Guten Morgen«, stieß sie kleinlaut hervor und wagte es nicht, ihm in die Augen zu schauen, als er nun vor ihr in der Tür stand. Sie konnte den fassungslosen Blick spüren, und ihr war klar, dass sie nicht gerade den besten Eindruck machte. Sämtliche heimtückischen Spuren dieser Nacht wurden ihr bewusst: das verblasste Make-up, die Flecken auf ihrer verknitterten Bluse, die zerzausten Haare.

Nadine hielt die Luft an und verharrte reglos. Sie rechnete mit Vorhaltungen, mit Anschuldigungen, mit Konsequenzen. Und gerade, als sie beginnen wollte, sich zu erklären, da meinte er:

»Also, für *Fit for Fun* könntest du keine Werbung machen.«

Das klang ganz und gar nicht unfreundlich. Ungläubig sah Nadine auf. Und da zog er ihren Kopf an seine Brust, und so blieben sie einen kurzen Moment ganz ruhig stehen, jeder für sich erleichtert.

Auf einmal löste er sich, blickte sie genauer an und rief lachend: »Wie du aussiehst!«

Er hob sie hoch, trug sie auf seinen Armen die Treppen nach oben und ließ sie erst wieder im Bad zu Boden. Dort drehte er den Wasserhahn über der Wanne ganz auf und begann, sie auszuziehen. Die Erschöpfung hatte Nadine schon längst wieder eingeholt, sodass sie einfach stehen blieb und wie ein Kind die Arme hob, als er den Pulli über ihren Kopf zog, sie wieder sinken ließ und dann ihr eines Bein und danach das andere anhob.

Als Nadine im heißen Schaumbad lag und der Geruch der Nacht von ihrer Haut gespült wurde, spürte sie, wie das Blut in ihren Adern wieder stärker pulsierte. Es war eine Wohltat, einfach nur so dazuliegen.

Und sie hatte noch viel Zeit, den ganzen Morgen, denn heute würde sie erst gegen Mittag bei der Arbeit erscheinen, zusammen mit Jenny, der sie zur Seite stehen musste. Das hatten sie so besprochen.

»Wenn man schon so eine verdammte Krankheit hat, dann muss sie schließlich auch für was gut sein«, hatte Jenny mit einem verschmitzten Grinsen am Morgen noch gemeint.

Behaglich dehnte Nadine ihre müden Glieder.

Mit großer Zufriedenheit dachte sie an Tim, wie er ihr das Bad zubereitet, ein Glas Wasser mit zwei Aspirin auf den Rand gestellt und ihr in die Wanne geholfen hatte, bevor er schließlich das Haus verlassen hatte. Diese Seite von ihm kannte sie bisher noch nicht. Vielleicht sollte sie öfter mal eine Nacht wegbleiben? Sie schmunzelte. Vor ihrem geistigen Auge ließ sie die vergangene Nacht Revue passieren. Szene für Szene, bis eine einzige ganz deutlich hervortrat. Nämlich die mit David und dem

Hund, und erneut prustete sie los und lachte, bis ihr Bauch schmerzte. Mit beiden Händen klatschte sie sich schließlich Wasser ins Gesicht und wischte sich die Augen, doch dann begann sie wieder zu lachen. Es war schon gut, dass sie hier in London blieben. Supergut!

Doch als ihr einfiel, dass sie immer noch ihre Eltern anrufen musste, erstarb ihr Lachen mit einem Mal, und sie seufzte schwer.

KAPITEL 9 Auch an diesem Abend war Nadine allein zu Hause, denn Tim hatte schon wieder eine Besprechung, ein Abendessen mit dem Kunden, für den er die große Übernahme verhandelte – eine wichtige Sache, so wichtig, dass er darüber nur wenig, eigentlich nichts, erzählen durfte. Da er seine Geschäfte ernst nahm, hielt er sich daran, und Nadine fragte nicht weiter nach. Sie vertraute ihm, und so verspürte sie auch keinen Drang, mehr wissen zu müssen, als das, was er ihr sagte.

Manchmal genoss sie auch die stillen Stunden, die sie allein für sich in seinen Räumen verbringen konnte. Sie saß meist nur da, so wie jetzt, auf dem weichen Teppich, die Beine angewinkelt, mit dem Rücken an der kleinen Couch lehnend, und betrachtete ganz bewusst, was sie umgab: Die gestapelten Tüten mit Fotografien auf dem flachen Couchtisch, Beweise der gemeinsamen Geschichte, auf dem Sims des Kamins aufgereiht, die vielen kleinen und großen Einladungskarten, alles Symbole für Tims gesellschaftliche Akzeptanz – und inmitten dieser Dinge konnte sie, selbst wenn er nicht da war, seine Anwesenheit spüren. Dann wurden die Möbel auf einmal lebendig, denn seine vielen vertrauten Gesten, die sie vor sich sah, hauchten ihnen Leben ein. Für sie waren und blieben es seine Räume, Räume, in denen die Selbstverständlichkeit noch nicht Einzug gehalten hatte und der Reiz des Besonderen lebte.

Heute war es anders. Auf einmal spürte sie eine ihr bislang völlig fremde Beziehungslosigkeit zu jedem Gegenstand, egal, wie lange sie ihn betrachtete. Und obwohl sie, während sie so dasaß, die Schwere der durchzechten Nacht in ihren Gliedern spürte, begann eine drückende Unruhe sie zu erfassen, die sie sich nur damit erklären konnte, dass ihr noch eine unangenehme Sache bevorstand, die sich immer weniger hinausschieben ließ: Sie musste endlich ihre Eltern informieren, musste ihnen eröffnen, dass sie sich entschieden hatten, nicht nach München zu ziehen. Wenn das ausgesprochen war, sagte sie sich, würde sie sich bestimmt gleich besser fühlen.

»Es war ja nicht wirklich ernst gemeint«, argumentierte sie, während sie mit ihrer Mutter telefonierte.

Als sie nun das Schweigen am anderen Ende der Leitung hörte, schluckte sie. Jetzt bitte keinen Protest. Das könnte sie nicht ertragen, denn dann müsste sie zugeben, dass es doch ernst gemeint gewesen war, dass auch sie daran geglaubt hatte und dass sie, eine Zeit lang zumindest, über diesen Gedanken, dieses neue und zugleich alte Ziel glücklich gewesen war.

Dass ihre Mutter nichts sagte, machte sie nervös. Nadine wollte gerade anfangen, sich zu rechtfertigen und sich erneut Tims Worte bedienen, indem sie seine wichtige Position hier in der Bank hervorhob, da hörte sie endlich die Stimme ihrer Mutter.

»Dann kommt ihr also nicht.«

Es war eine schlichte Feststellung, ohne jeglichen Vorwurf, emotionslos und sachlich.

»Nein«, betonte Nadine, die sich sogleich ein wenig erleichtert fühlte. Ihr Vater, dessen war sie sich sicher, hätte es ihr nicht so einfach gemacht.

»Dein Vater hatte allerdings schon fest damit gerechnet«, fügte ihre Mutter noch hinzu.

Da war er schon wieder, der Druck, der sich auf ihren Hals legte und sie flacher atmen ließ. »Vielleicht erzählst du es ihm ja? Du kannst es ihm doch erklären, oder?« Dies war keine Frage, dies war mehr eine drängende Bitte.

Doch so leicht mochte ihre Mutter sie offenbar nicht davonkommen lassen, denn statt zu antworten, meinte sie nur nachdenklich: »Hmm. Da wird er aber enttäuscht sein.«

Nadine versetzte es einen Stich.

»Lass nur, ich rede mit ihm. Er wird es schon verstehen«, lenkte ihre Mutter mit gütiger Stimme ein.

Nachdem Nadine aufgelegt hatte, blieb sie noch eine Weile sitzen. Ihre Welt hatte sich wieder zurechtgerückt, und ihr Leben würde also endgültig hier stattfinden, dachte sie. Seltsam. Jetzt, da sie nicht mehr unter der Anspannung stand, fühlte sie sich auf einmal ganz schwach, und die erhoffte Erleichterung blieb aus. Sie saß da, niedergeschlagen, weil sie genau wusste, dass ihr Entschluss jemandem, den sie liebte, sehr wehtun würde.

Bloß nicht daran denken. Mit dem gleichen unbeholfenen Trotz, den sie auch als Vierzehnjährige empfunden hatte, als ihr Vater sie aus der Disco geholt hatte, versuchte sie, ihr Bild von sich selbst so zurechtzurücken, dass es ihr nicht mehr missfiel. »Manchmal«, sagte sie laut zu sich, »geht es eben nicht anders«, und da fiel ihr plötzlich etwas ein, was sie trösten könnte, weil es ihr Handeln rechtfertigen würde. Sie stand auf, ging zu dem weiß lackierten Regal, in dem die Bücher in englischer, deutscher und französischer Sprache dicht aneinander gereiht standen, und suchte nach einem bestimmten, von dem sie wusste, dass auch Tim es besaß. Das Buch, nach dem sie griff, war von Françoise Gilot, die darin ihr Leben mit Picasso beschrieb. Es war noch ungelesen, und die zärtliche Widmung irgendeiner Frau, die vor drei Jahren in Tims Leben die Hauptrolle hatte spielen wollen, entlockte ihr ein kleines überlegenes Lächeln: Sie kannte ihn besser, ihren Tim. Ihn interessierten Manager, Strategen, kühle Denker. Picassos Leben war für ihn kein Thema.

Konzentriert blätterte sie in den Seiten, überflog die eine und andere; dabei ging sie langsam wieder zurück und ließ sich auf dem weichen Teppich vor der Couch nieder, ohne ihren Blick von den Buchstaben zu lösen. Halt, da! Sie spürte eine flüchtige Genugtuung, die sie einmal tief und entkrampft durchatmen ließ, bevor sie sich zurücklehnte und weiterlas.

»Es gibt Dinge«, so wurde Picasso zitiert, »die man anderen Menschen nicht ersparen kann. So etwas kann natürlich einen furchtbaren Preis kosten, aber es gibt Momente im Leben, in denen du einfach keine Wahl hast.

Wenn es eine Notwendigkeit gibt, die für dich wichtiger ist als alle anderen Notwendigkeiten, dann bist du eben gezwungen, gegen irgendjemand unschön zu handeln.« Nadine las weiter: »Sich für einen Menschen zu entscheiden, heißt immer bis zu einem gewissen Grad, einen anderen tödlich verletzen.«

Genauso ist es, dachte sie befriedigt ... obwohl? Sie seufzte. Durfte man wirklich gegen einen anderen Menschen nur seines eigenen, persönlichen Wohles wegen unschön handeln? Ihr Vater ... Nein – nur nicht an ihn denken! Bedrückt legte sie das Buch zur Seite und blickte auf.

Draußen regnete es schon die ganze Zeit. Hart und unbarmherzig prasselten die Tropfen an die Scheibe und nervten sie in ihrer anhaltenden Aufdringlichkeit. »Du lügst, du lügst, du machst dir was vor!«, tönte es mit dem Rauschen des Regens dumpf in ihrem Kopf. Um sich abzulenken, griff sie nach der Fernbedienung, schaltete den Fernseher ein, so laut, dass er das Geräusch des Regens übertönte, und zappte wahllos durch die Programme. Die jeweils kurzen farbigen Segmente von Shows, Spielfilmen, Reportagen ließ sie alle an sich vorbeiziehen, ohne sie wirklich wahrzunehmen. Schließlich blieb sie bei den Nachrichten hängen. Nicht, weil es sie gerade besonders interessierte, was um sie herum geschah, sondern weil die betroffene Miene des Sprechers am besten zu ihrer Stimmung passte und sie von allem am wenigsten störte. Was er berichtete, verstand sie nicht. Sie hörte nur die einzelnen Worte, und die Sprache, die sie normalerweise fließend beherrschte, erschien ihr auf einmal völlig fremd. Sie bemühte sich auch nicht, sie zu verstehen.

Nadine war erleichtert, als Tim nach Hause kam und sie somit aus ihrer Lethargie befreite. Sie hörte, wie er die Tür aufsperrte und sie hinter ihm wieder ins Schloss fiel. Dann trat er in den Raum. Seine Augen glänzten vor freudigem Eifer, die Wangen waren von der Anspannung leicht gerötet, und auf seiner Jacke und dem dunklen Haar glitzerten Regentropfen.

»Na, wie gehts? Wieder okay?«, fragte er gut gelaunt.

Das Gespräch mit dem Kunden schien bestens gelaufen zu sein, dachte Nadine. Sie erhob sich vom Boden und ging ihm entgegen. »Klar. Bin wieder fit. Fit for fun«, meinte sie, doch die Anspielung kam gar nicht erst an.

»Wenn das klappt, dann habe ich einen Superdeal gemacht«, lachte er zufrieden und streifte seine Jacke ab.

Nadine nahm sie ihm aus der Hand. Den feuchten, klammen Stoff in ihren Fingern empfand sie als angenehm kühl.

Er küsste sie flüchtig auf den Mund, sodass sie gerade noch einen Hauch des bitteren Geschmacks einer Zigarre registrierte. »Trinkst du noch ein Glas Wein mit mir ... oder lieber nicht, nach der Nacht?«

»Ach, ein Glas könnte ich jetzt ganz gut vertragen.«

Durch seine Anwesenheit füllte sich ihre Leere wieder mit alltäglichen Dingen, und sie folgte ihm in die Küche. Dort nahm sie zwei Weingläser aus dem Schrank, die sie zum Einschenken schon mal auf der schmalen Arbeitsplatte bereitstellte, während er eine Flasche guten italienischen Rotwein entkorkte. Er stand dabei mit dem Rücken zu ihr, und als sie sich leicht an ihn lehnte, erwiderte er ihre Berührung, indem er kurz innehielt und seinen Körper fast unmerklich nach hinten lehnte. Es war nur ein Augenblick, eine kleine Bewegung – dann hantierte er wieder weiter, doch Nadine blieb einfach so stehen, überrascht, sich auf einmal so wohl zu fühlen.

Als sie kurz darauf mit heiterem Optimismus auf seinen Erfolg anstießen, nahm sie sich fest vor, in Zukunft alle irritierenden Gedanken sofort abzuschmettern. Ihr Leben fand hier statt, und damit basta.

KAPITEL 10

»Man muss sich als Frau immer nach dem Mann richten. Schließlich ist er doch auch derjenige, der alles finanziert. Oder willst du keine Kinder?«

»Doch, schon ... irgendwann mal ... Ja, wahrscheinlich schon. Weißt du, ich habe mir darüber noch keine Gedanken gemacht«, antwortete Nadine.

Es war am frühen Abend. Sie saß mit Pauls Freundin Marietta in einem modernen Bistro nicht weit entfernt von Harrods, wo Nadine nach der Arbeit die U-Bahn an der Station Knightsbridge verlassen und wo sich Marietta die Zeit mit Einkäufen vertrieben hatte. Die vielen verschieden großen dunkelgrünen Plastiktüten, auf denen der Namenszug des berühmten Kaufhauses golden glänzte, hatte sie überall um sich herum drapiert. Nadine wunderte sich aufs Neue, wie Marietta es immer schaffte, bei allem, egal, was sie tat, perfekt auszusehen. Als wäre sie der Werbeträger ihres eigenen Lebens, während Nadine selbst schon nach einem Blitzeinkauf in irgendeinem mittelmäßig besuchten Geschäft vom Anprobieren so geschafft wirkte, als hätte sie gerade eine Technoparty verlassen.

Marietta strich sich eine lange, gestylte Strähne ihres dichten Haares aus der Stirn und sah Nadine mit ihren großen dunklen Augen direkt an: »Schön, dass ihr jetzt doch in London bleibt.«

»Finde ich auch. Es gibt wirklich Schlimmeres«, erwiderte Nadine mit leichter Ironie.

»Du wirst schon sehen, es ist die richtige Entscheidung. Was will man denn in einer Stadt wie München? Ich war ein einziges Mal dort. Das reicht.«

Nadine unterdrückte den in ihr aufsteigenden Protest und nickte. Es war schon fantastisch, in London zu leben, vor allem, wenn man sich so einen hohen Lebensstandard leisten konnte. Doch andererseits ... Mariettas anmaßende Bemerkung über ihre Heimatstadt machte sie auch wütend. Was wusste sie denn schon von München? Sie hatte doch keine Ahnung von Behaglichkeit. Das kannte man hier im hektischen London nicht und auch keine Kastanienbäume, keine Biergärten, keine oberbayrischen Seen ...

»Warst du denn schon dort?«, fragte Marietta und riss Nadine aus ihren Gedanken.

»Äh ... Was?«

Marietta hatte von ihrem Beautystudio gesprochen und geriet nun ins Schwärmen über das Angebot der verschiedenen Anti-Aging-Programme und Therapien, denen inzwischen wohl ganz London huldigte.

Nadine hörte ihr nicht besonders aufmerksam zu. Sie verfolgte, wie Marietta mit ihren perfekt lackierten Nägeln eine kleine weiße Papiertüte aufriss: Zwei winzige Pillen Süßstoff fielen in den Cappuccino, dessen Schaum sich zischend gegen den süßen Angriff wehrte, bis er schließlich resignierte und in sich zusammenfiel.

»Das Studio ist Teil des neuen Wellnesscenters. Das

musst du dir unbedingt ansehen! Dort gehen sie doch alle hin.«

Erst jetzt blickte Nadine auf. »Wer war denn der Architekt?«

»Keine Ahnung. Aber es ist voll cool.« Gefällig schrieb Marietta ihr sogleich die Adresse – das Center war ganz in der Nähe – auf ein Stück Papier, das sie einem in dunkelblaues Leder gefassten Block mit Goldschnitt entnommen hatte.

Nadine nahm sich vor, an einem der nächsten Abende hinzugehen – der Architektur wegen. Während Marietta weiterredete und sich in Klatsch und Tratsch über irgendwelche Semipromis erging, ertappte Nadine sich dabei, dass sie sich mit jedem Wort innerlich mehr von Marietta distanzierte, und sie erschrak. Genau das wollte sie nicht! Sie wollte sich mit ihr anfreunden, und nun saß sie da und konnte sich beim besten Willen nicht für das interessieren, was Marietta von sich gab. Sie wünschte sich, sie würde von etwas anderem reden. Und je länger sie beisammen waren, desto stärker verspürte sie die Kluft zwischen Mariettas Welt und der ihren und desto freudloser wurde sie. War es letztendlich nicht auch Tims Welt, die Marietta verkörperte?

Während Marietta, ahnungslos, was den Kampf anging, der sich hinter Nadines scheinbar aufmerksamer Miene abspielte, weiter Belangloses kundtat, wandelte sich Nadines Unbeschwertheit in drückende Melancholie. Sie hatte schon längst das Bedürfnis, aufzustehen und zu gehen, doch sie blieb sitzen, hörte weiter zu und wünschte sich nichts mehr, als dass sich doch noch das freundschaftliche Gefühl einstellen würde.

Am Ende des Treffens, nachdem sie sich schließlich verabredet hatten, gemeinsam in nächster Zeit dieses neue Wellnesscenter zu besuchen, und jede ihres Weges ging, war sie so erschöpft und müde, wie sie es selbst dann nicht war, wenn sie einen ganzen Tag lang bis in die Nacht hinein hart gearbeitet hatte.

Von der Verabredung mit Marietta kam sie mit leichten Kopfschmerzen zu Hause an. Tim war schon da und suchte in der Küche nach etwas Essbaren.

»Na, wie wars?«, rief er ihr zu, als sie hereinkam.

»Ganz nett«, murmelte sie nur und eilte an ihm vorbei ins Wohnzimmer.

Dort legte sie ihre Tasche ab, warf lustlos die Jeansjacke über den Stuhl und ging zu ihm die Küche.

Er mühte sich gerade ab, eine von vier großen Tomaten in ungefähr gleich dicke Scheiben zu schneiden. Als sie ihm dabei zusah, musste sie über seine Ungeschicklichkeit unwillkürlich lächeln. Er hielt inne, froh, sie zu sehen, und auch weil er wusste, dass sie ihn gleich ablösen würde. Nadine wusste es auch, und dieser gewohnte Einklang tat ihr gut, denn er gab ihr ein wenig von der alten Sicherheit zurück. Sie drückte sich an ihn und küsste ihn so inständig, als könnte sie dadurch die feindlichen Zweifel, die sie eben noch gequält hatten, verscheuchen. Normalerweise genoss sie es, und es löste in ihr mehr als nur Wohlbehagen aus, seinen Körper zu spüren und vor allem seine Hände, die nun anfingen, ihre Brüste zu streicheln. Sie kannte auch diesen Blick, der sie aufforderte und verriet, dass er mehr wollte, doch diesmal machte sie sich von ihm frei und wandte sich ab.

»Lass nur, ich erledige das schon«, meinte sie und griff nach dem Messer, das Tim zur Seite gelegt hatte.

»Ich kann dir doch später helfen«, bemerkte Tim, überrascht von Nadines plötzlichem Rückzug.

Dem Ton seiner Stimme konnte sie den leicht kehligen Klang der verhinderten Leidenschaft entnehmen. Sie antwortete nicht, sondern widmete sich ganz der Vorbereitung des Essens, schnitt die restlichen Tomaten auf und pflückte einzelne Blätter Basilikum von dem Bund, den sie seit zwei Tagen in einer dünnen Plastiktüte aufbewahrt hatte, und die jetzt wirklich verzehrt werden mussten. Obwohl sich einige Blätter am Rand schon leicht bräunlich färbten, erfüllte der herbe Geruch sofort den schmalen Raum.

»Zu Hause hatte ich Basilikum angepflanzt, aber hier in dieser winzigen Küche gibt es ja nicht einmal Platz für einen Blumentopf«, beschwerte sich Nadine.

»Da müssen wir eben anbauen«, gab Tim ironisch zurück.

Nadine sah den verschmitzten Schalk in seinen Augen und lächelte dankbar zurück. Plötzlich schämte sie sich, dass sie sich durch einen simplen Kaffeeklatsch so aus dem Gleichgewicht hatte bringen lassen, und als wollte sie ihr launisches Verhalten dadurch rechtfertigen, platzte sie heraus: »Ich will mein Leben nicht mit Shopping verbringen und zwischen Wellnessclub, Tennisplatz und Friseur hin und her tingeln. Das sind lauter Dinge, die mir keinen Spaß machen. Ich finde das alles grauenhaft. Ich will das einfach nicht!«

»Das liegt doch an dir. Du kannst machen, was du willst«, entgegnete Tim freundlich.

Und an diesem Punkt wäre sie am liebsten in Tränen ausgebrochen. Merkte er denn nicht, dass sie das, genau das, eben nicht konnte? Nicht hier in London, wo sie sämtliche Architekturbüros erfolglos abgeklappert und niemand ihr auch nur die kleinste Chance gegeben hatte. Ihr Vater hatte, wie immer, doch Recht behalten. Hier war sie einfach nur Tims Freundin. Ohne ihren Vater und seine Firma war sie ein Nichts.

»Ich will keine Petersilie sein!«, brach es aus ihr heraus, und sie stützte die nassen Hände auf die Arbeitsfläche.

Tim blickte sie verwundert an. Er verstand nicht ...

»Ja – keine Petersilie, keine Dekoration. Ich möchte selbst jemand sein!«, schluchzte sie und drehte sich um, sodass sie ihm jetzt direkt gegenüberstand, Gesicht an Gesicht. »Ich ...« Sie stockte, als sie bemerkte, dass um Tims Mund erneut ein kleines, amüsiertes Lächeln spielte.

»Hey ...« Seine Stimme klang ganz sanft. »Wenn wir hier schon keinen Platz für Basilikum haben, dann erst recht nicht für Petersilie.«

Er zog sie an sich, und sie wehrte sich nicht. Kraftlos verharrte sie für einen Augenblick in seinem Arm.

Und als sie sich von ihm löste, spazierte er gut gelaunt aus der Küche, und sie hörte, wie er im Wohnzimmer den Fernseher einschaltete.

Auf einem der englischen Programme lief irgendein bekannter Sciencefiction-Film.

Sie nahmen ihr spätes Abendessen vor dem Fernseher ein, saßen nebeneinander auf der weichen Couch, die großen Teller mit Tomaten und Büffelmozzarella auf den Knien balancierend, und Tim sah mit glänzenden Augen auf den Bildschirm.

Normalerweise ödeten sie solche Abende an, sie sah nicht gern fern, vor allem solche Filme nicht, doch heute war sie froh darüber, denn so konnte sie ihren Gedanken freien Lauf lassen.

Sie hätte jetzt gern zu Hause bei ihren Eltern angerufen, doch seit sie vor fast zwei Wochen ihrer Mutter mitgeteilt hatte, dass sie nicht kommen würden, hatte sie nur ungern die ihr so vertraute Nummer gewählt. Nadine war klar, dass ihr Vater sauer auf sie war, und sie sah dieser ersten Konfrontation mit flauem Unbehagen entgegen.

Mit ihrer Mutter hatte sie in der Zwischenzeit mehrmals über andere, alltägliche Dinge gesprochen. Einmal nur, im letzten Gespräch, vorgestern, hatte ihre Mutter geklagt, dass ihr Vater so viel Arbeit habe, und da war sie aufgebraust, hatte hervorgebracht, dass sie es hier in London auch nicht leicht habe. Ein lächerlicher Versuch, ihr drückendes Gewissen zu überspielen. Den Mut auszusprechen, wie sie sich momentan fühlte, dass sie trotz ihrer nun fast achtundzwanzig Jahre ein beinahe kindliches Heimweh verspürte, den Mut hatte sie nicht aufgebracht – doch ist es nicht gerade das Nichtausgesprochene, das besonders schmerzt? Das, was tief im Herzen sitzt? Später, nachdem sie aufgelegt hatte, hatte es ihr Leid getan.

Wie mag es ihm jetzt wohl gehen?, fragte sie sich teils besorgt, teils schuldbewusst und hoffte, dass ihr Vater ihr verzeihen würde, dass sie ihn im Stich gelassen hatte. Im Stich gelassen – wofür eigentlich? Dafür, dass sie jetzt hier neben Tim saß und sich diesen Film ansehen musste, der sie nicht interessierte, genauso wenig wie das Gespräch mit Marietta und ihr momentaner Job?

Als sie auf einmal spürte, dass sie in ein tiefes Loch zu stürzen drohte, stand sie auf und trug die leeren Teller in die Küche. Jeden einzelnen Teller wusch sie mit der Hand, anstatt sie, wie sonst, in die Spülmaschine zu stellen. Dann nahm sie ein Putzmittel und schrubbte mit einem festen Schwamm die helle Arbeitsfläche so lange ab, bis auch der letzte hartnäckige, leicht bräunliche Fleck des Earl-Grey-Tees darauf verschwunden war. Anschließend widmete sie sich noch der Edelstahlspüle, und erst als das Becken wieder richtig glänzte und sie es mit einem weichen Tuch trocken gerieben hatte, ging sie zurück ins Wohnzimmer, in dem noch immer der Fernseher lief.

Auch die nächsten Tage waren von ständig wiederkehrender Verdrossenheit durchsetzt. War es nur, weil sie von der Tatsache, doch hier zu bleiben, überrascht worden war und Tim das einfach so bestimmt hatte, oder war es wegen des drängenden Gefühls, an einem anderen Ort in einer Schuld zu stehen, dass ihr auf einmal Dinge ins Auge stachen, die ihr vorher gar nicht aufgefallen waren? Der Müll – Überreste von Zeitungen, zertretene Plastikbecher und Flaschen – auf den Straßen, die verschmierten Wände der Underground, die von Abgasen feuchtwarme Luft, der dichte, lärmende Straßenverkehr, die akute Parkplatznot; Nadine hatte an allem etwas auszusetzen, und vieles, was sie früher so erfreut hatte, war ihr auf einmal lästig. Langsam, ohne dass es ihr bewusst war, hatte sich ihre Perspektive verändert.

Während Nadine noch immer glaubte, an dem einen Ort zu sein, war sie in ihrem Innersten bereits an dem anderen. Und wie ihr Vater prophezeit hatte, wurde das Gewicht in der einen Waagschale immer schwerer.

Dieser Zustand bohrender Unzufriedenheit hielt an; ein Gefühl, das danach drängte, sich zu offenbaren, sodass es schließlich auch Tim nicht mehr verborgen blieb.

Es war Samstag. Seit vorgestern hatte es nicht geregnet, und die Luft war verhältnismäßig mild für einen dieser letzten Tage des Spätherbstes. Die Stadt schimmerte unter den noch weichen Strahlen der Sonne in ihrem schönsten Licht und trieb die Menschen scharenweise aus ihren vier Wänden. So auch Nadine und Tim, die sich inmitten einer schau- und kauflustigen Menge durch die Straßen des Portobello Markets drängten, wo sie für eine Bekannte, zur Geburt von deren Tochter, eine kleine alte Rassel aus echtem Sterling-Silber gekauft hatten.

»Es ist alles so teuer, das ist ja unglaublich!«, empörte sich Nadine, nachdem sie den Stand verlassen hatten. »Hast du gesehen, was die Bilderrahmen gekostet haben? Richtiger Nepp ist das hier! Einen solchen Rahmen kriege ich ja in München bei jedem Antiquitätenhändler billiger, und da brauche ich mich nicht so herumschieben zu lassen.«

Obwohl sie bereits, während sie sprach, wusste, dass es nicht stimmte – weil sich an den Preisen seit dem letzten Mal nichts geändert hatte, in München Silber sowieso teurer und in dieser Auswahl auch gar nicht erhältlich war –, ja, obwohl sie all das ganz genau wusste, konnte sie es trotzdem nicht lassen weiterzureden: »Das ist eben auch nicht mehr das, was es einmal war. Die zehren doch nur noch von ihrer Tradition.«

Erst Tims befremdeter Blick ließ sie innehalten, und sie beeilte sich, erklärend hinzuzufügen: »Es nervt einfach ... die vielen Menschen.«

Sie war froh, dass Tim ihr darin beipflichtete und somit über ihre Missstimmung hinwegsah, denn sie mochte sich selbst am allerwenigsten, wenn sie in dieser Stimmung war. Wieso aber, um alles in der Welt, war sie nur so? Bedrückt schob sie ihre Hand unter Tims Arm und hielt sich an ihm fest. Die Berührung seines dynamischen Körpers hatte eine ermunternde Wirkung auf sie, und sie nahm sich vor, den Rest des Tages mit Tim zu genießen.

Lange hielt die selbst auferlegte Fröhlichkeit nicht an, denn nur wenige Stunden später, nachdem sie, hungrig vom vielen Bummeln, in einer Tagesbar eingekehrt waren, fand Nadine bereits den nächsten Anlass, herumzunörgeln. Der Grund ihres Unmuts war diesmal ein Sandwich. Ein harmloses Sandwich, wie Nadine es immer und überall in London bisher gegessen hatte, typisch englisch, weich, weiß, zwei flache Dreiecke, aus dem beim Hineinbeißen zu beiden Seiten die Hühnchen-Mayo-Mischung herausquoll. Mitten in einem dieser schicken, neuen Coffeeshops, von denen in letzter Zeit gleich drei in unmittelbarer Nähe aufgemacht hatten, nämlich in der Kings Road, in der Brompton Road und in der Kensington Road, stand sie mit Tim an einem der Stehtische und meckerte über die neutrale, geschmacksarme Beschaffenheit dieses Brotes. Sie redete in einem fort mit immer lauter werdender Stimme, und Tim wunderte sich langsam über die absurde Ernsthaftigkeit, mit der sie im Gegenzug die reichhaltige Brotauswahl der Münchener Hofpfistereien pries.

Tim schien es auf einmal, als suchte sie nach Gründen, die ihr das Weggehen aus dieser Stadt leichter machen sollten. Doch noch schwieg er, wartete ab und ließ Nadine einfach gewähren. Erst als sie nach Hause kamen und Nadine wegen der zusammengebundenen Mülltüten, die vor dem Haus gestapelt lagen, den Engländern mangelndes Umweltbewusstsein unterstellte und die Insel zu allem Übel noch als unterentwickelt und rückständig bezeichnete, blieb Tim abrupt stehen. »Ich finde, es reicht.«

Die Härte seines Tons ließ sie sofort schweigen. Erschrocken blickte sie ihn an. Seine Augen verrieten, was in ihm vorging, und ihr war auf einmal klar, dass sie an dieser Entwicklung selbst schuld war. Tim hatte sich abgewandt. Unruhig wartete sie seine nächste Reaktion ab. Doch er war nicht so sauer, wie sie anfangs vermutet hatte, denn als er sie nun ansah, konnte sie kein Anzeichen von Ärger erkennen; in seinem Blick lag etwas anderes, etwas leicht Melancholisches, und dann sprach er, inzwischen weicher, beherrschter:

»Eigentlich solltest du doch das Gefühl haben, dass es dir hier besser geht und dass du glücklicher bist, weil du mit mir zusammen hier in London lebst ... Ich weiß nicht.« Und dabei schüttelte er ganz langsam den Kopf.

»So wie du redest, erweckst du aber ganz den Eindruck, als hättest du dich wirklich verschlechtert. Das kann es doch nicht sein. Was meinst du? Da stimmt doch irgendetwas nicht.«

Diese bittere, klare Feststellung kam für Nadine so überraschend, dass sie zusammenzuckte. Er hatte Recht. In dem Moment, in dem er es ausgesprochen hatte, hatte sie es auch ganz genau gefühlt. Doch das durfte sie unmöglich zugeben. Nicht vor ihm und auch nicht vor sich selbst, weil sie sich dann einer Wahrheit stellen musste, die sie zu diesem Zeitpunkt nicht ertragen hätte. Diese plötzliche, kurze Erkenntnis war ihr heiß in den Kopf gestiegen, und sie konnte spüren, wie sich ihre Wangen immer mehr röteten. Peinlich berührt, drehte sie ihr Gesicht zur Seite, um jene verräterischen Spuren zu verbergen, die einer Einsicht noch vorauseilten. Sie ließ einen Moment verstreichen, bis sie sich wieder ein wenig sicherer fühlte. Dann folgte sie ihm, stieg hinter ihm die Stufen zur Haustür hinauf, betroffen schweigend.

Seine ganze Haltung, wie er vor ihr herging, und die entschlossene Geste, mit der er die Tür aufsperrte, verrieten ihr, dass er das nicht mehr lange mitmachen würde. Er hatte ihr den Rücken zugewandt und ging nun hinein, ohne sich noch einmal nach ihr umzudrehen. Nadine fing die Haustür im letzten Moment auf, bevor sie ins Schloss fiel, und auf einmal überkam sie eine heftige Unruhe. Sie wollte nicht, dass er sich von ihr distanzierte, vielleicht sogar aufhörte, sie zu lieben, doch sie wusste, dass er, wenn sie so weitermachte, auf dem sicheren Weg dazu war.

Was würde sie jetzt darum geben, wenn sie all ihre unbedachten Nörgeleien zurücknehmen könnte! Allein, wenn sie jetzt daran dachte, wie sie sich über dieses eine Sandwich aufgeregt hatte ... nein, besser nicht. Es war blamabel. Sie wollte nicht darüber grübeln, doch schonungslos tauchten immer wieder Bilder aus der jüngsten Vergangenheit auf, die sie an ihre kleinen, zerstörerischen Vergehen erinnerten. Und hin und wieder fing ihr Gedächtnis ein aufmunterndes Lächeln, eine drängende Geste, ein verständnisloses Kopfschütteln von Tim auf. Alles Bilder, bei deren genauerer Betrachtung sie sich schließlich eingestand, dass er es in der letzten Zeit mit ihr nicht leicht gehabt hatte.

Nadine unterbrach diese quälende Interpretation jener einzelnen beunruhigenden Fragmente. Das durfte so nicht weitergehen! Sie musste den Schaden, den sie angerichtet hatte, schnell wieder gutmachen. Sie musste ihm sagen, dass sie doch gern mit ihm zusammenlebte und – vor allem – dass seine Welt auch die ihre war. Aber würde er ihr glauben? Nein, wahrscheinlich nicht – sie musste es ihm schon beweisen.

»Kannst du mir bitte mal Pauls Nummer geben?«

Tim hatte sich in eine Zeitung vertieft und schaute nun verwundert, aber gleichzeitig so abweisend zu Nadine, die mit dem Telefon in der Hand auf ihn zukam, dass ihr ganz schwer ums Herz wurde.

»Ich wollte Marietta anrufen«, fügte Nadine mit einem unsicheren Lächeln hinzu. »Zu Hause ist sie nicht, und ihr Handy ist auch ausgeschaltet. Vielleicht ist sie ja bei Paul.«

Marietta wohnte immer noch hartnäckig in ihrer eigenen schönen Wohnung in Notting Hill, ganz nach dem Grundsatz: Wohnst du erst einmal mit einem Mann zusammen, hat er alles, was er will, und muss dich auch nicht mehr heiraten. Diese Beharrlichkeit sollte sich in Mariettas Fall wohl bald auszahlen, aber bis es so weit war, blieb Marietta vorsichtshalber noch in ihren eigenen vier Wänden wohnen. Komisch, wunderte sich Nadine, dass sie ausgerechnet jetzt daran dachte.

Während Tim die Seiten seiner Zeitung lesegerecht faltete, als gäbe es jetzt nichts Wichtigeres auf der Welt, leierte er gelangweilt Pauls Telefonnummer herunter, ohne Nadine weitere Beachtung zu schenken. Er war immer noch schlecht gelaunt.

»Danke«, erwiderte sie und wiederholte die Nummer noch einmal.

Tim hörte gar nicht mehr hin; er grübelte hinter seiner Zeitung, die er wie einen Schild vor sich hielt.

Nadine tippte die einzelnen Zahlen ins Telefon. Den Hörer fest am Ohr, wartete sie und hoffte, dass jemand abhob.

Sie hatte Glück. Marietta war tatsächlich bei Paul, der auch ganz schnell, ohne lange zu fragen, das Telefon an sie weiterreichte, während das dumpfe Geräusch einer grölenden Menschenmenge in abgeschwächter Form an ihr Ohr drang.

Dass Tim vergessen hatte, das Fußballspiel – ein bedeutendes, davon hatte sogar sie gehört – zu verfolgen, erstaunte Nadine.

Sie blickte zu ihm hinüber. Hinter der Zeitung konnte sie nur sein dichtes, kräftiges Haar und seine Stirn sehen, die er beim Lesen in feine Falten gelegt hatte. In diesem Moment verspürte sie den Drang, ihn auf das Spiel im Fernsehen aufmerksam zu machen, weil sie genau wusste, dass er darüber erfreut sein würde. Sie wollte schon ausholen und es ihm eifrig mitteilen – doch dann hielt sie inne. Nein, diesmal würde sie ihn nicht darauf hinweisen, diesmal nicht, obwohl sie sich auch ein wenig für ihr egoistisches Verhalten schämte. Aber als sie sich vorstellte, wie er vor dem Fernseher sitzen und nichts anderes mehr als das Spiel wahrnehmen würde, fand sie ihren Egoismus durchaus angebracht.

In diesem Moment vernahm sie Mariettas helle Stimme, die sie gut gelaunt begrüßte.

Statt den Raum zu verlassen, wie sie es sonst tat, wenn sie telefonierte, blieb Nadine in Tims Nähe. Er sollte schließlich mitbekommen, dass sie wieder dabei war, London zu erobern. Und aus diesem Grund erhob sie auch ihre Stimme, als sie zu Marietta sagte: »Ich würde mir gern mal das neue Wellnesscenter ansehen, von dem du das letzte Mal erzählt hast. Vielleicht könnte ich ja Mitglied werden.«

»Gute Idee! Das wäre super«, hörte sie Marietta antworten. »Ich gehe morgen wieder hin. Wenn du Zeit hast, komm doch gleich mit! Du kannst ja auch direkt eine Probestunde nehmen.«

»Warum nicht?«, meinte Nadine nach nur ganz kurzem Zögern, in dem sie sich aber ziemlich schnell klar geworden war, dass sie auf Tim diesmal keine Rücksicht nehmen wollte, auch wenn der nächste Tag ein Sonntag war und sie die Sonntage normalerweise gemeinsam verbrachten. »Um wie viel Uhr bist du denn dort?«

»Warte einen Moment, dann kann ich es dir genau sagen ... Lass mich mal nachsehen ...«

Sie wartete. Aus dem Hörer drangen verschiedene Geräusche, und Nadine stellte sich vor, wie Marietta aus einer ihrer Handtaschen ihren nagelneuen Palm herauszog und auf dessen kleine silberne Tasten drückte, um den Termin nachzuschlagen ...

»Hier. Da habe ich es. Um drei bin ich dort zur Massage. Wir könnten also um zwei gemeinsam losfahren.«

»Gut, morgen um zwei«, bestätigte Nadine noch einmal mit Nachdruck und verabschiedete sich sehr freundschaftlich von Marietta, nachdem sie einen Treffpunkt vereinbart hatten.

Nadine legte das Telefon beiseite und war zufrieden. Der erste Schritt aus ihrer Trägheit war vollbracht, und endlich konnte sie spüren, wie die alte Energie zurückkehrte. Für einen Moment gab sie sich ganz diesem befreienden Gefühl hin, das ihr eine Leichtigkeit bescherte, mit der sie sich wenig später zu Tim umdrehte. Was war denn nun? Hatte er das Gespräch mitbekommen? Scheinbar nicht, denn er war immer noch in seine Zeitung versunken.

Als sie auf ihn zuging, blickte Tim auf, und in dem warmen Glanz seiner Augen erkannte sie sein stilles Verstehen.

»Vielleicht sollte ich auch mal etwas für meinen Körper tun ...«, meinte er versöhnlich.

»Gute Idee«, antwortete Nadine ein wenig heiser und etwas zu schnell.

»Wenn ich schon nicht mehr vor dem Fernseher sitze

und Fußball schaue«, fügte er mit einem kleinen verschmitzten Lächeln hinzu.

Er hatte das Spiel doch nicht vergessen!

»Ja, dann erst recht«, stimmte sie ihm zu. Ihre Stimme klang noch belegt vor verhaltener Freude, und sie gab sich der Illusion hin, dass alles wieder im Lot war: Das Leben konnte neu beginnen.

KAPITEL 11 Nadine spürte, wie ihr Herz schneller schlug, ganz deutlich fühlte sie dieses dumpfe Pochen in ihrem Brustkorb – wie immer, wenn sie unvermittelt auf etwas traf, das sie zutiefst berührte. Und dann, um es der Vernunft unterzuordnen, begann sie, das Objekt genauer zu betrachten: Neun Meter hoch und zwanzig Meter breit, schätzte sie die Glaswand ziemlich genau, denn dafür hatte sie einen geübten Blick. Selbsttragend, fast die gleiche Konstruktion, die sie vor einem guten Jahr in ihrer Diplomarbeit vorgestellt hatte.

Mit ihrer Hand strich sie über das glatte, kühle Material, eine Geste, die sie beruhigte und mit der Verwirklichung jener Planung vertraut machte, die vor langer Zeit in ihrem Kopf begonnen hatte. Sie spürte kein Bedauern darüber, dass ihr jemand zuvorgekommen war. Es war nicht wichtig, ob das Objekt nun von ihr war oder von jemand anderem. Wichtig war nur, dass es war. Und diese Tatsache zauberte ein breites Lächeln auf ihr Gesicht.

Interessiert schweifte ihr Blick durch den Raum, und dabei erfasste sie sofort die vielen Details, die sich zu diesem perfekten Ganzen zusammenfügten. Nadine wusste, was das alles kostete, aber sie wusste auch, wie viel Hingabe und Kenntnis notwendig waren, um so etwas zu gestalten. Neben einer tiefen Freude über das, was sie hier vorfand, erfüllte sie eine herbe Sehnsucht nach jener Arbeit, die sie so liebte. Doch die Freude war es, die schließlich überwog.

Die jungen Menschen mit ihren Sporttaschen am Empfang und an der Theke nahm sie wie ein buntes Mosaik wahr, aus dem sich nun Marietta löste und auf sie zusteuerte.

Marietta und sie waren schließlich doch nur zu zweit hierher gekommen, denn Tim hatte sich im letzten Moment dazu entschlossen, mit Paul zu dessen Golfclub zu fahren und ein paar Bälle auf der Driving-Ranch zu schlagen. Da Tims Mitgliedschaft in dem Golfclub noch immer nicht bestätigt worden war, schien es ihm notwendig, sich dort einmal sehen zu lassen.

»Na, wie findest du es? Ist es nicht toll?« Marietta strahlte.

Nadine pflichtete ihr bei, indem sie zustimmend nickte, doch bevor sie erläutern konnte, was ihr eigentlich so gefiel, fuhr Marietta fort:

»Das mit der Probestunde geht fürs Erste schon mal in Ordnung. Schade nur, dass Mary-Ann nicht hier ist. Ich dachte, sie sei vielleicht da. Sie wäre perfekt für dich. Alter Adel. Das wäre das Beste, was dir passieren kann.« Sie bemerkte Nadines Erstaunen. »Wegen der Mitgliedschaft. Du brauchst nämlich einen guten Leumund durch zwei Bürgen.«

»Zwei Bürgen? Haben die denn einen Knall?«, stieß Nadine überrascht hervor.

»Ja, was denkst du denn? Hier kommt man nicht so einfach rein.«

Die Architektur versöhnte Nadine mit den in ihren Augen albernen Gepflogenheiten dieses Clubs.

»Ich habe gehört, dass Hugh Grant auch schon hier war«, raunte Marietta ihr hinter vorgehaltener Hand zu.

»Schön«, murmelte Nadine, obwohl es ihr egal war, wer sich hier sonst noch tummelte. Sie hatte sich noch nie für irgendwelche Prominente interessiert, was vielleicht daran lag, dass ihr Vater immer betont hatte: »Die Zeit, in der sich die Leute mit dem Leben eines Boris Becker oder so beschäftigen, ist eine verlorene Zeit. Sie sollten sich lieber mit ihrem eigenen Leben beschäftigen.«

Und da konnte ihr Hugh Grant auch nicht helfen. Wie gern würde sie wieder am Zeichentisch sitzen und an einem Entwurf für ein Gebäude, ähnlich diesem hier, arbeiten. Im Geiste sah sie die Pläne vor sich.

Marietta hielt ihr ein Armband aus durchsichtigem Kunststoff mit integriertem Chip hin. »Mit dem hast du überall Zutritt, und gleichzeitig ist es der Schlüssel für deinen Schrank. Was ist?«

Nadines Blick war schon wieder in die Ferne geschweift; erst jetzt richtete sie ihn direkt auf Marietta, und der verträumte Ausdruck ihrer Augen verschwand. »Ach, nichts ... Danke«, sagte sie und nahm das Band an sich. Plötzlich hatte sie das Bedürfnis, sich zu erklären, und nach einer kurzen Pause fügte sie hinzu: »Genauso eine Wand habe ich auch einmal geplant.«

»Wirklich? Cool! Ich wusste gar nicht, dass du solche Sachen entworfen hast ... Wir müssen hier lang.«

Marietta steuerte auf den Umkleideraum zu. Sie

glaubt mir nicht, dachte Nadine. Wie konnte sie auch? Schließlich arbeitete sie trotz ihres Architekturstudiums und der einjährigen Berufserfahrung in einem Kleiderversand. Jemand, der gut war, hatte das nicht nötig, sagte sich Nadine voller bitterer Ironie, die allerdings in dem Moment von ihr wich, als sie hinter Marietta den Umkleideraum betrat: Wieder nahm sie die Raumgestaltung gefangen, denn hier setzte sich der gleiche klare Stil fort, der sie schon im Empfangsbereich völlig eingenommen hatte.

Marietta hatte sich schon längst umgezogen, da stand Nadine immer noch in Jeans und kurzem Regenmantel da und betrachtete das Lichtsystem in den Toiletten.

»Ich geh schon mal voraus. Du findest mich hinten bei den Trimmrädern«, rief Marietta ihr zu und beeilte sich, nach draußen zu kommen, da sie vor ihrer Massage unbedingt noch an den Geräten trainieren wollte.

Nadine verspürte keine Eile. Sie hatte auch nicht das Gefühl, etwas zu verpassen, wenn sie nicht sofort draußen bei den anderen war, um das riesige Fitnessangebot optimal auszunutzen. Sie genoss es in diesem Moment viel mehr, für sich zu sein und in Ruhe alles betrachten zu können. Die Intensität, mit der sie die vielen ausgeklügelten Details in sich aufsog, bescherte ihr kurze, aufeinander folgende Augenblicke des Glücks, und Nadine spürte, dass es nicht wichtig war, was man erlebte, sondern wie man es erlebte.

Als Nadine eine halbe Stunde später den Fitness-Parcours betrat, staunte sie: Chromblitzende Fahrräder standen in vielen Reihen nebeneinander, darüber hingen ebenso viele Fernseher von der Decke herab, sodass einem die Zeit während des Trainings durch die Auswahl von beinahe sechzig Programmen verkürzt wurde und man eigentlich gar nicht mehr mitbekam, wie man sich gerade abmühte.

Sie schlängelte sich an den eifrig in die Pedale tretenden sportlichen und weniger sportlichen Menschen vorbei. Viele von ihnen trugen schwarz-silberne Kopfhörer und waren ganz für sich in ihrem Mikrokosmos zwischen Sattel und Bildschirm gefangen. Die, die darauf verzichtet hatten, den Fernseher einzuschalten, musterten Nadine etwas zu genau, sei es aus konkurrierender oder aus begehrender Neugierde. So kam es ihr jedenfalls vor, als sie sich in Hüfthose und knappem Top Marietta näherte.

»Wo warst du denn die ganze Zeit? Ich bin schon fast fertig!«, keuchte Marietta und löste ihren Blick nur kurz von dem vor ihr hängenden Monitor, über den ein MTV-Clip huschte.

»Das ist ja so was von gigantisch!«, entgegnete Nadine, und zwar in einer solchen Lautstärke, dass sie die Aufmerksamkeit des Mannes, der neben Marietta radelte, unweigerlich auf sich zog.

»Was?« Marietta nahm die Kopfhörer ab.

»Ich habe mich hier umgesehen«, bemerkte Nadine gelassen.

»Aber doch nicht eine Stunde lang?«

Am nervösen Blinken einer kleinen orangefarbenen Lampe auf dem Armaturenbord von Mariettas Fahrrad erkannte Nadine, dass Mariettas Bewegungen langsamer geworden waren.

»Es ist einfach so perfekt! Weißt du, wie unglaublich gut das alles gemacht ist?«

»Klar. Ist ja auch der nobelste Club der Stadt.« Das Blinken hatte wieder aufgehört.

»Ich meine die Architektur«, erklärte Nadine und kam dabei langsam immer mehr in Fahrt. »Dieses Haus beinhaltet alles. Die gesamte Linienführung, so reduziert und so klar. Darin liegt die Kunst.«

Marietta sah sie mit großen Augen an, erstaunt über ihre ungenierten Gesten, die lebhaften Hände und die funkelnden Augen.

»Und bis du erst einmal darauf kommst ... das braucht Zeit. Weißt du, wie lange ich allein an der Planung dieser Wand gesessen habe?«

»Welcher Wand?«, fragte Marietta vorsichtig.

»Na, der.« Mit dem Kinn deutete sie zu der riesigen Glaswand hinüber. »Fast ein Jahr ...«

Marietta schien ihr immer noch nicht glauben zu wollen, denn zwischen ihren Augenbrauen zog sich ihre sonst so glatte Stirn in winzige Falten. Nadine aber sah etwas ganz anderes vor sich. Sie erinnerte sich an das Modell, das sie damals angefertigt hatte. Wie stolz war sie darauf gewesen ...

»Du musst so verdammt viele Schritte tun, um dorthin zu kommen«, fuhr sie fort, und der raue Ton ihrer Stimme verriet ihre aufsteigende Sehnsucht. Nur keine Sentimentalitäten! Nadine schluckte und sprach schnell weiter: »Und dazu muss alles ganz genau berechnet werden.«

Nadine hatte schon eine geraume Zeit das Gefühl, dass der Mann, der neben Marietta trainierte, sie anstarrte.

Nun drehte sie ihren Kopf in seine Richtung, um sich dessen zu vergewissern. Sie hatte sich nicht getäuscht. Der Mann, er mochte wohl Ende dreißig sein, schaute sie mit unverhohlenem Interesse an, und für einen Moment begegneten sich ihre Blicke. Es war Nadine, die sofort wieder wegsah, um ihm ihr Desinteresse zu signalisieren. »Zum Beispiel die Wände«, fuhr sie mit unverminderter Leidenschaft fort, »sie werden animiert von Licht, Material und dem Wechselspiel der Natur. Die natürlichen Farben des Materials sind die ganze Dekoration.«

»Was du alles siehst!«, murmelte Marietta, allmählich schon etwas ermüdet von Nadines unerwartetem Redefluss. Sie war jetzt sowieso fertig und hatte aufgehört, in die Pedale zu treten. Nun stieg sie vom Fahrrad, wischte sich mit einem weißen Handtuch, das sie die ganze Zeit über um den Hals gelegt hatte, die winzigen Schweißperlen von der Stirn und fügte dann bedauernd hinzu: »Ich muss jetzt leider zur Massage.«

Nadine hatte Mariettas Fahrrad übernommen und gerade die ersten Trainingsminuten hinter sich gebracht, als ihr Nachbar sie ansprach.

»Entschuldigung ...«

Ohne zur Seite zu sehen, wusste Nadine sofort, dass es der Mann war, der sie schon eine geraume Zeit beobachtet hatte.

»Ich hoffe, es stört Sie nicht, aber ich konnte mich Ihrem Gespräch leider nicht entziehen«, fügte dieser jetzt in einem so undeutlichen Englisch hinzu, dass Nadine sich bemühen musste, ihn zu verstehen.

Oxford, schoss es ihr durch den Kopf. Das fehlte ihr

noch. Auf eine angestrengte Konversation hatte sie jetzt überhaupt keine Lust, und sie bedauerte, dass sie die Kopfhörer nicht schon aufgesetzt hatte. Nun wusste sie, wofür die gut waren.

Sie tat, als hätte sie ihn nicht gehört, und schaute nach oben zum Bildschirm, auf dem noch immer der Musikkanal lief, während sie kräftiger in die Pedale trat. Doch ihr Nachbar ließ sich von ihrer abweisenden Haltung nicht beirren.

»Wenn ich Sie recht verstehe, dann erwähnten Sie vorhin, dass Sie die Glaswand dort entworfen hätten?«

Was geht ihn das eigentlich an?, fragte sich Nadine leicht ungehalten, doch da sie ihn nicht gleich vor den Kopf stoßen wollte, behielt sie ihre Ablehnung für sich und nickte ihm nur bejahend zu, während sie nach den Kopfhörern griff, die sie erlösen sollten.

Er musste ihre Gedanken erraten haben, denn er beeilte sich zu erklären: »Ich bin selbst Architekt, nur deshalb interessiert es mich.«

Nadine ließ die Kopfhörer da, wo sie waren. Auf einmal war sie ganz milde gestimmt, und ein fast unmerkliches Lächeln huschte über ihr Gesicht. Neugierig drehte sie den Kopf in seine Richtung. »Ach so. Ja ... dann.« Da sie es nicht mehr gewöhnt war, über ihre Arbeit zu sprechen, noch dazu mit Fachkollegen, schlug ihr Herz schneller, als sie verlegen, aber nicht ganz ohne Stolz, zugab: »Ich habe einmal so eine Wand geplant. Das heißt, nicht diese, aber eine ähnliche.«

»Oh, wirklich?«

Sie hatte jetzt auf dem Rad eine langsamere Gangart eingelegt, sodass sie sich mühelos unterhalten konnte.

»Es war damals aber nur für meine Abschlussarbeit gewesen«, schwächte sie ab. Noch immer fühlte sie sich verunsichert, was ihre eigene Leistung betraf.

»Als Abschlussarbeit! Nicht schlecht ... Respekt«, erwiderte er kopfschüttelnd.

Er schien wirklich beeindruckt zu sein. Und Nadine ertappte sich dabei, dass sie auf ein Lob von ihm gewartet hatte und nun vor Freude leicht errötete.

Sie hatten sich einander vorgestellt. Vincent, sein Vorname, war ihr gerade noch im Gedächtnis geblieben, seinen Nachnamen hatte sie gar nicht erst mitbekommen. So etwas passierte ihr ständig, ihr waren Gesichter eben wichtiger. Und obwohl sie sich jedes Mal vornahm, sich bei der nächsten Gelegenheit auch den Namen einzuprägen – sie wollte ja schließlich nicht immer unhöflich nachfragen müssen –, blieb sie dann doch wieder in der Betrachtung hängen. So wie heute. Während sie miteinander gesprochen hatten, hatte sie sein Gesicht gemustert: Ein Gesicht mit einer rauen, kräftigen Haut, die einem ungesunden Leben, das einige tiefe Falten auf der Stirn und um die Augen herum hinterlassen hatte, trotzen musste. Am besten aber gefielen ihr seine ausdrucksvollen, sprechenden Augen, die ihr auch jetzt aufmerksam folgten, als sie von dem Design der gläsernen Ecology Gallery des National History Museums, eines ihrer Lieblingsobjekte hier in London, schwärmte. Sie fachsimpelten über deren klare Streben in den Wänden, über deren Brücken in den Korridoren und waren so vertieft, dass ein Außenstehender annehmen musste, zwei langjährige Bekannte vor sich zu haben.

Ach, wie tat das gut, mal wieder als Architektin wahrgenommen zu werden!

»Und an was arbeiten Sie momentan?«

Genau diese Frage hatte sie gefürchtet. Jetzt mied sie es, ihn anzusehen. Unschlüssig, was sie antworten sollte, zögerte sie einen Moment und starrte auf den Monitor, als interessiere sie sich für die gerade dort auftretende Boygroup. In dieser kurzen Zeit aber überschlugen sich ihre Gedanken. Sollte sie ihm die Wahrheit erzählen? Was würde er dann von ihr denken? Würde sie die gerade gewonnene Achtung genauso schnell wieder verlieren?

Es war verlockend, sich im hellen Schein dieser Kulisse als erfolgreiche Architektin zu verkaufen, doch Nadine spürte, dass sie ein Problem bekommen würde, wenn sie jetzt anfing zu lügen. Nicht seinetwegen, nicht weil sie in Zukunft eine Lüge würde aufrechterhalten müssen – mit großer Wahrscheinlichkeit sah sie diesen Vincent nie mehr in ihrem Leben wieder –, sondern vielmehr, weil sie nicht zu dem stehen würde, was sie tat, und weil sie sich dadurch selbst verleugnen würde.

Und so berichtete sie in knappen Worten von ihrem Übergangsjob in dem Kundenlager des Versandhauses, um dann mit unverhohlener Sehnsucht von ihrer großen Liebe zur Architektur und von ihrem Antrieb, etwas zu entwerfen, zu sprechen. Ihre Miene, ihre Stimme, ihr ganzes Gebaren drückten dabei eine leidenschaftliche Entschlossenheit aus.

Er hatte zwar inzwischen sein Training beendet, war aber noch auf dem Fahrrad sitzen geblieben und hörte zu. In seinem Gesicht konnte sie keines der Signale erkennen, die sie davor warnten weiterzureden: Frei von Häme, Überheblichkeit und Mitleid blickte er sie nach wie vor gerade und interessiert an.

Umso überraschter war sie, als er sich kurz darauf ziemlich plötzlich entschuldigte und aufbrach, um in den Umkleideraum zu gehen. Sie sah ihm nicht nach, aber sie fragte sich, ob er wirklich, wie er erklärt hatte, die Zeit vergessen hatte oder ob sie nicht etwa doch zu viel geredet hatte? Jetzt, im Nachhinein, war ihr ihre Vertraulichkeit peinlich, und sie ärgerte sich, dass sie so unglaublich naiv gewesen war, ihm die Wahrheit über ihre berufliche Misere einzugestehen.

Ihre Energie war verflogen, und sie hatte auch keine Lust mehr, auf dem Fahrrad weiterzutrainieren. Als sie abstieg, merkte sie schon beim ersten Schritt dieses typische Ziehen im Oberschenkel. Normalerweise empfand sie diesen leichten Schmerz, dieses direkte Ergebnis ihres sportlichen Engagements, ganz bewusst als befriedigend, und sie fühlte sich gut. Heute war es nicht so. Langsam und ziellos schlenderte sie hinüber in den mittleren Bereich des Centers, in dem unzählige moderne Geräte für das Gewichtstraining aufgebaut waren. Dort stand sie eine Weile unschlüssig herum, mied es, die Leute, die hier trainierten, anzusehen. Jeder Blick, jedes Wort war ihr auf einmal schon zu viel. Sie wollte einfach nur in Ruhe gelassen werden.

Von vorne sah sie auf einmal einen jungen Mann im weißen Poloshirt mit der Aufschrift des Clubs geradewegs auf sie zusteuern. Sicher der Trainer, mutmaßte sie und wandte sich ab. Eine Beratung war das Allerletzte, was sie jetzt brauchte. Nur nicht mit irgendjemanden reden müssen.

Um so zu tun, als kenne sie sich aus, nahm sie flugs das nächste freie Gerät in Angriff, belegte die Liege mit ihrem Handtuch und stellte die Gewichte auf die unterste, die leichteste Stufe. Rücklings auf dem gepolsterten Brett liegend, griff sie nach der beschwerten Eisenstange, die über ihrem Kopf schwebte, und zog sie langsam zu sich herunter. So sollte es korrekt sein, sagte sie sich und konzentrierte sich darauf, von der Haltung und der Bewegung her alles richtig zu machen. Befriedigt nahm sie wahr, dass der Trainer sich wieder entfernte und gleich von einer farbigen Schönheit abgefangen wurde, die ihn mit Fragen bombardierte.

Mit den Übungen kam auch ihre Freude an der Aktivität wieder zurück. Konzentriert zählte sie jeden einzelnen Zug, den sie ausführte. Dann, zwischen den einzelnen Serien, dehnte sie Arme, Schultern und Nacken und genoss es, ihren Körper zu spüren. Wie jetzt, als sie rittlings auf dem Brett saß und ihren Kopf abwechselnd ganz langsam nach links und nach rechts drehte, so weit es eben ging. Sie war so bei sich, dass sie die Augen schloss, um jeden Muskel, jeden Wirbel, jede Sehne besser wahrzunehmen, die Bauchdecke mit ihrer Atmung anzuheben und wieder zu senken und ihrem Blut zu lauschen, das in ihrem Hals pochte. Dumpfe, ruhige Schläge waren es. Nachdem sie sich diesen Empfindungen hingegeben hatte, öffnete sie die Augen wieder, und der Ort und die Menschen, die um sie herum trainierten, kamen allmählich in ihr Bewusstsein zurück.

Im Augenblick hielten sich ausschließlich junge Leute im Club auf, und zwar sehr attraktive.

Models, sagte sie sich mit Blick auf zwei hoch gewachsene Mädchen. In ihrem ehemaligen Club in München konnten diese schönen Lockvögel sogar umsonst trainieren. Vorsichtshalber hütete sie sich vor einem Vergleich mit ihnen ... Aber nein, jetzt sah sie doch in den Spiegel, schaute in ein offenes Gesicht mit großen blauen Augen, kurzen, verstrubbelten, hellblonden Haaren und mit von der ungewohnten Anstrengung leicht gerötetem Teint. Ihr Blick schweifte tiefer, über die schön geformten, vom Sommer noch leicht getönten Schultern zu dem Top, das etwas verschwitzt war und durch das sich nun die vollen Brüste noch deutlicher abzeichneten. Tja, abgesehen von ihrer Taille, konnte sie sich durchaus sehen lassen.

Nun legte sie sich auf den Rücken, um von neuem mit den Übungen zu beginnen, und fand, dass es mit dem Training schon wieder ganz gut lief, bedachte man, dass sie sich lange nicht mehr sportlich betätigt hatte.

»... zweiundzwanzig ... dreiundzwanzig ... vier...«

»Ach, da sind Sie! Ich habe Sie schon gesucht.« Plötzlich stand er vor ihr. Er musste sich in Windeseile geduscht und angezogen haben.

Nadine freute sich, als sie ihn sah, ein kleines, harmloses Glücksgefühl, weil er nun doch nach ihrem Gespräch noch einmal zurückgekommen war, um sich zu verabschieden. Doch anmerken lassen wollte sie sich das nicht. Sie beendete ihre Übung mit drei letzten langsamen Zügen, und dann ließ sie die Stange das kurze Stück nach oben schnellen. Neugierig setzte sie sich auf, und bevor sie etwas erwidern oder sich erheben konnte, streckte er ihr bereits seine Karte entgegen.

»Hier«, meinte er mit einem flüchtigen Lächeln. »Wenn Sie wollen und etwas Zeit haben, dann kommen Sie doch einfach mal bei uns im Büro vorbei.«

Zunächst war sie überrascht, dann erfreut, und sie antwortete: »Danke. Das mache ich gern.« Neugierig nahm sie die Karte entgegen. Mit einem Blick auf das gedruckte Papier erfasste sie, dass es sich um eine Architektengemeinschaft handelte.

»Rufen Sie vorher einfach an.« Er wandte sich schon wieder zum Gehen, da hielt er noch einmal kurz inne und blickte sie an, als wäre ihm plötzlich eingefallen, dass er noch etwas vergessen hatte. »Übrigens schade, dass ich Sie nicht schon viel früher getroffen habe, Miss Borchert – dann hätte ich mir wirklich viel Arbeit erspart.«

»Wie meinen Sie das?«, fragte Nadine verwirrt.

»Ganz einfach. Weil wir Ihre Planung gleich übernommen hätten. Bye.«

Und schon strebte er zügig in Richtung Ausgang, ohne sich noch einmal umzusehen. Wie viele kleinere Männer hielt er sich ganz gerade.

Nadine war auf der Bank sitzen geblieben. »Meine Planung übernehmen ... Planung ... Was für eine Planung ...? Wahrscheinlich macht er sich bloß wichtig.« Leise redete sie vor sich hin, und ihre Lippen formten kaum hörbar diese Worte. Neben ihr wartete ein junger, muskelbepackter Sportler darauf, dass das Trimmgerät frei wurde, doch sie bemerkte ihn nicht. Viel zu sehr war sie mit der Frage beschäftigt, was es mit diesem letzten

Satz auf sich haben könnte, bis es ihr plötzlich schlagartig einfiel. »Natürlich ... die Glaswand ...« Diese unvermittelte Erkenntnis versetzte sie in einen inneren Aufruhr, denn das bedeutete, er beziehungsweise sein Büro, hatte nicht nur die Glaswand, sondern dies alles hier geplant.

Ihr Gespräch mit Marietta, das er mit Interesse verfolgt hatte, seine gezielten Fragen und schließlich der letzte Satz – alles Details, die sich jetzt in ihrem Kopf ordneten und zu dieser wunderbaren Erklärung zusammensetzten.

Sie wollte aufspringen und ihm nacheilen, doch ihr fiel ein, dass er das Center schon längst verlassen haben musste, und sie sank mit kurzem Bedauern wieder zurück.

Erst jetzt bemerkte sie den jungen Sportler, der mit dem widerstandsfähigen, stoischen Anstand der Briten immer noch dastand und geduldig wartete. Sie erhob sich rasch und entfernte sich von der Trainingsbank. Nicht aus Höflichkeit – sie widmete ihm nicht einmal einen Blick –, sondern weil sie mit wichtigeren Dingen beschäftigt war, über die sie allein und in aller Ruhe nachdenken musste.

Nachdem sie sich auf einem anderen Trimmgerät niedergelassen hatte, beruhigte sie sich langsam wieder. Und mit der Ruhe reduzierte sich auf einmal ihr ganzes Empfinden nur auf eine einzige Stelle ihres Körpers, auf ihre Hand, die ein kleines Stück Papier umfasste – der Schlüssel zu ihrer Karriere, zu ihrem Glück?

Respektvoll, fast ehrfürchtig betrachtete sie das schnörkellose Design, mit dem sich die Architekturgemeinschaft cool und zeitgemäß präsentierte. Ihr Büro befand sich nicht weit von hier entfernt im Stadtteil Mayfair. Eine gute Gegend, dachte sie und ließ sich von ihren Träumen davontragen. Im Geiste sah sie den Plan der Londoner U-Bahn mit seinen verschiedenen, in bunten Farben angelegten Linien vor sich: Piccadilly Line, Victoria Line und wie sie alle hießen. Sie wusste, wo sie umsteigen musste, um am schnellsten zu dem Büro zu gelangen – es befand sich sicherlich in einem jener für diese Gegend typischen alten Backsteinhäuser, war modern und mit allen Extras ausgestattet, um hervorragend an so interessanten Projekten wie diesem Wellnesscenter arbeiten zu können. »Ach«, seufzte sie sehnsuchtsvoll, um sich im nächsten Augenblick von der Hoffnung beflügeln zu lassen. Ja, sie würde ihn anrufen diesen ... Moment, welcher Name stand da gleich wieder? Vincent Grey. Langsam dämmerte ihr, dass sie sich auch dort schon einmal beworben hatte; vor ein paar Monaten musste das gewesen sein, und soweit sie sich erinnern konnte, war nichts dabei herausgekommen. Aber das, dachte sie mit neu gewonnenem Selbstvertrauen, würde diesmal anders verlaufen.

Mit leisem Schmunzeln überlegte Nadine, was sich für sie in dieser einen Stunde, in der Marietta auf der Massagebank gelegen hatte, alles ereignet hatte: Es sah ganz danach aus, als wäre jene Stunde eine der Sternstunden in ihrem Leben gewesen. Durch eine einzige Begegnung nur könnte sich ihr ödes berufliches Dasein komplett verändern. Was für ein herrlicher Gedanke!

Gleich morgen, sagte sie sich, würde sie ihn anrufen. Oder übermorgen, Dienstag war ein besserer Tag.

Um sie herum trainierten viele junge Leute, doch niemand sah ihr an, was in ihr vorging, niemand kümmerte sich um sie. Nadine ließ beide Hände, in denen sie die Karte noch immer wie eine kleine Kostbarkeit hielt, in ihren Schoß sinken und blickte auf. Diesmal musste sie nicht in einen Spiegel schauen, um zu überprüfen, wie sie aussah, diesmal nicht, denn nun fühlte sie sich kraftvoll und lebendig, und inmitten dieses sportlichen Treibens war sie ganz für sich allein – herrlich allein.

»Ich habe schon von ihm gehört. Cool ... Dann hättest du ja schon den zweiten Bürgen hier im Club«, meinte Marietta später im Umkleideraum und streifte ihr Top über den Kopf.

»Darum geht es doch gar nicht. Ich kann vielleicht für ihn arbeiten.«

Die schmale Tür von Nadines Schrank stand weit offen. Nadine steckte die Visitenkarte in ihr Portemonnaie, das sie in ihrer Sporttasche verstaute.

»Arbeiten, aha. Also, wenn ich für jeden Mann arbeiten würde, der mir seine Geschäftskarte zugesteckt hat, dann bräuchte ich viele Leben. Weißt du, warum Männer dir ihre Geschäftskarte zustecken? Weil sie verheiratet sind und die Ehe ihnen langweilig geworden ist.«

»Quatsch.« Nadine lachte. Sie ließ sich von Marietta die Stimmung nicht verderben.

»Na ja, ich würde es dir auf jeden Fall wünschen, dass etwas anderes dahinter steckt.« Marietta schlang ihr Handtuch um den Körper und verschwand hinter einer

Wand, die zu den einzelnen Duschen führte, als Nadines Handy klingelte. Es war Tim.

»Hallo? Ja, es ist toll hier, und bei euch? Ach so, ihr sitzt noch zusammen ... Ja gut, vielleicht unternehme ich nachher noch etwas mit Marietta. Kino oder so ... Bis später dann. Wir sehen uns zu Hause.« Nadine legte ihr Handy zurück in den Umkleideschrank. Heute störte es sie nicht, dass Tim noch auf dem Golfplatz blieb und erst spät nach Hause kommen würde.

Sie ging mit Marietta auch nicht ins Kino, sie begab sich direkt nach Hause, schaltete den Computer ein und suchte im Internet nach Vincent Grey. Und mit dieser Recherche verbrachte sie den Rest eines sehr erfüllten Tages.

KAPITEL 12 Es war Dienstag. Sie hatte bis zur Mittagspause gewartet, war dann nach draußen, zur Rückseite des Gebäudes, gegangen, um von dort aus ungestört telefonieren zu können. Vincent Greys Stimme klang etwas kühler, als sie sie in Erinnerung hatte, er war kurz angebunden, aber dennoch freundlich, und er machte tatsächlich einen Termin mit ihr aus. In zwei Wochen erwarte er sie in seinem Büro, bis dahin sei er geschäftlich im Ausland.

Nadine schritt zwischen den spiegelnden und gläsernen Bürokomplexen langsam zurück. Ihre Bewegungen, ihr ganzer Ausdruck hatten etwas Feierliches.

In eurer Riege spiele ich bald mit, dachte sie triumphierend, den Blick auf die Gebäude gerichtet, die ihr bislang immer nur ihre eigene Hilflosigkeit vor Augen geführt hatten. Heute trotzte sie ihnen. Der mögliche Aufstieg verlieh ihr ein neues Selbstbewusstsein.

Als Jenny Nadine in die Kantine zurückkommen sah, merkte sie an ihren glänzenden Augen sofort, dass es geklappt hatte. »Yeah!«, stieß sie aus, und Nadine lachte ihr zu.

Sie schlugen die Handflächen aneinander und umarmten sich, und es war ihnen egal, dass die anderen, die mit

Jenny Schlange an der Essensausgabe standen, sich kopfschüttelnd nach ihnen umdrehten.

»Was haben denn die?«

»Die spinnen!«

»Die Borchert denkt sowieso, sie sei was Besseres.« Nadine hörte die gehässigen Bemerkungen, doch auch die Missgunst ihrer Kolleginnen konnte ihr nichts anhaben, und Jenny strahlte mit ihr.

»Heute haben wir aber wirklich was zu feiern!«, jubelte sie.

»Nicht schon wieder!« Nadine winkte lachend ab. »Mir reicht es noch vom letzten Mal. Das würde ich nicht überstehen. Besser abwarten. Wer weiß, was dieser Vincent überhaupt will.«

»Deinen Körper natürlich«, behauptete Jenny frech. »Was sonst?«

»Stimmt. Was sonst?«, antwortete Nadine grinsend.

Den Rest des Tages faltete sie Pullover oder hängte die von Kundinnen achtlos abgelegten Kleider zurück auf die Bügel. Sie war von einem zerbrechlichen Glücksgefühl erfüllt und träumte von der neuen Karriere. Es wäre zu schön, um wahr zu sein! Und sie dachte an ihren Vater. Der würde vielleicht Augen machen, wenn sie in so einem Büro arbeitete! Dann wäre endlich Schluss mit den Vorwürfen, sie leiste nichts Besonderes; dann würde er akzeptieren, dass sie hier lebte, und nicht nur das: Er wäre stolz auf sie, genauso stolz wie damals, als sie das Examen bestanden hatte und über die frisch gedruckten Visitenkarten seines Architekturbüros mit den Zeilen *Nadine Borchert* und darunter etwas kleiner *Architektin* genauso beglückt gewesen war wie über die teure zweireihige Perlenkette, die er ihr geschenkt hatte.

»Freu dich nicht zu früh, Nadine«, klangen die Worte in ihren Ohren, die nicht aus ihr selbst heraus kamen, sondern die sie von ihrem Vater übernommen hatte – doch wie schon immer verdrängte ihr Optimismus seine Skepsis.

Auch Tim war überzeugt, dass es mit dem Job klappen würde, und er erklärte Nadine auch, warum: »Dieser Mann ist erfolgreich. Der hat mit Sicherheit keine Zeit, sich mit dir einfach nur so zu treffen. Der verplempert seine freien Stunden nicht.«

»Was soll denn das heißen?«, fragte Nadine gespielt entrüstet.

Sie hatten eine Flasche Rotwein geöffnet und hatten einander gegenüber am Esstisch gegessen, bis Nadine aufgestanden war und sich rittlings auf Tims Schoß gesetzt hatte. Nun blickte sie ihn herausfordernd an.

»Du hast ja überhaupt keine Ahnung«, meinte sie und lächelte dabei viel sagend.

Sie begann, sein Hemd aufzuknöpfen, entschlossen, gleichmäßig, von oben nach unten. Mit ihren Händen fuhr sie langsam über seine nackte Haut bis zum Bund seiner Hose hinunter und schob ihre Finger unter den Stoff. Als Tim Anstalten machte, ihre Berührungen zu erwidern, bedeutete sie ihm, nichts zu tun, indem sie seine Hände hinter seinen Körper führte. Dann streichelte sie ihn weiter, liebkoste mit fordernden Küssen seinen Hals, seine Brust, entdeckte neue reizvolle Stellen an ihm und sah, wie sein Gesicht sich veränderte. Seine Augen hatten nun den gleichen Glanz wie ihre, und sie spürte den erwartungsvollen Schauer, der durch seinen Körper lief. Still genoss sie die Macht, die sie in diesem einen Augenblick über sie beide hatte. Dann öffnete sie den Gürtel seiner Hose und zog den Reißverschluss langsam nach unten. Tim hielt sich noch immer ganz still, sie konnte seine Anspannung fühlen, und sein Atem drückte die Sehnsucht und Erregung aus, von der sie ihn so schnell noch nicht befreien wollte.

Nadine griff nach dem Weinglas neben sich auf dem Tisch, nahm einen Schluck, bevor sie es Tim an die Lippen führte. Sie goss ihm etwas von dem Wein in den Mund, und er ließ dabei seine Hände hinter seinem Rücken, als wären sie gefesselt. Später küsste sie ihn, und sie schmeckte die herbe Wärme des Barriques auf seiner Zunge und in seinem Mund.

Irgendwann kniete sie dann vor ihm nieder, berührte ihn leicht zwischen den Beinen und spürte seine Begierde, der sie bald nicht mehr widerstehen würde. In seinen Augen sah sie jene Leidenschaft, die jeden klaren Gedanken vertrieb und die mit aller Wucht auf sie übersprang.

Er neigte sich zu ihr herab. Aufgewühlt von ihren Berührungen, die ihm heiß über die Lenden und dann entlang der Wirbelsäule den Rücken hinaufliefen, drückte er sie nach unten auf den Teppich. Sie wollte ihm widerstehen, kroch über den Boden, bis er sie am Knöchel festhielt und zu sich heranzog. Er knöpfte ihre Hose auf, die er zusammen mit dem String, den sie trug, hinunterzog.

Dann lag er auf ihr, und ihre Körper rangen miteinander, und die Strömung, die sie mitriss, wurde immer stärker. Wellen kamen näher, hoben und senkten sie, warfen sie zur Seite, auf den Rücken und wieder zur Seite; sie klammerten sich aneinander, bäumten sich auf, stürzten in dunkle Tiefen, bis tobende Wellen über ihnen zusammenschlugen und sich dann in einem großen Beben langsam, allmählich auflösten.

Später lagen sie dann still nebeneinander auf dem Boden, atemlos und mit heftig pochendem Herzen. Nadine drehte ihren Kopf zur Seite, und als sie Tim ansah, hätte sie weinen können, so glücklich war sie.

Während Tim bereits nach wenigen Minuten in einer Art Halbschlaf dahindämmerte, war sie hellwach. Am liebsten wäre sie jetzt aufgestanden und zum Telefon gegangen, doch sie hielt sich zurück, wissend, dass er mit Sicherheit kein Verständnis dafür aufbringen würde, wenn sie so spät am Abend noch ihre Eltern anrief. Dabei musste sie ihnen unbedingt von ihren hoffnungsvollen beruflichen Aussichten erzählen, wollte sie teilhaben lassen an ihrem Glück. Jetzt konnte ihr Vater ihr keine Vorwürfe mehr machen, dass sie ihn im Stich gelassen hatte. Jetzt, dachte sie, wird er mich verstehen. Die Situation hat sich ja verändert. Er wird stolz auf mich sein, sehr stolz. Und mit einem Gefühl großer Zufriedenheit verschob sie das Telefonat auf den nächsten Tag.

Gleich, nachdem sie von der Arbeit gekommen war, rief sie an. Sie hatte jetzt Zeit, Tim war noch in der Bank, und so freute sie sich auf die längst fällige Wiederherstellung einer vertrauten Verbindung.

»Ah, meine Tochter! Lange nichts von dir gehört«, klang es vorwurfsvoll durch das Telefon, doch die neu gewonnene Zuversicht ließ bei Nadine kein Schuldgefühl aufkommen.

»Ich hatte viel zu tun«, wich sie aus und kam dann ohne Umschweife direkt zur Sache. »Ich habe aber gute Nachrichten. Wahrscheinlich kriege ich einen Job als Architektin.«

»Was heißt ›wahrscheinlich‹? Kriegst du ihn, oder kriegst du ihn nicht?«

Nadine lächelte. Das war wieder typisch ihr Vater. »Es sieht ganz danach aus«, erwiderte sie stolz. »Und stell dir vor, es ist *das* Architekturbüro schlechthin. Schau mal ins Internet unter Vincent Grey dot com.«

»Vincent Grey? Der Name sagt mir nichts.«

»Der ist hier sehr bekannt.«

»Es gibt viele, die hoch gelobt werden, und dann halten sie sich nicht einmal ein Jahr. Das kennen wir ja.«

Ohne sich verunsichern zu lassen, redete Nadine weiter: »Nein, der kann wirklich was. Die haben hier ein irrsinniges Wellnesscenter hingestellt.«

»Was? Und die wollen dich?!«

»Ja«, antwortete sie, den kleinen Seitenhieb ignorierend. »Die wollen mich.«

»Na ja«, entgegnete er gedehnt. »Ich weiß nicht, ob sie dich nicht ein wenig überschätzen. Hoffentlich bist du da nicht überfordert. In solchen Büros kann dir nämlich keiner helfen. Da läuft alles ganz anders.«

Langsam wurde sie ärgerlich. Wieso traute er ihr eigentlich so wenig zu?

»Mensch, Papa, ich dachte, du freust dich!«

»Doch, natürlich freue ich mich. Wenn's denn so ist, dann freue ich mich auch. Ich möchte nur nicht, dass du enttäuscht wirst. Sag mir später bloß nicht, ich hätte dich nicht gewarnt.«

Sie bemerkte, dass seine Stimme weicher geworden war.

»Danke«, gab Nadine trocken zurück. Sie bereute schon, dass sie wieder einmal den Mund nicht hatte halten können, und aus reiner Höflichkeit fügte sie hinzu: »Und wie gehts dir?«

»Wie soll es mir schon gehen? Nicht so gut wie dir. Viel Arbeit.«

Da hatte er sicher Recht, dachte Nadine, warum stellte er nicht noch Leute ein? Weil sie dieses leidige Thema jedoch umgehen wollte, schwieg sie.

Er seufzte. »Na ja ... Und gesundheitlich bin ich auch nicht so auf dem Damm.«

»Was heißt denn das: ›nicht so auf dem Damm‹? Fehlt dir was?« Sie war augenblicklich besorgt.

»Ach, ich weiß nicht. Ich habe ständig Schmerzen im linken Arm, so ein Ziehen. Sind wahrscheinlich die Nerven. Ist eben alles ein bisschen viel im Moment. Ich bin ja auch nicht mehr der Jüngste, da strengt halt alles an.«

»Was sagt denn der Arzt?«

»Keine Ahnung. Ich hatte noch keine Zeit ihn zu konsultieren.«

»Du musst doch zum Arzt gehen!«

»Ach, du weißt ja, dass ich immer Herzschmerzen bekomme, wenn ich mich aufrege. Und irgendwie bin ich den Ärger ja gewohnt.«

Obwohl sie sich einredete, dass es sicherlich keinen Grund zur Aufregung gab, konnte sie spüren, wie ihr Herz schneller zu schlagen begann. Die kleinen Boshaftigkeiten von vorhin hatte sie ihm längst verziehen, denn die Sorge um ihn war einfach viel größer. »Bitte geh morgen Früh gleich zum Arzt! Ich mache mir Sorgen.«

»Musst du nicht. Es wird schon wieder.«

»Papa!«

»Gut. Ich gehe zum Arzt.«

Nachdem sie aufgelegt hatte, war sie mehr als beunruhigt. Sie hatte Angst, und alles, was sie denken konnte, war: Hoffentlich passierte ihm nichts! Jenes Ziehen im linken Arm war vielleicht ein Hinweis auf ernste Herzbeschwerden ... In diesem Alter, zwischen fünfzig und sechzig, hatte sie irgendwann gehört, seien die Männer, was das Herz betraf, besonders gefährdet ...

Sie zog sich einen Mantel an und verließ das Haus. Es machte keinen Sinn, sich verrückt zu machen. Man musste jetzt einfach abwarten, was der Arzt dazu meinte. In der Dunkelheit ging sie die Straße entlang. Die Menschen, die wie sie unterwegs waren, hasteten an ihr vorbei, nahmen für einen Augenblick unter dem Lichtkegel einer alten Laterne Gestalt an und verschwanden dann wieder als Schatten im Dunkel, irgendwohin. Nadine hatte keine Eile. Sie hatte auch keinen wirklichen Grund, in den kleinen Vierundzwanzig-Stunden-Supermarkt an der Ecke zu gehen und dort einzukaufen. Unnötige Dinge, die sie meist sogar noch zu Hause hatten, wie eine Tube Zahnpasta, eine Packung Kleenex, ein paar Flaschen Rotwein, einen Liter Milch, einige Jogurts; aber mit jedem Teil, das sie in den Einkaufswagen legte, fiel ein Stein von ihr ab, und sie fühlte sich besser.

Am nächsten Tag begleitete sie während ihrer Arbeit ein ständiges vages Unwohlsein, und selbst der Gedanke an den bevorstehenden Termin bei Vincent Grey in weniger als zwei Wochen konnte sie nicht wirklich aufmuntern. Immer wieder kreisten ihre Überlegungen um ihren Vater, doch sie hatte nicht die Ruhe, ihn anzurufen. »Wenn es etwas Schlimmes wäre, dann hätten sie mich schon informiert«, beruhigte sie sich immer dann, wenn dieses beklemmende Gefühl noch stärker wurde. Sie verschob den Anruf auf den Abend. Bis dahin konnte sie nur eines tun, um sich abzulenken: arbeiten – und so stürzte sie sich in die Neugestaltung der Dekoration.

Erst als Tim zu Hause war und ihr durch seine Anwesenheit unwissentlich den nötigen Halt bot, zog sie sich ins Schlafzimmer zurück und rief ihren Vater an.

»Na ja, es sieht nicht so gut aus. Herzrhythmusstörungen. Aber keine Angst! Ich werde schon nicht gleich einen Herzinfarkt bekommen. Der Arzt will, dass ich kürzer trete. Nur, der hat leicht reden. Wie soll ich denn bitte weniger arbeiten?«

»Indem du mehr delegierst«, drängte Nadine.

»Ich delegiere sowieso schon viel.«

»Anscheinend nicht genug, wenn dir schon der linke Arm wehtut. Papa, bitte, hör auf, so viel zu arbeiten. Du musst auf deine Gesundheit achten. Hör auf deinen Arzt!«

»Ja, ja ... Wenn du mich nicht so lange aufhalten würdest, dann wäre ich heute auch eher fertig.«

»Du sitzt noch immer am Schreibtisch?«

»Wo sonst?«, fragte er und lachte; es war ein bitteres Lachen.

Er beendete das Gespräch schnell, noch lange bevor Nadine mit ihren Ratschlägen fertig war, und nun spürte sie den Schweiß in ihren Achselhöhlen, obwohl sie fröstelte.

Sie sah das schmale, ernste Gesicht unter dem weißen Haar, das hoffnungsvolle Blitzen seiner blauen Augen, die schlanke Figur, den schnellen, federnden Gang, und Tränen stiegen ihr in die Augen. Sie dachte nicht weiter nach. Sie hatte jetzt nur noch ein einziges Bedürfnis: zu ihm zu fahren, um ihm zu helfen.

Als sie kurz darauf Tim ihr Herz ausschüttete, schüttelte er nur den Kopf.

»Ganz schön egoistisch, dein alter Herr.«

»Schließlich muss er ja seine Probleme mit jemanden teilen. Wenn nicht mit mir, mit wem dann?«, verteidigte Nadine ihren Vater.

»Mit deiner Mutter zum Beispiel.«

»Die versteht ihn nicht so gut wie ich. Sie hat ja von Architektur gar keine Ahnung.«

»Du bist aber nicht für ihn verantwortlich, Nadine«, meinte Tim. »Und du kannst das Leben deines Vaters nicht für ihn regeln. Er ist alt genug, es selbst in die Hand zu nehmen. Du bist schließlich das Kind. Nicht er.«

Die letzten Worte hatte er so eindringlich gesagt, dass

Nadine nichts mehr darauf erwiderte, obwohl sie ihm insgeheim den Vorwurf machte, dass er ruhig etwas mehr Verständnis für ihren Vater aufbringen könnte.

Später, nachdem Tim eingeschlafen war und sie schon eine ganze Weile wach neben ihm gelegen hatte, geplagt von zermürbenden Gedanken, spürte Nadine einen dumpfen Zorn in sich hochsteigen. Wieso verstand Tim nicht, dass sie ihrem Vater helfen musste? Wer bitte war denn hier egoistisch? Und auch ihr Vater ... Wieso tat er ihr das an? Er hatte kein Recht, so leichtfertig mit seinem Leben umzugehen. Er trug doch auch Verantwortung, und zwar nicht nur für sich, sondern auch für die, die er sich vertraut gemacht hatte – für ihre Mutter und sie. Was sollten sie denn tun, ohne ihn? Und plötzlich überfiel sie wieder diese Angst, diesmal noch deutlicher, noch drückender.

Nadine stand auf und schlich ins Bad. Dort setzte sie sich auf die Toilette, bedeckte ihr Gesicht mit beiden Händen und ließ den Tränen freien Lauf. Ihre Hände fingen ihr Schluchzen auf und erstickten die Worte, die sie mit heiserer Stimme vor sich hin flüsterte: »Lieber Gott ... bitte hilf mir doch ... bitte ... Was soll ich denn nur tun? Was denn?« Sie hob ihr Gesicht, riss einige Blätter Toilettenpapier von der Rolle und schnäuzte sich leise. Dann lehnte sie den Kopf an die kalten Fliesen der Wand und gab sich weiter ihrem Schmerz hin.

Später, als ihre Augen brannten und tränenleer waren, erhob sie sich und ging langsam und mit schleppenden Schritten aus dem Bad zurück ins Schlafzimmer, wo der

Mann, mit dem sie sich eine gemeinsame Zukunft so sehr gewünscht hatte, im Bett lag und schlief.

In den folgenden Tagen ging mit Nadine eine Veränderung vor: Sie war schweigsamer und ernster als sonst, allerdings nicht so griesgrämig wie schon vor einiger Zeit. Es schien, als wäre etwas in ihr erloschen. An den Abenden blieb sie allein zu Hause, lehnte jede Einladung ab und wollte niemanden sehen. Tausend Gedanken gingen ihr durch den Kopf und bereiteten ihr einige lange Nächte, in denen sie sich in ihrem Bett unruhig hin und her wälzte. Und wenn Tim spät von irgendeinem Essen zurückkam, schien sie jedes Mal so tief und fest zu schlafen, dass er seine Versuche, ihre Leidenschaft zu wecken, schließlich aufgab.

Jede Veränderung im Innen zieht eine Veränderung im Außen nach sich, was Nadine sehr bald merken sollte.

Es begann mit ihrem Job: Sie arbeitete gerade an der Kasse unter den ungeduldigen Blicken mindestens fünf einkaufsgestresster drängelnder Damen, die alle nicht gewohnt waren zu warten, als Sandra Wolver an sie herantrat und trotz des Andrangs ganz lapidar meinte:

»Bei mir war so viel los!« Und dabei deutete sie auf einen Berg aufeinander geworfener Kleidung weiter hinten auf einem Tisch – lauter Sachen, die erst anprobiert und dann liegen gelassen worden waren.

»Ich hab alles auf den Tisch geworfen, das kannst du dann ja ordnen. Und würdest du bitte mal die Schubladen ausleeren und die Druckerrollen und alles andere sortieren?«

Auf Nadines befremdeten Blick hin lächelte Sandra Wolver ihr mit zusammengekniffenen Augen zu und zischte dann leise, sodass die Kundinnen es nicht mitbekamen: »Sei froh, dass du hier arbeiten kannst. In anderen Häusern geht es ganz anders zu.«

»Das glaub ich allerdings auch«, gab Nadine ihr freundlich zur Antwort.

Mit einer Ruhe, die nur von einer inneren Entschlossenheit herrühren konnte, wandte sich Nadine ab, zog die einzelnen Schubläden heraus und drehte diese einfach nur um, sodass deren gesamter Inhalt – Druckerrollen, Papiere, Stifte und vieles mehr – auf dem Boden landete.

»Bitte schön«, sagte sie mit gleich bleibender Freundlichkeit.

Neben den ratlosen Kundinnen ließ sie eine völlig entgeisterte Sandra Wolver zurück, als sie den Kassenbereich verließ und hoch erhobenen Hauptes quer durch die Halle schritt. Dabei leuchtete ihr blondes Haar im künstlichen Licht wie ein goldener Helm.

»Das war supercool! Ich wäre zu gern dabei gewesen. Was muss sie für ein Gesicht gemacht haben!«, lachte Jenny und ließ sich von Nadine die Szene zum wiederholten Mal schildern.

Jenny war nach der Arbeit direkt zu Nadine gefahren, denn gleich nachdem Nadine die Firma verlassen hatte, hatte sich die Geschichte wie ein Lauffeuer verbreitet. Jenny hatte zuerst Nadine und dann die Tagesmutter angerufen und sie gebeten, Marvin heute zu Bett zu bringen; es würde sicherlich spät werden.

Nun lümmelte sie neben Nadine mit hochgezogenen Beinen auf Tims Couch, eine Dose Lagerbier aus dem Sixpack, das sie sich mitgebracht hatte, in der Hand, und freute sich über alles, was Nadine erzählte. »Wenn die gewusst hätte, dass du einen anderen Job in Aussicht hast, hätte sie sich das nie erlaubt. Noch dazu bei dem ganzen Stress im Vorweihnachtsgeschäft.«

Daran hatte Nadine nicht gedacht, und sie wurde sofort ernst. »Oh, Mist! Tut mir echt Leid!«, meinte sie bedauernd. »Jetzt habt ihr noch mehr zu tun.«

»So ein Quatsch. Das schaffen wir schon. Außerdem ... so viel hast du ja auch nicht getan.«

Dabei grinste sie, sodass Nadine zurücklächelte, ein ernstes Lächeln, da sie in dem Moment wieder einmal an ihren Vater denken musste, der so ganz anders reagieren würde, und sie seufzte. Sie hatte Jenny von den letzten Gesprächen, die sie mit ihm geführt hatte, nichts erzählt.

»Hey! Ich bin richtig stolz auf dich!«, rief Jenny aus. Sie beugte sich vor, fasste Nadine am Arm und musterte sie genauer. »Irgendetwas ist mit dir. Was hast du denn?«

»Wieso?«

»Ich weiß nicht. Du wirkst etwas ... etwas deprimiert oder so.«

Nadine schüttelte den Kopf und antwortete, was ihr gerade in den Sinn kam: »Wahrscheinlich fällt mir der Abschied vom Versand so schwer.«

»Bestimmt. Besonders der von unserer lieben Frau Wolver.« Jenny lachte schon wieder. »Das Einzige, worum ich dich wirklich beneide, ist, dass du sie nicht mehr ertragen musst.«

»Jetzt muss ich zuerst einmal nach München.« Die Worte kamen von selbst über ihre Lippen. Und erst nachdem sie den Satz ganz ausgesprochen hatte, wusste sie plötzlich genau, was zu tun war. Gleich morgen würde sie den Flug buchen.

Jenny blickte sie überrascht an, und Nadine hatte das Gefühl, sich erklären zu müssen:

»Wer weiß, wann ich das nächste Mal nach München komme? Wenn ich hier einen neuen Job habe, ist am Anfang bestimmt nichts drin mit Urlaub.« Bei diesen Worten fühlte Nadine sich nicht so recht wohl in ihrer Haut. Sie wollte aufrichtig sein, doch sie konnte Jenny unmöglich sagen, dass ihr die Arbeit mit Vincent Grey gar nicht mehr so wichtig war. Und jedes weitere Wort, mit dem Jenny ihre berufliche Zukunft bejubelte und dem sie nicht widersprach, entfernte Nadine von ihr.

Als Tim kurze Zeit später anrief, um ihr mitzuteilen, dass er mit Paul, Marietta und einigen weiteren Freunden zu Abend essen gehen würde, entschied sie spontan, sich ihnen anzuschließen. Ein letztes Mal log sie, indem sie Jenny erklärte, dass sie Tim bei einem Geschäftsessen begleiten müsse.

Es war keine gute Idee gewesen, mit den anderen auszugehen. Nachdem sich Jenny verabschiedet hatte, hatte Nadine sich zwar frei gefühlt, aber dafür noch lange nicht befreit – zu dem unguten Gefühl wegen ihres Vaters kam jetzt auch noch das undeutliche Gefühl, eine Freundschaft verraten zu haben.

So saß sie nun in großer Runde zwischen Paul und einem flüchtigen Bekannten von Tim, dessen Namen sie sich nicht gemerkt hatte, in einem japanischen Restaurant und wünschte sich, sie könnte ebenso unbeschwert reden, lachen, essen und trinken wie die anderen. Doch es funktionierte nicht, und inmitten dieser ausgelassenen Heiterkeit fühlte sie sich auf einmal allein, schrecklich allein.

Schließlich hielt sie es nicht mehr aus. Ihr war plötzlich egal, was die anderen von ihr denken mochten. Sie stand auf und sagte kurz und bündig über den Tisch hinweg, dorthin wo Tim saß: »Entschuldigt mich bitte, ich bin müde.«

Tim war überrascht, das sah sie ihm an, genauso wie die anderen, die ihre Worte mitbekommen hatten und jetzt schwiegen. Er machte Anstalten, sich zu erheben, und bevor er etwas erwidern konnte, winkte Nadine ab.

»Lass nur, ich nehme ein Taxi.«

Der Erste, der die Sprache wiederfand, war Paul. Er blickte zu Tim und lachte, bevor er sich an Nadine wandte. »Kein Mensch zwingt dich, hier zu bleiben. Oder?«

Fast schien es, als flüchtete sie, als sie zur Garderobe eilte, dort ihren Mantel in Empfang nahm und, noch während sie ihn anzog, das Restaurant verließ.

»Sag mal, was ist denn in dich gefahren?«, fragte Tim vorwurfsvoll, als er kurz nach Nadine nach Hause kam und sie noch im Wohnzimmer antraf. Er schaltete das große Deckenlicht an.

»Nichts. Ich war einfach todmüde«, flunkerte Nadine, und es war ihr egal, dass ihr Anblick, wie sie auf der Couch lag, eine Dose Bier von Jennys Sixpack in der Hand, und Shakira hörte, ihre Worte Lügen strafte.

Sie hatte keine Lust, sich zu erklären. Sie wusste, dass solche Diskussionen in letzter Zeit immer damit endeten, dass er ihrem Vater die Schuld an ihrer Missstimmung gab – und davon wollte sie heute Nacht nichts mehr hören.

»Du kannst doch nicht einfach gehen. Wie sieht denn das aus?«

Sie nahm einen großen Schluck aus der Dose und dann, ganz plötzlich, brach es aus ihr heraus: »Wie was aussieht – das ist wohl das Einzige, was dich interessiert. Mir ist es egal, wie es aussieht. Mir ist auch egal, was die von mir denken. Frag mich doch mal, was ich von denen denke.« Sie fuhr mit lauter, wütender Stimme fort: »Ihr meint, ihr seid so unabhängig. Dabei seid ihr süchtig – nach Labels, nach Statussymbolen, die euch noch das letzte Fünkchen Persönlichkeit rauben werden. Eure Sorgen möchte ich haben. Du weißt ja gar nicht, was es bedeutet, um eine Existenz zu kämpfen. Du machst zwar große Deals, aber letztendlich bist du doch auch nur ein kleiner Angestellter.«

Und in diesem Ton redete sie weiter. Als sie schließlich verstummte, wirkte Tim wie betäubt. Er wusste offenbar nicht, wie er auf diesen verbalen Angriff reagieren sollte. Schließlich wandte er sich ab und ging beherrschten Schrittes durch den Wohnraum auf die Treppe zu, die ins Schlafzimmer führte. »Es ist schon spät, wir sollten jetzt schlafen«, meinte Tim, ohne sich noch einmal nach ihr umzudrehen.

»Ich fliege an diesem Wochenende übrigens nach München«, rief Nadine ihm noch hinterher.

Hatte er sie verstanden? Er gab keine Antwort.

Nadine blieb auf der Couch sitzen. Sie war erschöpft, zu erschöpft, um sich noch weitere Gedanken zu machen.

Am nächsten Morgen stand sie wie jeden Morgen auf, dabei hätte sie diesmal ausschlafen können. Es gab keinen Job, der sie drängte, und auch Tim hatte sie nicht geweckt, als er aufgestanden und ins Bad gegangen war – wortlos, leise. Doch diese Stille war es gewesen, die in ihr Alarm geschlagen hatte, eindringlicher als jeder Wecker. Tim war noch im Bad, also begann sie, Tee und Toast vorzubereiten, stellte Butter, Marmelade und das Geschirr auf den Tisch und schaltete das Radio an. Die vertrauten Gegenstände ihrer gemeinsamen Welt beruhigten sie.

Als Tim wenig später den Raum betrat, hatte sie ihre gewohnte Sicherheit schon fast wiedergefunden und lächelte ihm zu.

»Guten Morgen«, begann sie mit gespielter Fröhlichkeit und erwartete, dass er, wenn er schon nicht zu ihr treten und ihr einen Kuss geben würde, ihr doch zumindest das Gleiche wünschen würde.

Doch er erwiderte nichts. Ohne sie anzusehen, ging er an ihr vorbei, blieb am Tisch stehen, und erst dort drehte er seinen Kopf langsam zu ihr, noch immer schweigend. Ihre Augen trafen sich, und in diesem Moment ließen sie die Traurigkeit und die Endgültigkeit in seinem Blick schaudern, und sie brauchte die Worte gar nicht mehr zu hören, die dieser unbewussten Erkenntnis folgten: »Ich habe lange über uns nachgedacht, Nadine.«

Sie sah, dass er mit sich kämpfte, denn er wich ihrem

Blick aus und schluckte. Und dann sprach er jene Sätze aus, die sie so schnell nicht wieder vergessen würde und die sie nicht hätte ertragen können, hätte sie nicht schon mit ihnen gerechnet: »Es tut mir Leid. Ich glaube, es ist besser, wenn du von München nicht mehr zurückkommst. So macht es einfach keinen Sinn mit uns.«

Nadine taumelte leicht. Unter ihr tat sich eine Kluft auf, und während sie fiel, war ihr, als hätten sich all ihre Gefühle in ihrem Körper zusammengeballt und sie bekäme keine Luft mehr.

Und dann sprach er weiter. Er redete so sachlich und emotionslos, als könnte er dadurch den Schlag dämpfen, den er ihr erneut versetzte. »Ich werde heute gleich nach der Arbeit aufs Land fahren und bleibe dort den Rest der Woche. So hast du genügend Zeit, alles in Ruhe zu packen.«

Sie hatte das Gefühl, ihr Herz würde stehen bleiben. Er wollte jetzt gehen? Jetzt gleich? Wollte sie in diesem Augenblick verlassen – für immer? Das konnte er doch nicht tun! Nein!, schrie es in ihr. Ich will dich nicht verlieren! Sie liebte ihn doch – oder nicht? Und sie blieb stumm, denn genau wie er wusste auch sie, dass es keinen Sinn mehr hatte und dass es eigentlich vorbei war, und gerade dieses Wissen machte sie so traurig, so unendlich traurig. Sie betrachtete ihn. Sein Gesicht wirkte ruhig, doch der verzweifelte Ausdruck seiner Augen verriet Nadine den Schmerz, der sich weiter nicht offenbarte.

Sie machte einen zaghaften Schritt auf ihn zu, und im nächsten Moment fielen sie einander in die Arme, hielten sich aneinander fest, und durch die Berührung seines

Körpers löste sich in ihr die Spannung, und sie begann zu weinen. Erst leise, dann immer stärker. Tim blieb still, aber unter ihrem Schluchzen konnte sie dennoch spüren, wie er innerlich zitterte.

»Es tut so weh«, stieß sie kaum hörbar mit zerbrechlicher Stimme hervor, und sie fühlte, wie Tim sie für einen kurzen Augenblick etwas fester an sich drückte. Nein, nichts konnte sie jetzt trösten.

Auf einmal wurde sie von einer Flut glücklicher Erinnerungen überwältigt, die sie so quälten, dass sie glaubte, ihre Verzweiflung nicht bezwingen zu können. Und nun klammerte sie sich an ihn – das eine Mal noch –, hielt ihn fest, als ginge es um Leben und Tod. Sie konnte sich einfach nicht vorstellen, wie sie ohne ihn weiterleben sollte!

Schließlich gab sie sich einen Ruck, mit großer Willensanstrengung machte sie sich los.

Sie standen einander im Abstand von nicht ganz einem Meter gegenüber und sahen sich ein letztes Mal an, und in ihren Blicken waren alle schmerzvollen Empfindungen vereint: Trauer, Bitterkeit, Unsicherheit, Qual und Resignation.

Mit Tränen in den Augen wandte er sich von ihr ab, und sie machte keine Anstalten mehr, ihn zurückzuhalten.

Tim war fort. Er hatte seine Tasche gepackt und war gegangen, einfach so, ohne sich noch einmal nach ihr umzudrehen.

Vielleicht hätte sie ihn aufhalten, noch etwas ändern können, vielleicht, indem sie ihn angefleht oder auf ihn eingeredet hätte, doch sie hatte es nicht getan. Sie hatte ihn gehen lassen, einfach so.

Nun saß sie da und starrte auf das Frühstück, das noch unberührt vor ihr stand, während aus dem Radio eine Musik trällerte, die nicht zu der Dunkelheit in ihrem Herzen passte. Ihr Körper war schwer von düsteren Gefühlen. Sie ließ den Kopf auf den Tisch sinken, und ganz von allein fingen die Tränen erneut an zu fließen, liefen erst heiß über ihre Wangen und erkalteten dann.

KAPITEL 13 Im Laufe des Tages hatte der Schmerz allmählich ein wenig nachgelassen. Vielleicht lag es auch an den Johanniskrautpillen, von denen Tim immer dann, wenn er einen Vortrag halten musste, zwei bis drei Stück einnahm. Nadine hatte zur Sicherheit gleich sechs dieser Kapseln auf einmal geschluckt. Immerhin war es ihr dann doch gelungen, sich darauf einzustimmen, dass sie in München gebraucht wurde und dort ihre Zukunft lag. Überstürzt hatte sie noch für denselben Abend einen Flug gebucht, sodass ihr zwischen Organisieren und Packen für Sentimentalitäten keine Zeit mehr blieb. Den Termin bei Vincent Grey sagte sie ohne Begründung ab, und als sie mit Jenny auf dem Weg zum Flughafen telefonierte, war sie dankbar, dass die Freundin ihr, nachdem sie ihr in knappen Worten mitgeteilt hatte, dass sie in München eben dringend gebraucht werde, nicht mit unnötigen Fragen das Weggehen weiter erschwerte. Die anfängliche Überraschung und die Spur von Bedauern in Jennys Stimme reichten schon, um von der schmerzvollen Gegenwart wieder eingeholt zu werden. Es war einmal ... und es war einmal schön, musste sie plötzlich denken, doch sie riss sich zusammen und versprach laut: »Ich komme bestimmt bald wieder zurück.«

Im Flugzeug vergoss sie dann die letzten Tränen, und als sie in München ausstieg, hatte sie eine Wandlung vollzogen. Hier war sie nun und konnte helfen. Damit sie ihr zerbrechliches Gleichgewicht halten konnte, war ihr Blick ab sofort einzig und allein auf die Firma und auf ihre Eltern gerichtet – sie brauchten sie, und in der Erfüllung ihrer Pflicht, endlich frei von jedem Schuldgefühl, fand sie die Befriedigung, die sie im Augenblick brauchte.

Um unangenehmen Fragen zu entgehen, meldete sie sich in der ersten Zeit bei keinem ihrer alten Freunde, auch während der Weihnachtsfeiertage und über Silvester verkroch sie sich im Schoß der Familie. Natürlich hatte es sich längst herumgesprochen, dass Nadine wieder zurück in ihrem Elternhaus war. Doch sie wollte niemanden sehen. Den Freunden, die sie anriefen, verschwieg sie, dass Tim sich von ihr getrennt hatte. Die Abende verbrachte sie meist kraftlos vor dem Fernseher, und solange sie sich selbst noch nicht an die Veränderung gewöhnt hatte und es immer noch passierte, dass sie manchmal, wenn sie vom Fernsehschirm aufblickte, überrascht war, anstatt Tim ihre Eltern neben sich zu sehen, blieb dies auch ihr sorgsam gehütetes Geheimnis; denn dann stieg die Trauer über die Trennung wieder in ihr hoch, und sie musste sie jedes Mal aufs Neue bekämpfen.

Sie ging auch aus. Hin und wieder streifte sie allein ziellos durch die Straßen, und immer, wenn sie an Tim dachte, ließ sie ihre Gedanken über die schmerzvollen Bilder hinweggleiten und in der überlegenen Feststellung enden, er hätte einen Fehler gemacht, nicht mit ihr nach München gegangen zu sein, damals.

Vorübergehend bewohnte sie ihr ehemaliges Kinderzimmer, denn Zeit, nach einer Wohnung zu suchen, hatte sie nicht, genauso wenig wie für die Erledigung der notwendigen Handgriffe im Haushalt, die zu ihrer Erleichterung ihre Mutter übernommen hatte. Voller Eifer stürzte sie sich in die Arbeit, und nach einer kurzen Einarbeitungsphase kam es ihr vor, als hätte sie München nie verlassen. Sämtliche Mitarbeiter, von den technischen Auszubildenden bis hin zu den anderen Architekten, gaben ihr das wunderbare Gefühl von Wichtigkeit, sodass sie, beflügelt von der Vorstellung einer großartigen Zusammenarbeit mit ihrem Vater, manchmal sogar glaubte, glücklich zu sein.

Das Einzige, wovor sie sich fürchtete, waren die Nächte, in denen sie sich im Bett von einer Seite auf die andere wälzte und ihr ganzer Körper und ihre Seele von einer ungestillten Sehnsucht gequält wurden, bis sie sich selbst mit sanfter Hand von dem einen wilden Verlangen befreite. Danach hatte sie diesen Kreidegeschmack im Hals und dieses vertraute Gesicht vor Augen, das unter den vielen namenlosen Bildern, die sie in ihrem Kopf aneinander gereiht hatte, immer wieder aufgetaucht war und sie nun daran erinnerte, wie es gewesen war, glücklich zu sein.

Es waren noch weitere Wochen vergangen, inzwischen war es Anfang Februar, und die Erste, die Nadine aus dem Freundeskreis wieder traf, war Gabriele. Gabriele, die Harmlose, die nicht weiter in ihrem Herzen wühlen würde.

Sie unternahmen einen Spaziergang durch den Englischen Garten. Es war ein strahlender Tag, eisblau der Himmel, doch die Sonne täuschte in den Mittagsstunden über die kühlen Temperaturen dieser Jahreszeit hinweg, sodass der Eisverkäufer, der seinen nostalgischen Verkaufswagen am Wegesrand auf grauem, steinigem Schlamm abgestellt hatte, ein gutes Geschäft machte.

Nadine hatte sich bei Gabriele untergehakt, als sie am Eisbach, an dessen Böschung sich an einzelnen Stellen noch der letzte Schnee hielt, den glitschigen, aufgeweichten Weg entlanggingen.

»Erstens braucht mich mein Vater hier, zweitens, warum soll ich überhaupt in einem fremden Architekturbüro als Angestellte arbeiten, wenn ich hier schon alles habe? Und drittens war Tim einfach nicht der Richtige für mich.«

Gabriele drückte ihren Arm. »Ich freue mich auf jeden Fall, dass du wieder hier bist.«

»Ich auch«, stimmte Nadine ihr zu, und in diesem Moment meinte sie es auch so. »Was gibt es denn bei euch Neues?«

»Bei mir nicht viel. Ich nehme gerade wieder an einem neuen Schauspielkurs teil. Wir haben einen genialen Lehrer aus Los Angeles. Sonst ist alles beim Alten. Hollywood hat sich noch nicht gemeldet.«

Sie lachten beide.

»Und weiter?«

Gabriele schüttelte bedauernd den Kopf. »Das Übliche.«

Nadine wusste, dass sie damit ihr kümmerliches Verhältnis mit einem verheirateten Mann meinte, der sich nie, niemals ihretwegen scheiden lassen würde, und wollte schon ansetzen und so etwas sinnlos Rationales sagen, wie: Warum machst du denn nicht endlich Schluss?, als Gabriele ihr *die* Neuigkeit schlechthin mitteilte:

»Aber Hans hat es erwischt. So richtig.«

»Das ist ja super! Endlich ...« Nadines Freude ebbte ab, als sie Gabrieles besorgte Miene sah. »Wieso? Nicht gut?«

»Doch, für Hans schon.«

»Aber?«

Gabriele zögerte nur kurz, und dann sprach sie den Namen aus, den Nadine am liebsten für den Rest ihres Lebens nie mehr gehört hätte. »Sarah.«

Nadines Herz begann sofort, schneller zu schlagen. »Du meinst ... Sarah?«, wiederholte sie ungläubig. Sie blieb stehen und wandte den Blick zur Seite. Unter dem Einfall der Sonne schien die Stadt mit ihren Zinnen, Türmen und Kuppeln zum Greifen nah zu sein und präsentierte sich von ihrer schönsten Seite: strahlend prachtvoll die Theatinerkirche, dahinter bedächtig, gediegen, matriarchalisch und alles überragend der Dom mit seinen beiden unverwechselbaren Zwiebeltürmen. Nadine schloss für einen kurzen Moment die Augen. Als sie sie wieder öffnete, hatte sich ihr Blick verfinstert, die Laune war ihr verdorben. »Das kann doch nicht sein, oder? Das war ein Scherz!«

»Nein, die beiden verstehen sich supergut. Außerdem ist Sarah wirklich nett.«

»Ist sie nicht.« Nadines Stimme klang nervös.

»Ich weiß gar nicht, was du gegen sie hast? Könnt ihr

euch nicht aussprechen? Schließlich wart ihr doch mal *so* …« Und zur Demonstration hakte Gabriele ihre beiden Zeigefinger ineinander.

»Eben, genau deshalb.« Mehr sagte Nadine nicht dazu. Sie wollte den wahren Grund, der diese Freundschaft damals beendet hatte, nicht nennen und auch gar nicht daran erinnert werden. Aber dann hatte Gabriele eine glorreiche Idee.

»Ach, komm. Wir können doch einmal alle zusammen ausgehen. Einfach so, ganz locker«, schlug sie mit gleich bleibender Freundlichkeit vor.

Nur Gabriele, dachte Nadine vorwurfsvoll, als wäre ihre Freundin schuld an der schlechten Nachricht, konnte so naiv sein, und sie entgegnete gereizt: »Ganz sicher nicht! Ich will mit ihr nichts mehr zu tun haben.«

Ihr harscher Ton ließ nun keinen Zweifel mehr daran, dass sie nicht weiter darüber sprechen wollte. Das hatte selbst Gabriele verstanden, und sie wechselten das Thema. Während Gabriele von einem neuen Theaterstück schwärmte, tat Nadine ganz unbeschwert, dabei blieb in ihr ein bitteres Gefühl der Unsicherheit haften. Früher oder später würden die anderen wissen wollen, was sie gegen Sarah hatte. Und was, wenn Sarah ihnen wieder dasselbe Märchen auftischte? Was dann? Dann würden sie über ihren Vater herziehen, und nichts würde mehr so sein, wie es war. Von jeder Verleumdung blieb schließlich etwas hängen, selbst wenn der eigentliche Vorwurf aus den Köpfen der Menschen nach einer Weile wieder verschwand. Das Beste wäre, sie gab einfach vor, die ganze Sache vergessen zu haben. In ihr stieg ein Ärger auf, der sich für einen Moment auch gegen Hans richtete. Warum musste er sich auch unter all den Frauen ausgerechnet Sarah aussuchen!

Und dann unterbrach Nadine Gabriele und bemerkte: »Du, um noch mal auf Sarah zurückzukommen: Ich habe nachgedacht. Du hast eigentlich Recht. Ich sollte nicht so nachtragend sein. Außerdem ist das schon so lange her, und vielleicht hat sie sich ja auch verändert.«

Gabriele strahlte über ihren vermeintlichen Erfolg. Sie wusste ja nicht, dass Nadine insgeheim beschlossen hatte, in den nächsten Wochen noch mehr zu arbeiten und noch weniger Zeit für ihre Freunde zu haben. Vielleicht, dachte Nadine, hatte sich bis dahin das Problem von selbst erledigt, schließlich hielt Hans es in einer festen Beziehung meist nicht lange aus.

Über mangelnde Arbeit konnte sich Nadine auch nicht beklagen. Sie hatte sich fest vorgenommen, ihren Vater zu entlasten, und er hatte ihr auf ihr Drängen hin die Bauaufsicht über ein großes Objekt – einhundert Wohnungen – übertragen. Ein Projekt, an dessen Planung sie schon vor ihrem Umzug nach London mitgewirkt hatte. Wie sehr sich die Zeit vor London von der Zeit nach London unterschied, merkte sie nicht, denn sie zehrte von ihren Erinnerungen, und das Licht der Vergangenheit schloss die Gegenwart noch immer mit ein.

Wochenlang forstete sie also unermüdlich sämtliche Pläne, Verträge, Leistungsverzeichnisse, Angebote, Briefe, Aktennotizen, kurz, alles, was das Objekt betraf, durch, fuhr jeden Tag auf die Baustelle, um vor Ort ihre Unterlagen mit den tatsächlichen Ausführungen zu vergleichen. Es war anstrengend, und die Kälte machte es nicht leichter. Meist hatte Nadine den Kragen ihrer Daunenjacke ganz hochgeschlagen, hielt mit klammen Fingern den entsprechenden Plan und zog einen großen Scheinwerfer mit sich, während sie sich vorarbeitete, Etage für Etage, und dabei gegen den eisigen Wind ankämpfte, der durch den Rohbau pfiff, gegen die frühe Dunkelheit und gegen die immer noch weit verbreitete Meinung, dass eine Frau auf dem Bau nichts zu suchen hätte. Denn sie liebte, was sie tat. Sie liebte den herben, erdigen Geruch von feuchtem Zement, liebte die frischen leeren Wände und die noch unbefleckten Räume, und sie liebte dieses Heranwachsen von etwas, was seinen Platz hatte, was Bestand hatte, was Generationen überdauern würde.

»Sag mal, da sind doch Gussleitungen ausgeschrieben. Die haben aber Kunststoff eingebaut. Gibt es darüber irgendeine Notiz?« Nadine blickte von dem Leistungsverzeichnis auf und sah ihren Vater, der gerade an ihrem Schreibtisch vorbeikam, fragend an.

»Ja, ja, bestimmt«, meinte er leichthin, ohne stehen zu bleiben.

»Hier ist aber nichts.«

Er hielt inne und wandte sich ihr zu.

Sie deutete mit dem Kinn auf die offenen Aktenordner vor sich. »Ich habe alles durchgesehen.«

»Die Notiz wird schon irgendwo sein. Ist doch nicht wichtig.«

»Na ja, aber Kunststoffleitungen sind doch viel billiger.«

Nun sah er sie an, und sie hatte den Eindruck, seine

Augen würden sich verengen, ein untrügliches Zeichen, dass er sich über etwas ärgerte. »Das ist schon in Ordnung«, beteuerte er. Für ihn war das Thema beendet.

»Ja, aber ...«

»Es gibt eine Notiz darüber. Du kannst mir glauben, wenn ich etwas sage. Das muss doch wohl reichen!« Den letzten Satz hatte er in einem Ton ausgesprochen, der keine Widerrede duldete. Nun ging er in sein Büro und schloss die Tür hinter sich.

Nadine starrte auf die Aktenordner auf ihrem Tisch, ohne sie wahrzunehmen. Sie fühlte sich unbehaglich. So kannte sie ihren Vater gar nicht: dass er sie nicht ausreden ließ und eine Diskussion so unfreundlich beendete. Überhaupt fand sie, dass er sich ziemlich merkwürdig verhielt. Erst jetzt blickte sie sich verstohlen um. Ihre drei Kollegen, mit denen sie das Büro teilte, schienen zwar in ihre Arbeit vertieft zu sein, doch Nadine war sich ziemlich sicher, dass sie alles mitbekommen hatten. Und langsam wurde sie ärgerlich. Es konnte nicht sein, dass er sie vor den anderen so behandelte. Und sie nahm sich vor, später mit ihm darüber zu sprechen.

Doch später hatte ihr Vater das Büro schon verlassen und befand sich auf dem Weg zu einem Termin.

Sie saß mit ihrer Mutter auf der Eckbank in der Küche beim Abendessen, und dabei unterhielten sie sich über die angespannte Auftragssituation.

»Er muss einfach um neue Aufträge kämpfen. Wir brauchen Geld. Was glaubst du, wie hoch unsere Kosten monatlich sind? Die vielen Gehälter ...« Ihre Mutter schüttelte besorgt den Kopf und stieß einen Seufzer aus.

Sie wusste über diese Dinge viel besser Bescheid als Nadine. Sie erledigte die Buchhaltung für das Büro und hatte den Überblick, den Nadine nicht hatte.

»Wir haben all diese großen Projekte. Da muss doch einiges hängen bleiben«, meinte Nadine erstaunt.

»Ach, das sieht in der Wirklichkeit ja alles anders aus. Im letzten Jahr hat dein Vater auch ziemlich viel in die Firma investiert. Die vielen neuen Computer und Drucker und was weiß ich, was noch.«

»Aber er muss doch Honorare in der Höhe von mindestens, hm, lass mich überlegen ...« Nadine rechnete im Kopf die Baukosten der einzelnen Gebäude durch, aber bevor sie eine Summe gebildet hatte, sprach ihre Mutter weiter:

»So kannst du das nicht rechnen. Es sind noch einige Zahlungen offen, und zwei Bauherren haben die Schlussrechnung nicht mehr bezahlt.«

»Und warum verklagt ihr die nicht?«

»Das bringt nicht viel. Die sind pleite. New Economy – du weißt doch.«

»O je.« Nadine schwieg betroffen. Sie kam sich plötzlich so naiv vor. Nie hatte sie sich mit etwas anderem als ihrer Architektur beschäftigt, und auf einmal fand sie ihren Ärger von vorhin lächerlich, angesichts der Sorgen, die ihren Vater offenbar umtrieben. »Und wie steht er das alles durch?«

»Wie meinst du das?«

»Gesundheitlich. Er muss vorsichtig sein.«

»Wieso?« Ihre Mutter sah sie überrascht an, und Nadine beeilte sich hinzuzufügen:

»In seinem Alter.«

»So alt ist er auch wieder nicht«, lachte ihre Mutter und griff nach der Salatschüssel, um sich eine zweite Portion zu nehmen. »Du auch?«

Nadine lächelte. »Nein danke. Ich habe noch.«

Sie musterte ihre Mutter, wie sie den Rest des Salats aus der Schüssel fischte. Jetzt wirkte sie wieder ganz gelöst. Offensichtlich hatte sie tatsächlich keine Ahnung von seinen Herzbeschwerden. Hier noch die letzten Blätter Romano- und Feldsalat, da noch ein Stück Tomate und einige wenige Streifen der grünen Paprika – bis gar nichts mehr in der Schüssel war. Wie oft hatten ihr Vater und sie sich schon über den akribischen Ordnungssinn ihrer Mutter lustig gemacht? Immer wieder war dieser ein bewährtes Ziel ihres Spotts gewesen. Nein, dachte Nadine liebevoll, wenn ihr Vater ihr nichts erzählt hatte, dann würde sie ihre Mutter bestimmt nicht beunruhigen.

Schweigend aßen sie weiter, und die friedliche Stille wurde nur von einem leisen Klappern unterbrochen, wenn eine der beiden mit ihrem Besteck das Porzellan berührte.

Sie waren gerade dabei, den Tisch abzuräumen, als ihr Vater zu ihnen stieß. Zufrieden über den Verlauf des Abends, berichtete er von seinen Verhandlungen, und gemeinsam rechneten sie sich die Chancen aus, den Auftrag für dieses Projekt zu erhalten. Weiter redeten sie über kleine Ärgernisse und Belanglosigkeiten in der Firma, nur nicht über das, was Nadine wirklich am Herzen lag.

Eine Zeit lang verlief die Arbeit mit ihrem Vater ohne weitere Zwischenfälle, was allerdings daran lag, dass Nadine still vor sich hin arbeitete und ihren Vater mit nichts mehr behelligte. Sie hatte verstanden, dass er momentan unter ständiger Zeitnot litt, und betrachtete seine Aktivitäten eher mit Sorge: Auf der Suche nach neuen Aufträgen hetzte er von einem Termin zum nächsten, und wenn er im Büro war, fand er zwischen unzähligen Telefonaten gerade noch Zeit, mit den Mitarbeitern das Nötigste zu besprechen. Dass Nadine und vor allem ihre Kreativität dabei zu kurz kamen, störte sie nicht. Ihr Gefühl, etwas Gutes für ihren Vater tun zu können, entschädigte sie für vieles, auch dafür, dass sie seit Wochen eigentlich nichts anderes tat, als diesen Wohnungsbau zu beaufsichtigen, während die anderen Architekten über neuen Entwürfen brüteten und somit genau der Arbeit nachgingen, die Nadine so liebte. Obwohl ihr Vater sich nichts anmerken ließ, war sie sich dennoch sicher, dass er ihr dieses Engagement hoch anrechnete. Schließlich wusste er genauso gut wie sie, dass ihre Stärke woanders, nicht im mühsamen Prüfen unzähliger Handwerker-Rechnungen und im Vermessen der Arbeiten vor Ort, lag.

Als er sie eines Tages in sein Büro zitierte, ahnte sie deshalb gleich, dass es einen wichtigen Grund dafür geben musste, und insgeheim hoffte sie auf eine neue Planung. Sie betrat den Raum und schluckte: Seine Miene verhieß nichts Gutes, und ohne Umschweife kam er direkt zur Sache. Es ging um die einhundert Wohnungen, die sie beaufsichtigte. Heute hätte die Abnahme der Haustechnik stattfinden sollen, die Nadine wegen der vielen Mängel jedoch verweigert hatte.

»Du hast was?«

»Ich habe die Abnahme verweigert«, wiederholte Nadine und fühlte sich plötzlich nicht mehr ganz wohl in ihrer Haut.

»Bist du verrückt?«, fuhr ihr Vater sie an. »Du solltest die Abnahmeprotokolle unterschreiben, sonst nichts.«

»Es gibt zu viele Mängel«, erklärte Nadine, verständnislos und irritiert über den unerwarteten Angriff.

»Das habe ich schon längst geklärt. Die werden in der nächsten Woche behoben.«

»Dann mache ich nächste Woche die Abnahme.«

Ihr Vater winkte ungeduldig ab. »Es geht doch um ganz etwas anderes. Nach der Abnahme kann ich eine Rechnung stellen. Wir brauchen das Geld.«

Jetzt verstand Nadine. Natürlich. Erst nach der Abnahme zahlte der Bauherr dem Architekten einen weiteren Anteil seines Honorars. In Nadine regte sich ein schlechtes Gewissen. Dass sie jetzt ihretwegen auf die Zahlung warten mussten, hatte sie nicht gewollt. Aber noch zögerte sie: Sie konnte doch nicht einfach etwas absegnen, was nicht in Ordnung war.

»Und nächste Woche ist wirklich alles erledigt?«, fragte sie vorsichtig nach.

»Das sagte ich doch.«

»Bist du sicher?« Sie hatte kein gutes Gefühl dabei.

»Hör mal, vertraust du mir nicht?«, entgegnete ihr Vater vorwurfsvoll.

»Doch, doch klar ...«, beeilte sich Nadine zu versichern. Natürlich vertraute sie ihm, und im Nachhinein schämte sie sich für ihre Zweifel.

Zurück an ihrem Schreibtisch, holte sie die Protokolle hervor. Mechanisch und ohne zu überlegen, setzte sie ihre Unterschrift auf jedes einzelne Blatt. Sie war sich so sicher, dass sie sich auf ihn verlassen konnte, dass ihr gar nicht in den Sinn kam, über Recht und Unrecht weiter nachzudenken. Sie war nun in der Rolle einer Komplizin, und in dem sicheren Gefühl der gegenseitigen Verbundenheit betrat sie kurz darauf mit den unterschriebenen Dokumenten sein Büro.

»Hier.« Nadine reichte ihm die Papiere, die er bloß nahm und kommentarlos zur Seite legte.

Er war gerade im Aufbruch zu einem Kunden, von dem er sich einen Auftrag erhoffte, und Nadine dachte, dass dies der günstige Augenblick sei, um ihre Wünsche durchzusetzen.

»Wenn du willst, komme ich mit«, schlug sie ihm vor.

Sie stand ihm gegenüber vor seinem Schreibtisch. Ihr Vater packte gerade Preislisten, Prospekte und einen dicken Ordner mit Referenzobjekten in seinen Aktenkoffer und war dabei so konzentriert, dass er nicht einmal aufsah, als er ihr antwortete: »Nee, nee. Kümmere du dich mal um deine Arbeit.«

»Aber wieso denn nicht?«

»Das wäre ganz ungeschickt. Wenn wir zu zweit auftreten, kommt der Kunde sich gleich überfahren vor. Das ist taktisch gar nicht klug.«

»Meinst du?«

Ihr Vater rückte die Unterlagen zurecht, dabei hatte er die Stirn gerunzelt, wie immer, wenn er über etwas nachdachte. Schließlich bückte er sich nach einem Prospekt in einer der unteren Schubladen, schob ihn zwischen die anderen und schloss den Koffer. Für ihn war das Thema wohl erledigt, aber nicht für Nadine.

Sie konnte sich nicht vorstellen, dass irgendjemand etwas dagegen haben könnte, wenn sie ihn begleitete. Schließlich war sie seine Tochter. Ihr Blick fiel auf die Fotografie von ihr, die in dem schönen Silberrahmen auf seinem Schreibtisch stand. Er war doch stolz auf sie. Und laut sagte sie: »Aber nicht, wenn *ich* mitkomme. Das ist doch etwas ganz anderes.«

»Glaub mir. Ich weiß schon, was ich tue. Es ist immer schlecht, wenn die Partei, die etwas will, in der Mehrzahl ist«, entgegnete er, während er sein Jackett aus dem alten Bauernschrank nahm.

»Aber ich kann doch auch mal allein einen Termin wegen einer neuen Planung machen.«

»Du?«, fragte er überrascht und blickte sie an. »Quatsch! Wie kommst du denn darauf? Du bist doch noch viel zu jung.«

Ihren empörten Einwand, dass sie schließlich auf die dreißig zugehe, überhörte er und fuhr fort:

»Die geben niemals jemandem, der so unerfahren ist, einen Auftrag. Niemals.«

»Wenn du dich immer selbst um alles kümmern willst, dann wundert es mich nicht, dass du keine Zeit hast«, griff sie ihn an.

Ihr Vater blieb ganz gelassen. »Ich will nicht, ich muss. Wer soll es denn sonst machen?«

»Ich! Ich habe tolle Entwürfe.«

»Wunderbar. Heb sie dir für später auf!« Sein Jackett hatte er inzwischen angezogen, jetzt griff er nach seinem Mantel.

Es interessiert ihn nicht, dachte Nadine enttäuscht, und gleich ist er wieder fort. »Mensch, Papa, bitte, gib mir doch eine Chance!«

»Das können wir uns momentan nicht leisten. Ich will schließlich einen Auftrag *bekommen* und nicht *verlieren.*«

»Schau dir doch wenigstens einmal ...«

»Schluss jetzt! Aus!«

»Ja, aber ...«

»Ich habe gesagt: Ende der Diskussion.«

Nadine schwieg. Diese unerbittlich ausgesprochenen Worte trafen sie an ihrer empfindlichsten Stelle – ihrem Stolz. Innerlich bebend wusste sie, dass jeder weitere Versuch, ihn überreden zu wollen, sinnlos war. Für einen Moment starrte sie ihn einfach nur hilflos an. Dann machte sie auf dem Absatz kehrt und stürzte aus seinem Büro. Mit einem Knall fiel die Tür hinter ihr ins Schloss. Frau Schmidt, die Assistentin ihres Vaters, blickte ihr erschrocken nach, als sie an ihr vorbeistürmte, doch Nadine ignorierte sie, genau wie sie ihre Mutter und die anderen Mitarbeiter – Haas, Göbel und wie sie alle hießen – ignorierte. Sollten sie doch denken, was sie wollten!

Sie war wütend – wütend auf ihren Vater, wütend auf sich selbst und wütend auf die ganze Situation. »Ich fahre zur Baustelle«, teilte sie einem der Architekten ganz knapp mit, bevor sie schnell und noch vor ihrem Vater das Büro verließ.

Als sie auf dem Parkplatz vor dem Haus ihren Wagen startete, füllten sich ihre Augen mit Tränen. Hastig fuhr sie los, damit niemand ihren Schmerz sehen konnte, und dabei quälte sie sich immer wieder mit denselben Fragen: Wieso behandelte er sie nur so? Hatte er denn ganz vergessen, was er ihr alles versprochen hatte? Von wegen gute Zusammenarbeit! Wo war denn die gute Zusammenarbeit? Und das große Verständnis, das stille Vertrauen? Auf einmal war es der Stolz, der sie tröstete. Nein, so konnte es nicht weitergehen! Plötzlich fiel ihr auf, dass sie schon lange nicht mehr gelacht hatte, und sie hatte ein fast schmerzliches Bedürfnis, ihre Freunde zu sehen.

Sie war nicht zur Baustelle gefahren. Sie hatte stattdessen Gabriele angerufen, die sie aufgefordert hatte, in eine Tagesbar mitzukommen, in der sie sich mit Karin treffen wollte. Nadine hatte dankbar zugesagt. Sie war sogleich ins Zentrum gesteuert, wo sie mehrmals durch die belebten engen Straßen zwischen dem »Bayerischer Hof« und den feinen Geschäftspassagen Fünf Höfe und Luitpoldblock gekreist war, bis sie ihren Wagen entnervt irgendwo auf einem etwas breiteren Bürgersteig abgestellt hatte – nur wenige Schritte von der Tagesbar entfernt.

Da saßen sie nun, die drei Freundinnen, in einem voll besetzten Lokal, an einem viel zu kleinen Tisch, tranken Prosecco, knabberten Salzstangen und gaben sich verschiedenen Illusionen hin – wie in alten Zeiten. Gabriele erzählte davon, dass sich ihr Freund nun vielleicht doch noch scheiden lassen würde, vorausgesetzt, er könne vorher ein paar finanzielle Verquickungen lösen; Karin schwärmte von einem Mann, der vor einer Woche in ihr Leben getreten war und von dem sie diesmal überzeugt war, dass *er* der Richtige war – und Nadine schlug mit großen Worten um sich, sprach von Freiheit und Selbstverwirklichung. So hatte jeder seine eigene Vorstellung von Glück.

Es war schon spät, als Nadine an diesem Abend nach Hause kam. Ihre Eltern waren noch auf, und aus dem Wohnzimmer drangen die lautstarken Wortfetzen einer Talkshow. Mit gesenktem Kopf und hängenden Schultern ging sie an der Wohnzimmertür vorbei. Sie war müde, der Strafzettel über dreißig Euro für falsches Parken hatte ihre Stimmung deutlich gedämpft, und sie verspürte keine Lust, ihrem Vater gegenüberzutreten. Außerdem war sie immer noch sauer auf ihn.

»Nadine?!«

An dem Ton seiner Stimme konnte sie hören, dass es sich nicht um eine Frage, sondern um die Aufforderung einzutreten handelte. Nadine versuchte, sich mit einem knappen »Ja« zu entziehen, doch dann gab sie nach und betrat, wenn auch leicht widerwillig, den Raum.

Ihre Mutter sah erfreut auf. »Wo warst du denn?«, fragte sie.

»Das wird sie dir schon erzählen, wenn sie will«, meinte ihr Vater, ohne den Blick vom Fernseher abzuwenden.

Nadine trotzte ihm, indem sie sich ihrer Mutter zuwandte und ihr ausführlicher antwortete, als sie es normalerweise getan hätte. »Mit Karin und Gabriele unterwegs. Erst in der Tagesbar und dann noch im ›Schumanns‹. Es war superlustig. Ich hatte Karin schon lange nicht mehr gesehen.«

»Ach, das freut mich aber für dich! Wie geht es denn den beiden?«

Bevor Nadine etwas erzählen konnte, kam der zu erwartende Einwurf ihres Vaters: »Im ›Schumanns‹! Da geht man doch als Frau nicht ohne Begleitung hin. Wie sieht denn das aus?«

»Wieso? Wir saßen da wunderbar.«

»Ja, wie auf dem Präsentierteller.«

»Mensch! Kann ich nicht ein Mal etwas machen, was von dir nicht kommentiert wird?«, gab Nadine gereizt zurück. Sie verstand ihn nicht. Was war bloß mit ihm los? Früher hatte er sich doch auch nicht in alles eingemischt. Daran schien er sich jetzt wohl zu erinnern, dachte sie, denn er zuckte nur mit den Schultern und wandte sich wieder dem Fernseher zu.

»Das war doch nicht so gemeint, Nadine. Komm, setz dich! Willst du auch eine Tasse Tee?«, meinte Nadines Mutter einlenkend.

Nadine verneinte mit einem Kopfschütteln, ließ sich aber dennoch neben ihrer Mutter auf der Couch nieder, und während ihr Vater die Gesprächsrunde auf dem Bildschirm weiterverfolgte, setzten die beiden Frauen ihre Unterhaltung mit halblauter Stimme fort. Indem Nadine ihre Mutter am Leben ihrer Freundinnen teilhaben ließ, lenkte sie sich selbst etwas ab, und ihre Anspannung ließ langsam nach. Als sie dann so dasaß und die Teppiche, die Fenster, die Möbel und über dem Sessel vor ihr den dichten weißen Haarschopf ihres Vaters sah, wusste sie plötzlich, das etwas zwingend notwendig wurde.

»Ich brauche eine eigene Wohnung«, stellte Nadine ganz unvermittelt fest, was für ihre Mutter gar keine so große Überraschung zu sein schien, wie Nadine angenommen hatte.

Sie sagte nämlich nur: »Das ist bestimmt besser für dich.«

Erst war Nadine erstaunt, und dann, als sie die Zustimmung in ihren Augen sah, konnte sie einen kleinen Seufzer der Erleichterung nicht zurückhalten. »Das denke ich auch. Weißt du, ich will einfach nicht, dass unser gutes Verhältnis darunter leidet, dass wir die ganze Zeit so eng aufeinander sitzen. Es reicht schon, dass wir zusammen arbeiten ...«, rechtfertigte sich Nadine, und dabei schielte sie hinüber zu ihrem Vater, denn eigentlich galten die Worte ihm. Er sah jedoch weiter fern, und Nadine war sich gar nicht sicher, ob er überhaupt mitbekommen hatte, was sie gesagt hatte. Wieso reagierte er nicht? Etwas lauter fuhr sie dann fort: »Vielleicht in Haidhausen oder in Schwabing. Eine Zweizimmerwohnung.«

»Es wurde auch Zeit. Ich habe mich schon gefragt, ob du ewig bei uns leben willst«, knurrte ihr Vater aus seinem Sessel.

Nadine konnte sein Gesicht nicht sehen. Nachdem sie mit ihrer Mutter einen irritierten Blick getauscht hatte, vergewisserte sie sich: »Du hast also kein Problem damit?«

»Wie kommst du denn darauf? Nein«, hörte sie ihn antworten, dabei klang seine Stimme eine Spur zu heftig. Nach einer Weile fügte er hinzu: »Hast du schon etwas gefunden?«

»Noch nicht. Ich dachte an den renovierten Altbau, der in den nächsten Wochen fertig wird. Vielleicht ist ja dort noch eine Wohnung frei.«

Jetzt rückte er den Sessel so zur Mitte hin, dass er ihr direkt in die Augen sehen konnte. Gleich würde er ihre

Illusion zerstören. Sie ahnte es. So hatte er sie immer angesehen, wenn er ihr ihre Grenzen hatte aufzeigen müssen. Diesen »Tut-mir-Leid-das-ist-nichts-für-dich-Blick« kannte sie nur zu gut, und deshalb rechnete sie schon mit einer abschlägigen Antwort, als er nun sagte: »Das glaube ich nicht. Soweit ich informiert bin, sind die Wohnungen bereits vermietet. Seit so wenig gebaut wird, herrscht doch totale Wohnungsnot. Also, ich denke, momentan wirst du so schnell nichts finden. Es tut mir Leid, dass ich dich enttäuschen muss, aber mit einer neuen Wohnung wirst du dich noch etwas gedulden müssen.«

Wieso muss er immer alles so negativ sehen?, dachte sie. Es stimmte sie traurig, doch sie überspielte ihren Frust und erwiderte schnell: »Ach, ich bin da ganz optimistisch.«

»Nun ja, vielleicht fällt mir ja auch noch etwas ein.«

Und nach einer Weile fügte er mit viel sagendem Lächeln hinzu: »Vielleicht habe ich tatsächlich die Lösung für dich.«

Nadine horchte auf.

»Was hältst du davon, wenn du wieder in dein altes Apartment ziehen würdest?«

Keine gute Idee, fand Nadine und schwieg.

»Das ist doch vermietet«, warf ihre Mutter ein.

»Frau Krüger hat inzwischen gekündigt«, berichtete ihr Vater, ohne seine Frau anzusehen, und irgendwie lag eine Wichtigkeit in seinen Worten, die sich Nadine nicht erklären konnte.

Sie fing den zufriedenen Blick ihrer Mutter auf, und sie glaubte, in dem Moment ihre Gedanken lesen zu können: Siehst du, er findet für alles eine Lösung!

Nadine wandte sich ihrem Vater zu und erklärte freundlich, aber bestimmt: »Danke, aber ich dachte eigentlich an etwas Größeres.«

»Kein Problem. Dann bauen wir es eben aus. Machen wir daraus eine schicke Zweizimmerwohnung.«

»Ich weiß nicht .... Dann wohnen wir ja immer noch so eng beisammen.«

»Ach!«, winkte ihr Vater ab. »Du hast doch dann deine eigene Wohnung und bist völlig unabhängig. Ich mache dir auch einen fairen Mietpreis. Du zahlst nur ein bisschen mehr als die Kosten.«

»Das ist doch eine gute Lösung«, stimmte ihre Mutter zu.

Ja, ja, mit Speck fängt man Mäuse, dachte Nadine, und sie schmunzelte, ohne dass ihre Eltern es merkten, denn sie erinnerte sich nur allzu gut an genau jenen bissigen Kommentar ihres alten Herrn, jedes Mal wenn sie ein Geschenk oder eine Einladung von einem ihrer Freunde bekommen hatte.

Nun legte er sich aber ins Zeug. Er führte sämtliche gewichtigen Argumente ins Feld, die für einen Einzug sprachen – die Nähe zum Büro, den Garten und andere Bequemlichkeiten –, sodass Nadine letztendlich ihr Zögern aufgab und zustimmte.

Es schien, als wählte sie den einfacheren Weg, doch im Grunde tat sie es um ihrer Beziehung willen und aus ihrer früheren Verehrung und Liebe heraus, einer Liebe, die noch genauso groß war wie damals – trotz allem, was geschehen war.

KAPITEL 14

»Du Egoist! Du rücksichtsloser, hinterhältiger Schweinehund! Was glaubst du, wie du mich behandeln kannst? Ich lasse mir das nicht gefallen! Das war der letzte Auftrag, den du bekommen hast. Das schwöre ich dir. Der Mohr hat seine Schuldigkeit getan, der Mohr kann gehen – aber nicht mit mir! Und wenn du mir blöd kommst, dann erzähle ich deiner Frau mal, wie oft wir gefickt haben ... Au! Ja, komm nur, schlag mich doch! Das ist das Einzige, was du kannst, wenn dir die Argumente ausgehen. Traust dich wohl nicht, du mieser Kerl! Erst kriegst du nicht genug, und dann wirfst du mich raus. Aber so einfach geht das nicht. Wir haben schließlich einen Mietvertrag. Und glaube mir, sich von einer Ehefrau zu trennen, ist viel einfacher als von einem Mieter.«

Aschfahl und mit zitternden Knien stand Nadine im Treppenhaus. Sie hatte Frau Krüger eigentlich nur bitten wollen, sie jetzt, am frühen Abend, kurz in ihr Apartment zu lassen, um etwas nachzumessen, was aus dem Plan nicht ersichtlich war, und gerade als sie an die Tür getreten war, gingen die Beschimpfungen los. Sie hatte sich schnell und diskret wieder entfernen wollen, doch plötzlich war da diese schreckliche Vorahnung gewesen, die sie hatte erstarren lassen: Hinter dieser Tür existierte eine andere Welt, von der sie nichts wusste und die bedrohlich für die ihre war. Wie gelähmt blieb sie stehen, um zu hören, was sie nie in ihrem Leben erwartet hatte, und um sich der erschütternden Tatsache zu stellen, dass diese nicht enden wollenden, peinlichen Hasstiraden niemand anderem galten als ihrem Vater.

Nadine unterdrückte einen Laut. Sie wollte, dass das aufhörte, wollte ihre ganze Verachtung, ihre Wut, ihre Enttäuschung herausschreien, doch sie brachte keinen einzigen Ton über die Lippen.

Und plötzlich wurde es ruhig hinter der Tür, und es herrschte eine beklemmende Stille. Nadine wurde auf einmal bewusst, dass ihr Vater jeden Augenblick herauskommen könnte. Schnell wandte sie sich ab und eilte mit verstörtem Blick die Treppe hinunter.

Den ganzen Weg bis hinüber zum Büro war sie gelaufen. Jetzt ließ sie sich an ihrem Schreibtisch nieder und verschanzte sich hinter dicken Ordnern. Der beste Ort, um ein wenig Atem zu schöpfen und ihre verworrenen Gedanken wieder zu ordnen. Zu dieser Stunde waren auch die meisten Mitarbeiter schon gegangen, und von denen, die noch arbeiteten, bemerkte niemand ihr stilles Entsetzen. Mit der Hand, mit der sie ihren Kopf stützte, schirmte sie die Augen ab, sodass man annehmen konnte, sie sei in das vor ihr liegende fünfzig Seiten umfassende Leistungsverzeichnis irgendwelcher Elektroinstallationen vertieft. In Wirklichkeit kreisten ihre Gedanken nur um ein einziges Thema: ihr Vater und die Krüger. Ah, deshalb also die plötzliche Vermietung ihres alten Apartments!, schoss es ihr durch den Kopf, und sie kombinierte weiter. Von wegen gute Beziehungen zu dem Bauunternehmer durch Frau Krüger ... Es gab nur einen Grund, warum sie auf ihr altes Apartment hatte verzichten müssen: damit er es einfacher hatte, die Krüger zu ... »ficken«! Dieses Wort, das auch die Krüger benutzt hatte, drückte für Nadine all den Abscheu aus, den sie empfand. Grimmig verzog sie das Gesicht. Plötzlich sah sie immer mehr Bilder ganz deutlich vor sich: Ihr Vater und die Krüger, die zu diversen Geschäftsessen aufbrachen, die sich zurückzogen, um Angebote durchzusprechen, und dann bis tief in die Nacht arbeiteten, die Projekte besichtigten, die geschäftlich kurz mal ins Ausland reisten – immer wieder: ihr Vater und die Krüger. Jetzt war ihr alles klar! Jetzt wusste sie Bescheid. Oh, wie verachtete sie ihn dafür! Wenn er durch diese Tür treten würde, würde sie ihn zur Rede stellen. Sie würde ihm eine Szene machen, die er so schnell nicht mehr vergessen würde.

Nadine hob den Kopf und stieß einen schweren Seufzer aus. Sie blickte durch die offenen Türen in die daneben liegenden Büroräume und sah ihre Mutter. Ausgerechnet heute musste sie Frau Schmidt entlasten und Rechnungen schreiben. Ahnte sie etwas davon? Ihre Mutter ging in diesem Moment zum Fenster, und Nadine konnte sehen, dass sie telefonierte ... Jetzt lachte sie auf und fuhr sich mit der ihr typischen Bewegung kurz durch die Haare. Sie sah gut aus, und sie wirkte gelöst und unbeschwert. Ihre arme Mutter, mit Sicherheit wusste sie nichts davon. Aber durfte sie ihren Vater bloßstellen und ihrer Mutter die Illusion rauben, eine glückliche Ehe zu führen? Durfte sie dieser Frau sagen, dass ihr Mann sie betrog? Dieser stille Schmerz, der ihr Innerstes zusammenzog, schien nur ein Bruchteil dessen zu sein, was ihre Mutter fühlen würde. Nadine schloss für einen Moment die Augen, um sich zu sammeln. Sie empfand die ganze Situation als tiefe Ungerechtigkeit. Wieso tat er ihrer Mutter so etwas an? Wieso musste er diese Person auch gleich noch ins Haus holen? Und im selben Maße wie ihr Mitgefühl für ihre Mutter wuchs, steigerte sich ihre Wut auf ihren Vater und ihre Lust auf Vergeltung.

Kurze Zeit später betrat er das Büro. Seine Bewegungen waren fahrig, er wirkte nervös und abgespannt, als er jetzt mit Göbel die letzten Feinheiten der Planung des Kindergartens durchsprach. Nadine musterte ihn mit dem fiebrigen Misstrauen einer Betrogenen. Da stand er nun und wusste alles besser. Hatte wie immer an diesem und jenem noch etwas auszusetzen. Was war denn überhaupt mit seiner angeschlagenen Gesundheit?, fragte sie sich spöttisch. Dafür, dass er mit seinem Herzen Probleme hatte, mutete er sich mit solchen Eskapaden eine ganze Menge zu. Dann brauchte *sie* auch keine Rücksicht auf ihn zu nehmen, dachte sie trotzig. Am liebsten hätte sie ihm ihren ganzen Zorn, ihre ganze Enttäuschung entgegengeschleudert, doch sie beherrschte sich. Und auch dann, als von den Mitarbeitern niemand mehr da war, ihre Mutter schon gegangen war und ihr Vater direkt neben ihr vor dem Regal stand, weil er dort in einem bestimmten Katalog nach einem bestimmten Treppengeländer suchte, auch dann hielt sie sich zurück, ihn darauf anzusprechen. Es stand zu viel auf dem Spiel. Man konnte zu dieser Stunde nicht sicher sein, ob ihre Mutter nicht unvermittelt wieder auftauchte.

Nadine wusste, wann der richtige Zeitpunkt sein würde, und auf den wartete sie ungeduldig. Nach außen wirkte sie ganz ruhig, doch in ihr brannte es.

So, jetzt, dachte sie, als ihre Mutter das Büro endgültig verließ, um nach Hause zu gehen und das Abendessen vorzubereiten. Jetzt bist du fällig.

Und gerade als sie ihrem Vater den Dolchstoß versetzen wollte, entwischte er ihr, indem er gleich hinter ihrer Mutter aus dem Büro schlüpfte.

»Du gehst schon?«, fragte sie ihn. Ihre Kehle war trocken, und sie spürte ein Kratzen in ihrem Hals.

Er warf ihr nur einen flüchtigen Blick zu, als er ihr antwortete: »Ja. Ich bin irgendwie erledigt. Ich muss mich kurz hinlegen.«

Das wäre ich an deiner Stelle auch, dachte sie verärgert und bemühte sich, ihre Stimme ruhig klingen zu lassen, als sie ihm nachrief: »Aber ich wollte etwas mit dir besprechen!«

»Später.«

Nadine hörte nur noch, wie die Tür ins Schloss schnappte, dann war es still.

Für ein paar Sekunden blieb sie regungslos sitzen und starrte einfach nur in die Richtung, in die er verschwunden war. Dann lehnte sie sich zurück, fuhr sich durchs Haar und presste schließlich ihre Handflächen an ihre Schläfen. Ihr dröhnte der Kopf, und sie spürte, wie ihr

Herz heftig pochte. Tief atmete sie ein und aus, einmal, zweimal; dabei fühlte sie, wie die Spannung in ihrem Nacken langsam nachließ. Plötzlich dachte sie an London und an Tim, und zum ersten Mal seit der Trennung hegte sie ernsthafte Zweifel, ob ihre Entscheidung, nach München zu gehen, richtig gewesen war. Noch wollte sie sich die Illusion nicht zerstören.

Sie schob die störenden Gedanken beiseite, indem sie sich ablenkte und anfing, all die unbeantworteten E-Mails der letzten Tage zu durchforsten und selbst die dümmsten, die von der Sorte *Schicken Sie diese Mail an zehn Personen, und ihr Wunsch wird sich in den nächsten Tagen erfüllen,* weiterzuleiten, eine nach der anderen. Sie befolgte diese und ähnliche Aufforderungen und führte sie ganz mechanisch aus. Wünsche hatte sie jedoch keine. Welcher Wunsch sollte sich denn für sie erfüllen? Dass alles wieder so wurde wie früher? Mit Tim? Nein, nichts würde mehr so sein. Sie wollte nicht an das Vergangene denken, wollte sich auch nicht ausmalen, wie sie künftig ihrem Vater gegenübertreten würde. Das Bild, das sie bis heute von ihm gehabt hatte, existierte plötzlich nicht mehr, und die Bruchstücke dieser Zerstörung, die vor ihr lagen, ergaben für sie noch kein neues Bild, sondern waren im Moment nur abstoßend.

Das harte Klingeln des Telefons auf ihrem Schreibtisch schreckte sie auf. Nadine brauchte gar nicht erst auf das Display zu schauen, um zu wissen, dass der Anruf von zu Hause kam. Sie wurde von ihren Eltern gleich zum Abendessen erwartet, doch allein die Vorstellung, gemeinsam mit ihnen in der Wohnung zu sein, an einem Tisch zu sitzen und so zu tun, als wäre alles in bester

Ordnung, erschien ihr unerträglich. Sie wollte nur eines: raus, weg von hier, sich ablenken.

Seit einigen Tagen war es nicht mehr so kalt, und vor dem großen Multiplex-Kino, einem modernen Glaspalast, wimmelte es von Menschen, trotzdem erkannte sie Sarah in der Menge sofort.

Wenn es dicke kommt, dann aber richtig, war Nadines erschrockener erster Gedanke, und ihr Herz fing an, schneller zu schlagen. In diesem Moment hätte sie am liebsten kehrtgemacht und sich in Luft aufgelöst. Doch dazu war es zu spät. Die Freunde hatten sie bereits im Visier, sodass ihr nichts anderes übrig blieb, als alle der Reihe nach zu begrüßen. Wenn sie gewusst hätte, dass Sarah auch mit von der Partie war, wäre sie hier sicherlich nicht aufgetaucht. Angeblich – so hatte ihr Gabriele jedenfalls gerade zugeraunt – hatte sie nicht daran gedacht, es ihr zu erzählen, als sie ihr vorgeschlagen hatte, ins Kino mitzukommen, und Nadine hatte, weiß Gott, anderes im Kopf gehabt, als sie danach zu fragen. Als sie nun Gabrieles entschuldigendes Grinsen sah, war sie sich plötzlich nicht mehr sicher, ob hinter der dargestellten Unbedarftheit nicht vielleicht doch eine gut gemeinte Absicht stand.

Noch zögerte sie, ob sie nach links ausweichen und Sarah ignorieren oder sich der stillen Aufforderung ihrer alten Freunde beugen sollte: Gabriele, Hans, David und Karin, alle waren da, und sie wusste, dass sie sie beobachteten. Für einen Moment flammte ihr Stolz auf, doch dann spürte sie die Last des Tages, und ihr fehlte die Kraft, ihren inneren Widerstand aufrechtzuerhalten:

Das, was sie jahrelang wie einen Schatz verteidigt hatte, hatte für sie plötzlich an Wert verloren. Langsam drehte sie sich also nach rechts, und sie suchte Sarahs Blick, als sie mit noch immer heftig klopfendem Herzen schließlich die Worte über ihre Lippen brachte, auf die alle warteten.

»Hallo, Sarah.«

»Hallo, Nadine.«

War es das unsichere Lächeln in Sarahs Augen, das sich um ihr Herz hüllte, oder war es Sarahs Stimme, die sanfter klang, als sie sie in Erinnerung hatte? Nadine spürte, dass ihr Tränen in die Augen stiegen, doch gleichzeitig sah sie auch Sarahs Augen feucht schimmern, und in diesem Moment entluden sich zehn Jahre zurückgehaltener Emotionen. Ehe sie sichs versah, lagen sie sich in den Armen.

Im Kino saßen sie dann im Dunkel nebeneinander auf ihren Plätzen und reichten sich mit zurückhaltender Vorsicht, so als hätten sie Angst, die gerade wiedergewonnene Vertrautheit erneut zu verlieren, Popcorn und Gummibärchen. Während sich die Zuschauer von den Helden auf der Leinwand immer tiefer in eine aufregendere Welt versetzen ließen, konnte sich Nadine ihrer eigenen Welt nicht entziehen. In ihr regte sich das schlechte Gewissen. Was, wenn sie Sarah die ganze Zeit Unrecht getan hatte? Was, wenn ihr Vater sie tatsächlich angegrapscht hatte? Mit dem Wissen, das sie heute hatte, traute sie ihm das zu. Sie traute ihm alles zu, schrecklich. Ein Vater, der hinter der Freundin seiner Tochter her war! Bei der Vorstellung wurde ihr Herz wieder schwer.

Plötzlich dachte sie an Tim, und diesmal ließ sie die Erinnerung zu. Er hatte ihren Vater wohl durchschaut, hatte ihr gegenüber öfter versucht, ihn zu kritisieren. Sie hätte auf ihn hören, hätte ihn ausreden lassen sollen. Dann wären sie vielleicht noch ein Paar, Tim und sie, wären in London, ihrem geliebten London, und sie hätte einen Job bei Vincent Grey. Sie würde in dem bekannten Architekturbüro in Mayfair sitzen, an großartigen Planungen arbeiten und ... Sie schluckte, bevor sie den Gedanken zu Ende dachte: Man würde sie ernst nehmen, würde sie und ihre Arbeit schätzen. Der Schmerz war auf einmal so groß, dass sie beinahe laut aufgeschluchzt hätte, stattdessen lehnte sie sich ganz nach vorne und stützte den Kopf auf ihre Hände, sodass die anderen ihr Gesicht nicht sehen konnten und somit auch nicht bemerkten, wie angestrengt sie gegen die aufsteigenden Tränen ankämpfte.

Später, nachdem der Film zu Ende war und sie in irgendeine neue Bar weitergezogen waren, stand sie neben Sarah und trank Bier. Es interessierte sie nicht, was sie wo trank und was die anderen erzählten, denn im Moment gab es für sie Wichtigeres, eine Sache, über die sie mit Sarah noch nicht gesprochen hatte: Was war damals wirklich vorgefallen? Zum einen wollte sie mit all den alten Missverständnissen aufräumen, und zum anderen, und das war der eigentliche Antrieb, wollte sie sich jener beschämenden Realität stellen, die ihren Vater noch mehr demontierte. Ihr Schmerz war inzwischen einem selbstquälerischen Zorn gewichen, einem Zorn, der zu allem im Stande war.

»Jetzt warst du so lange in London, und ich habe dich nicht ein einziges Mal besucht. Schande!«, meinte Karin laut und zog dabei eine Schnute.

Nadine lächelte freundlich. Niemandem fiel auf, dass sie gar nicht richtig zuhörte.

David, der gerade an seinem Drink nippte, blickte breit grinsend auf Karin herab: »Tja, das Leben besteht aus vielen verpassten Gelegenheiten.«

Nadine spürte Sarahs Arm an ihrem und wünschte sich Hans und die anderen außer Hörweite.

»Vielleicht kann Nadine ja mal ein Wochenende organisieren, und wir fliegen gemeinsam hin«, vernahm sie plötzlich. Dieser Vorschlag kam von Gabriele. Von wem sonst?

Der bloße Gedanke an London schmerzte. Nadine blickte abweisend zur Seite, doch ihre Freundin fuhr fort:

»Sie ist ja auf dem neuesten Stand und kennt dort alles, was gerade hip ist.«

»Super Idee«, warf Hans ein, und Nadine fand nun, dass es an der Zeit war, etwas zu sagen:

»Also, ich hab jetzt erst mal genug von London. So schnell gehe ich bestimmt nicht wieder zurück«, warf sie ein und war selbst überrascht von der Schärfe ihrer Stimme.

»Es muss ja nicht sein«, erwiderte Hans.

Nach kurzem, betretenem Schweigen winkte Gabriele versöhnlich ab, und die Freunde wechselten das Thema. Hans drehte sich zu David, Karin und Gabriele vertieften sich in ein lebhaftes Gespräch, und Nadine nutzte die Gunst des Augenblicks: Sie hob den Kopf, straffte die Schultern und sagte schnell und schlicht: »Es tut mir so

Leid wegen damals. Du konntest ja nichts dafür. Es muss schrecklich für dich gewesen sein – das mit meinem Vater.«

Sarah blickte erst erstaunt, dann lächelte sie, wie Nadine schien, leicht verlegen. »Ach, das ist schon in Ordnung. Längst vergessen.«

Auch ihr ist es wohl peinlich, vermutete Nadine mit einem kurzen Anflug von Mitleid. Plötzlich und zum ersten Mal seit jener Begebenheit zog sie in Erwägung, dass es für Sarah damals vielleicht gar nicht so einfach gewesen war, wie sie vorgegeben hatte. Es musste auch für sie ein Schock gewesen sein. Nadine hätte es jetzt dabei belassen können, doch sie wollte ihren Vater nicht ungeschoren davonkommen lassen.

»Nein, es ist nicht in Ordnung«, entgegnete sie leise, aber eindringlich.

»So schlimm war es ja nicht.«

»Was er getan hat, ist einfach ...«

Sarah unterbrach sie: »Ach, komm, du wusstest es doch gleich ... Er hat mich gar nicht wirklich angemacht. Ich habe da viel mehr reininterpretiert, als tatsächlich passiert war.«

»Du brauchst jetzt keine Rücksicht auf mich zu nehmen.«

»Aber es war wirklich meine Schuld.« Sarah zögerte nur kurz, und schließlich gab sie zu: »Ich war damals wahnsinnig eifersüchtig auf dich, weil du permanent glücklich verliebt warst, während ich mit den Jungs ständig Probleme hatte.«

»Quatsch!«

»Nein. Ich weiß es noch ganz genau.«

»Soll das heißen, mein Vater hat gar nichts gemacht?«

Sarah schüttelte schuldbewusst den Kopf. »Ich hatte alles erfunden.«

Nadine blinzelte überrascht. Mit allem hatte sie gerechnet, nur nicht damit. »Das glaub ich nicht.«

»Doch. Es war wirklich völlig harmlos.«

»War es nicht.«

»Na ja. Ich gebs ja zu. Es war schon ganz schön fies von mir. Doch ich bin jetzt froh, dass wir darüber gesprochen haben. Du bist mir nicht mehr böse?«

»Nein«, antwortete Nadine schwach. Sie führte ihr Glas an die Lippen, um nicht weitersprechen zu müssen.

Sarah wirkte erlöst, dass das Thema nun endlich abgehakt war. Sie bestellte beim Barkeeper zwei neue Drinks.

Nadine trank auch dieses Glas Bier, ohne den Geschmack wirklich wahrzunehmen. Gestern noch wäre sie über Sarahs Geständnis erleichtert gewesen, und heute konnte sie sich über die eigentlich gute Nachricht nicht freuen. Sie wollte nicht glauben, dass ihr Vater unschuldig gewesen war, wollte kein gutes Haar mehr an ihm lassen.

Noch in dieser Nacht, als sie allein in ihrem Bett lag, griff sie zum Telefon und wählte eine Nummer, die sie so in ihrem Gedächtnis gespeichert mit sich trug, dass sie sie jetzt, nach drei Monaten, ohne nachdenken zu müssen, wählen konnte. Das trockene Klingelzeichen mit den zwei dumpfen, kurzen Tönen, immer direkt hintereinander, war ihr so schmerzlich vertraut, dass sie das Gefühl hatte, ihr Brustkorb zöge sich zusammen. Tüt-tüt ... tüt-tüt ... Und sie legte auf – noch bevor sie seine Stimme hören konnte. Sie presste ihr Gesicht wieder ins Kissen, das sich von den vielen Tränen schon ganz feucht anfühlte. Es waren die bitteren Tränen einer Tochter, die sich von dem Bild eines Übervaters hatte blenden lassen.

Am nächsten Tag hatte sich ihr Groll noch immer nicht gelegt. Die Katastrophe hatte zwar an Schärfe etwas eingebüßt, doch Nadine wartete immer noch auf den passenden Moment, um ihren Vater mit Vorwürfen zu überschütten. Ihre Mutter fuhr an diesem Tag zu ihrem wöchentlichen Treffen mit einem der Jungen aus einer Problemfamilie, dessen Patin sie war, und kaum hatte Nadine sie in ihrem Wagen vorbeifahren sehen, stand sie auch schon vor dem Schreibtisch ihres Vaters.

»Ich habe jetzt keine Zeit.« Wieder sah er sie dabei nicht an. Wieder nahm er sie nicht ernst.

»Das ist mir egal«, entgegnete Nadine mit all der Strenge, zu der sie fähig war, und nahm mit Genugtuung wahr, dass er jetzt zumindest aufsah. Und dann lächelte er spöttisch.

»Ach so«, meinte er gedehnt.

Ihr Herz schlug schneller, sie war so nervös, als wäre sie für sein Handeln verantwortlich. »Das verstehst du also unter ruhiger und angenehmer Mieterin?«

Er guckte so, als wüsste er nicht, wovon sie sprach, und jetzt konnte sie sich nicht mehr beherrschen.

»Du hast was mit der Krüger! Ich habe euch gehört«, warf sie ihm vor.

Am Zucken seines Augenlids bemerkte sie, dass er nachdachte. Und als er sich zurücklehnte, fiel ihr Blick auf seine Hände, die jetzt auf der Tischplatte ruhten.

Hände, die zufassen konnten. Ihre Miene verfinsterte sich. Nein, er brauchte ihr gar nicht erst mit irgendwelchen Ausreden zu kommen!

»Stimmt. Aber wenn du das Thema schon ansprichst, dann bitte richtig: Ich *hatte* etwas mit ihr.«

Er stritt es nicht einmal ab! Die Selbstverständlichkeit, mit der er sich plötzlich offenbarte, versetzte ihr einen Schlag.

»Wann?«, fragte sie, als spielte das noch eine Rolle, aber ihr war im ersten Moment nichts anderes eingefallen.

»Ach, ein paar Jahre.«

Jetzt schwankte sie leicht. Das ging über »ein paar Jahre« ... und niemand hatte etwas bemerkt? Das belustigte Lächeln, das nun über sein Gesicht huschte, machte sie aggressiv.

»Und dann holst du diese ... diese Schlampe noch in unser Haus? Das ist doch das Allerletzte! Wie kannst du so etwas tun? Hast du denn überhaupt keinen Anstand?«

»Ich weiß nicht, was dich das angeht.«

»Viel!« Sie überlegte krampfhaft. »Du hast ihr sogar mein Apartment gegeben.«

»Das war etwas ganz anderes. Ich hätte es ohnehin vermietet. Aber sie hat es damals dringend gebraucht.«

»Das kann ich mir vorstellen!«, entgegnete sie mit unüberhörbarem Zynismus.

»Jetzt reicht es! Noch gehört das alles hier mir, und ich kann damit machen, was ich will.«

Sie erinnerte sich plötzlich an ihren letzten Besuch zu Hause und hörte die Worte, die an Tim und sie gerichtet gewesen waren: Wo ein Baum steht, kann kein anderer wachsen – sich zurückziehen, aus dem Hintergrund beraten ... Nichts als leere Phrasen! Ihm ging es doch nur um seinen Vorteil!

»Ja, und zwar ohne Rücksicht auf Verluste«, fuhr sie ihn bissig an.

»Hör mal, ich glaube, das ...«

»Du hast mich nur benutzt!« Inzwischen schrie sie. »Hast alles getan, dass ich zurückkomme! Von wegen Herzschmerzen und so! Du bist doch gar nicht krank, dir ist jedes Mittel recht!«

Sie erschrak selbst über die Dreistigkeit ihrer Behauptung und biss sich auf die Lippen. Sie war zu weit gegangen. Wie konnte sie ihm nur so etwas vorwerfen?

Doch etwas in seinen Augen verriet ihn, und als er eine arrogante Miene aufsetzte und spöttisch sagte: »So? Denkst du?«, wusste sie, dass sie ins Schwarze getroffen hatte.

»Was willst du eigentlich? Du kannst dich doch überhaupt nicht beschweren. Schließlich lebst du ganz gut von mir.«

Nadine sah ihn fassungslos an. So dachte er also! Sie schluckte. »Und was ist mit Mama?«

»Deine Mutter wusste Bescheid. Wenn du das meinst.«

»Du lügst!«, erwiderte sie hasserfüllt.

»Frag sie doch selbst!«

So, wie er jetzt dasaß und sie ansah, allem Anschein nach völlig ruhig, hatte Nadine nur zwei Möglichkeiten: Entweder prügelte sie auf ihn ein, oder sie entkam an die frische Luft und lief mindestens dreimal um den Block. Sie entschied sich für Letzteres.

Das Gespräch mit ihrer Mutter fand während des Abendessens statt. Sie waren zu zweit, denn ihr Vater hatte einen Geschäftstermin – angeblich –, und Nadine hatte darüber nachgedacht, wie schnell doch ein Wort eine andere Bedeutung bekommen konnte: Geschäftstermin. Was Nadine bislang immer mit Architektur – Hoffnung – Erfolg verbunden hatte, konnte auf einmal genauso gut Sex – Lüge – Verrat bedeuten. Sie fühlte sich entsetzlich verunsichert.

Deprimiert saß sie in der Küche und schwieg, während ihre Mutter die dunklen Fragmente ihrer Ehe vor ihr ausbreitete. Sie erzählte Nadine alles. Dabei redete sie schnell und ohne Pause, wie man zu einer besten Freundin sprach, die man schon lange nicht mehr gesehen hatte, und Nadine wusste nicht, ob sie lachen oder weinen sollte.

Natürlich habe sie von der Affäre gewusst. All die Jahre über habe sie es gewusst und einfach hingenommen. Was hätte sie denn tun sollen? Scheidung? Nein, ein solcher Schritt habe doch viel zu viele Konsequenzen. Man könne sich nicht einfach trennen, und das sei auch gut so. Schließlich sei es jetzt auch vorbei. Da habe sich das Warten doch gelohnt.

»Und außerdem«, schloss sie, »war der Sex mit deinem Vater nun auch nicht mehr so prickelnd wie früher.«

Nadine hatte die meiste Zeit den Kopf über ihren Teller gebeugt, so als wäre sie von Tafelspitz, Kartoffeln und Blattspinat etwas abgelenkt. Jetzt aber schaute sie auf. Sie hatte nicht das Bedürfnis nach derartiger Vertraulichkeit, und es störte sie, dass ihre Mutter in dieser Sprache zu ihr redete. Sie war nicht ihre beste Freundin, und sie würde es auch nicht werden. Wie saß ihre Mutter überhaupt da? Das Essen hatte sie noch nicht einmal angerührt, stattdessen biss sie wie ein kleines Kind an ihrem Daumen herum.

Weil sie befürchtete, ihre Mutter könnte das Thema noch weiter ausbreiten, wollte Nadine aufstehen und sich noch etwas Gemüse aus der Küche holen. Sie hatte den Teller schon in der Hand, als ihre Mutter abschließend etwas sagte, das für Nadine so ungeheuerlich war, dass sie wie betäubt sitzen blieb.

»Na ja, ich bin auch nicht immer die Treueste gewesen.«

Im ersten Moment glaubte Nadine, sie falsch verstanden zu haben. Sie stellte ihren Teller ab, und dann fing sie jenes viel sagende Lächeln auf, das sie abstieß. Ihre Gesichtszüge verhärteten sich. Sie hätte jetzt gern ihrer Mutter zugelächelt, sie wusste, dass sie auf eine Antwort wartete, doch Nadine konnte es nicht. Es machte sie wütend, und sie fühlte sich, als befände sich in ihrem Kopf ein großes Knäuel aus lauter verschiedenen Fäden, das es zu entwirren galt. Ihr Vater ... ihre Mutter ... sie selbst ... Was war denn eigentlich noch so, wie es sein sollte?

Nadine drehte den Kopf zur Seite, stützte ihn auf ihre Hand. Die Küchenzeile, die Eckbank, das Geschirr, all das erschien ihr auf einmal fremd. Sie blickte aus dem Fenster. Im Schein der Außenleuchte konnte sie den Vorgarten überblicken; die Straße, die hinter den Büschen verborgen war, lag im Dunkeln, und der Platz direkt vor dem Fenster, wo der Wagen ihres Vaters immer stand, war leer. Nein, sie wollte davon nichts wissen. Sie hätte weinen mögen – stattdessen bemerkte sie mit halblauter, beherrschter Stimme:

»Findest du nicht auch, dass er sich sehr verändert hat? Vor London war doch alles wunderbar. Wir hatten nie eine Meinungsverschiedenheit. Und jetzt ...« Nadine brach den Satz ab.

Zum Glück hatte ihre Mutter schon verstanden, denn sie ging darauf ein und ersparte ihr zusätzliche peinliche Details aus ihrem Liebesleben. »Du warst eben eine Traumtochter«, entgegnete sie.

Wie sie das sagte, mit diesem kleinen ironischen Unterton! Nadine reagierte sofort gereizt. »Und was ist daran verkehrt?«

»Der Traum«, erwiderte ihre Mutter ganz ruhig.

Während Nadine schweigend auf die dunkle Fläche vor dem Haus starrte, bloßgestellt, hörte sie ihre Mutter hinzufügen:

»Früher war das etwas anderes. Da hast du getan, was er wollte.«

»So ein Quatsch!«, brauste Nadine auf. »Ich habe doch immer das gemacht, was ich wollte.«

»Kann es nicht sein, dass er damit im Großen und Ganzen auch immer einverstanden war – vor London?«

»Hmm.«

Jetzt blickten sich die beiden Frauen zum ersten Mal in die Augen. Die Distanz, die jene unerwartete Intimität eben so plötzlich geschaffen hatte, war noch immer spürbar.

Nadines Mutter sprach mit sanfter Zurückhaltung weiter: »Dein Vater wusste schon immer, wie er dich zu nehmen hat.«

»Davon merke ich heute aber nichts mehr.«

»Heute bist du viel selbstständiger und teilst nicht mehr seine Ansichten. Damit kann er überhaupt nicht umgehen. Überlege mal: Du hast ihm früher doch nie widersprochen. Lass ihm einfach Zeit.«

Nadine dachte nach: Natürlich, er wollte, dass sie funktionierte, und von dem Moment an, wo sie seine Pläne endgültig durchkreuzt hatte, hatte er sie fallen gelassen. Deshalb war auch jeder Mann und ganz besonders Tim eine Gefahr für ihn gewesen. Ganz gezielt hatte er gegen Tim gearbeitet und sie manipuliert. Und sie war darauf hereingefallen!

Sie schüttelte den Kopf und bekannte mit einer Stimme, die genauso hilflos klang, wie sie sich fühlte: »Ich versteh das nicht. Ich bin doch nicht auf der Welt, um seine Erwartungen zu erfüllen. Du hast ja auch kein Problem, wenn ich mein eigenes Ding mache.«

»Ich glaube, das liegt einfach daran, dass Mütter ihre Kinder so lieben, wie sie sind, während Väter ihre Kinder so lieben, wie sie sie gern hätten.«

Noch bevor ihr Vater nach Hause kam, ging Nadine hinauf in ihr Zimmer. Sie schloss die Tür hinter sich und setzte sich auf die Bettkante. Ihre Mutter hatte Recht. Solange sie getan hatte, was er wollte, war die Welt in Ordnung gewesen. Langsam löste sich das Knäuel in ihrem Kopf, und sie fing an, die Dinge klarer zu sehen: Ihr Vater, der nicht wollte, dass sie mit achtzehn Jahren einen Führerschein machte und der sich erst hatte erweichen lassen, sie dabei finanziell zu unterstützen, nachdem Nadine ihm gedroht hatte, in einer Kneipe zu arbeiten. Von wegen, sie sei noch zu jung und es sei zu gefährlich! Er hatte ganz einfach nicht gewollt, dass sie ihre eigenen Wege ging. So wie er auch immer verhindert hatte, dass sie an einem Architektenwettbewerb teilnahm ... dass sie in einer anderen Stadt studierte ... dass sie zu Hause auszog ... dass ...

Plötzlich wurden ihre Gedanken unterbrochen, denn sie hörte, wie ihr Vater nach Hause kam: Die Wohnungstür fiel ins Schloss. Nadine atmete flacher, um seinen Schritten besser folgen zu können, vom Flur in die Küche und dann wieder über den Flur ins Wohnzimmer; jetzt redeten ihre Eltern miteinander, bestimmt setzte er sich in seinen Sessel, und ihre Mutter schenkte ihm noch einen Cognac ein. Nadine hielt den Atem an, doch sie konnte nicht verstehen, worüber sie redeten.

Auf einmal fiel ihr ein, sein schlechtes Gewissen könne ihn dazu bewegen, noch bei ihr hereinzuschauen, um ihr eine gute Nacht zu wünschen, und sie stand auf, ging zur Tür und drehte den Schlüssel um. Nachdem sie sich wieder auf die Bettkante gesetzt hatte, ließ sie sich zurückfallen, verschränkte die Hände hinter dem Kopf und starrte an die Decke.

An den folgenden Tagen führte Nadine ihre Arbeit wie gewohnt aus. Sie überwachte die Mängelbehebung auf der Baustelle und koordinierte dazu die entsprechenden Termine mit den Handwerksfirmen. Letzteres erwies sich allerdings als verhältnismäßig kompliziert, weil zu diesem Zeitpunkt die ersten Mieter bereits eingezogen waren und die Handwerker wegen der geschenkten Abnahme der Arbeiten schluderten. Doch sie unterdrückte ihren Groll, der manchmal in ihr hochstieg, wenn sie daran dachte, wie viel Ärger sie sich hätte ersparen können, hätte ihr Vater sie so vorgehen lassen, wie sie gewollt hatte. War sie nicht auch selbst ein wenig daran schuld? Hätte sie sich ihrem Vater nicht widersetzen können? In Zukunft, nahm sie sich vor, würde sie tun, was *sie* für richtig hielt. Und während sie sich vollständig auf ihre Arbeit konzentrierte und jede Art von persönlichem Kontakt zu ihrem Vater mied, da ihr seine Nähe unangenehm war, suchte er plötzlich die ihre, als spürte er ihren inneren Wandel. Jetzt nahm er sich die nötige Zeit, um ihre Arbeit zu betrachteten und sie anschließend – welch Wunder – sogar zu loben. Jetzt traute er ihr zu, allein und ohne seine Hilfe über einen Auftrag zu verhandeln. Jetzt bot er ihr eine interessante neue Planung an. Kurz, er verhielt sich genauso, wie Nadine es sich immer gewünscht hatte. Es war verführerisch, und nur zu gern hätte sie sich wieder der alten Illusion hingegeben. Doch die Wunde, die sie im Herzen trug, war da, um sie daran zu erinnern, wie trügerisch dieser Schein war.

Nur wenn sie ausging, hatte sie den nötigen Abstand, der sie frei durchatmen ließ, und so traf sie sich immer öfter mit ihren Freundinnen. Entweder verbrachte sie kurzweilige Abende bei Gabriele, Karin und neuerdings auch bei Sarah, sie erzählten sich dann alles, was sie erlebt hatten – fast alles jedenfalls –, oder sie zogen gemeinsam mit neuen und alten Freunden durch die Clubs und Kneipen der Stadt. Beim Italiener kehrten sie gern auf eine Pizza ein, rockten spät nachts in einer Großdisco zum heißen Mix eines über die Grenzen der Stadt hinaus bekannten DJs. Sie besuchten aber auch Ausstellungen, gingen abends mal ins Haus der Kunst, mal in die Pinakothek der Moderne, mal machten sie sich auf zu den Künstlerateliers in den ehemaligen Kasernen im Münchner Norden. Sie tranken billigen Wein, aßen Salzgebäck und Schokolade und kauften ihre Kleider ausschließlich bei H & M. In der Leichtigkeit dieser heiteren Stunden hatte Nadine seit langem wieder einmal das Gefühl zu leben.

Jene Abende aber, an denen sie sich nicht mit ihren Freunden vergnügte, hielt sie sich immer hartnäckig bis spät in die Nacht im Büro auf. Allein. So könne sie endlich einmal in Ruhe arbeiten, sagte sie denen, die sich wunderten. Doch in Wirklichkeit empfand sie eine vage Abneigung ihren Eltern gegenüber, in deren tägliches Leben sie als unfreiwillige Zeugin eingebrochen war. Und so saß sie nachts an ihrem Schreibtisch, müde und mit leerem Kopf, und wartete nur darauf, dass die Zeit verstrich und ihre Eltern zu Bett gingen. Um sie herum lag alles im Dunkeln, nur der Schein ihrer Schreibtischlampe und das weiße Schimmern des Monitors warfen ein kaltes Licht auf sie. Sie war traurig, nicht wegen des Alleinseins, nicht wegen etwas Speziellem, sondern wegen allem. Es war eine diffuse Traurigkeit, die sie nicht in Worte fassen konnte – es war das Sterben einer Illusion.

KAPITEL 15 Einige Tage später, als Nadine zufällig an der Tür zum Büro ihres Vaters vorbeikam, hörte sie ihn bestürzt sagen:

»Das kann nur meine Tochter gewesen sein! Es tut mir wirklich Leid. Wissen Sie, sie ist noch nicht so lange im Geschäft, und man muss den jungen Leuten doch auch mal eine Chance geben. Ich weiß wirklich nicht, was in sie gefahren ist, dass sie die Abnahmeprotokolle einfach unterschrieben hat. So etwas geht natürlich nicht!«

Niemand hatte Nadine informiert, dass der Bauunternehmer im Hause war. Man hatte sie schlichtweg übergangen. Sie stand vor der geschlossenen Tür und zögerte, ob sie anklopfen und hineingehen sollte. Nichts an ihrem Gesichtsausdruck verriet, dass sie verärgert war. Sie hätte sich lautstark aufregen können, doch sollte sie ihren Vater bloßstellen und erklären, dass er log? Sich verteidigen? Sich rechtfertigen? Erklären, wie es dazu gekommen war, dass sie die Abnahmeprotokolle unterschrieben hatte? Warum sollte sie einen Riesenkrach heraufbeschwören, der am Ende doch nichts brachte? Ihr Vater würde abschließend nur einen überheblichen Blick aufsetzen und tönen: »Wessen Brot ich ess, dessen

Lied ich sing.« Und Nadine würde darauf nichts zu erwidern wissen. Dieser Einstellung gegenüber war sie hilflos.

Während sie sich abwandte und an ihren Schreibtisch zurückging, hatte sie auf einmal ganz deutlich ein neues Bild vor Augen: ein agiler, für sein Alter noch ziemlich attraktiver Mann, der, ob mal mehr oder weniger erfolgreich, immer seinen Weg geradlinig gegangen war und gehen würde. Es war, als hätte sich nach einer Vorstellung der Vorhang aufgetan und sämtliche Masken wären gefallen.

Nadine wusste nun: Sie musste sich der Realität stellen. Und auf einmal fand sie mit einer erstaunlichen Leichtigkeit die Stärke, *ihre* Entscheidung zu treffen. Es gab für sie nichts mehr zu sagen. Hier, auf seinem Weg, hatte sie nichts mehr verloren.

Noch am selben Tag suchte sie ihren Vater auf, und als sie ihm in seinem Büro gegenüberstand, teilte sie ihm so kurz und knapp wie möglich mit: »Ich wollte dir nur sagen: Ich kündige, und zwar schon zum Monatsende.«

Ungerührt, als kümmerte ihn ihr Entschluss nicht, murmelte er nur: »Aha.« Das war alles, wobei er seinen Blick einem Überweisungsformular zuwandte, das vor ihm auf dem Tisch lag. Er setzte seine Unterschrift darauf.

Reglos und ohne Kalkül, denn für einen Moment war ihr Kopf einfach nur leer, starrte sie auf die Unterschrift, die sie niemals hatte kopieren können. Was von dem Namen Borchert übrig blieb, war bis auf das große B unleserlich.

Als sie jetzt sprach, klang ihre Stimme laut und deutlich. »Reicht das so, oder soll ich es dir noch schriftlich geben?«

»Lass mal. Ich nehme deine mündliche Kündigung auch an.«

Dann sah er sie ganz kurz an und schwieg weiter. Er fragte nicht einmal, wohin sie denn vorhabe zu gehen, und als Nadine ihn bat, ihr das letzte Monatsgehalt doch diesmal etwas früher zu überweisen, nickte er nur wortlos. Das unruhige Flackern in seinen Augen schien zu ermatten. Es war die stille Aufgabe seines jahrelangen Versuches, sie zu halten.

Für eine Sekunde verspürte Nadine noch einmal den Drang, sich zu rechtfertigen, die Nähe wiederherzustellen, doch die Erleichterung, die sie überfiel, war stärker. Denn wie sie wusste, dass er sie auf seine Art liebte, wusste sie auch, dass er sie nie verstehen würde. Nadine und ihr Vater ... Die Leine, mit der er sie an sich binden wollte, hatte sie nun endgültig durchtrennt.

An diesem Abend ging sie allein durch die Innenstadt und suchte die Orte auf, die ihr vertraut waren. Sie streifte durch die Maximilianstraße, durch die Fußgängerzone, spazierte am Rathaus vorbei bis hin zum Viktualienmarkt. Obst, Gemüse, Blumen, Käse, Wein, Tee, Fleisch, Brot – ein Potpourri aus Farben und Gerüchen umhüllte sie. An einem kleinen Stand blieb sie stehen und trank frisch gepressten Fruchtsaft. Von dort betrachtete sie die Marktleute, die langsam anfingen, ihre Stände zu schließen, während sie hier noch ein Kilo Kartoffeln und dort ein Dutzend frische Eier verkauften, und die Menschen, die sich, in warme Jacken gehüllt, auf den Bierbänken niedergelassen hatten, um in aller Ruhe bei Bier und Rostbratwürsten den Tag ausklingen zu lassen – dies alles vor der Kulisse der Stadt, *ihrer* Stadt, die von der untergehenden Sonne in ein goldenes Licht getaucht wurde. Die Häuser und Plätze kamen ihr heute besonders schön vor, und sie empfand eine große Dankbarkeit, dass ihr Leben so viele Jahre in dieser Stadt stattgefunden hatte. Was wie ein Neubeginn anmutete, war jedoch ein Abschied. Nadine spürte, dass sie mit ihrer Heimatstadt abgeschlossen hatte, denn jetzt war sie frei, und der bloße Gedanke an eine bestimmte, verheißungsvolle Stadt löste wieder jenes Prickeln in ihr aus, das sie so gut kannte und das sie auch jetzt noch erfüllte. Die Zukunft hatte sich schon in die Gegenwart gedrängt und machte ihr Mut. Bald würde ihr Leben an einem anderen Ort stattfinden.

Später, als sie hungrig wurde, setzte sie sich in einem Straßencafé an die Bar und bestellte ein Sandwich und ein Glas Prosecco. Sie hob das Glas, und als sie auf ihre Unabhängigkeit trank, spürte sie ein Selbstvertrauen in sich aufsteigen, das sie wachsen ließ. Sie war frei, ihr Vater hatte ihr nichts mehr vorzuschreiben, sie konnte tun und lassen, was sie wollte.

Um sie herum an der Bar und an den kleinen runden Tischen unterhielten sich die Leute; niemand nahm groß Notiz von ihr. Heiterkeit lag in der Luft. Nadine zog ihr Handy aus der Tasche und rief Jenny an. Sie sollte die Erste sein, die erfuhr, dass sie zum Ende des Monats wieder nach London ziehen würde. Diesmal ganz anders. Diesmal tat sie es nur für sich, für niemanden sonst. Und es gab keinen, der sich darüber mehr freute als Jenny, die ihr mit der gleichen Selbstverständlichkeit, mit der sie ihr Weggehen hingenommen hatte, sofort anbot, so lange bei ihr wohnen zu können, wie sie wollte. Nachdem Nadine mit ihrer Freundin die wichtigsten Details besprochen hatte, blieb sie noch eine Weile aufgewühlt an der Theke sitzen. Die große Spannung lag darin, dass sich die Dinge veränderten. Bald würde sie wieder in London leben – schon allein der Gedanke entfachte in ihr ein kleines Freudenfeuer und brachte ihre Augen zum Leuchten.

»Möchten Sie noch ein Glas?« Der Barkeeper hatte sie angesprochen.

Warum nicht? Sie bestellte ein zweites Glas Prosecco und gab sich ganz der freudigen Erregung einer glänzenden Zukunft hin.

Tim! In der ganzen Zeit nach der Trennung hatte sie nichts mehr von ihm gehört, und sie fragte sich, wie es ihm wohl gerade ging. Seit ihr klar geworden war, wie viel ihr Vater dazu beigetragen hatte, dass ihre Beziehung zerbrochen war, hatte sie mit zunehmender Sehnsucht an ihn gedacht. Sie hatte das drängende Bedürfnis, ihm zu sagen, dass seine Meinung über ihren Vater richtig gewesen war, dass sie nun endlich verstanden hatte, dass sie damals blind gewesen war und dass sie die Dinge heute anders sah.

Und dann rief sie ihn an. Ein paar Tage nachdem sie gekündigt hatte. Sie war allein im Büro. In London war es jetzt halb acht. Die Zeit war günstig. Das Herz schlug ihr bis zum Hals, denn auf einmal empfand sie eine unerklärliche Angst. Dieses heiße Gefühl, das sie so plötzlich überkam, als sie seine Nummer wählte, war noch ein letztes glühendes Aufflackern ihrer Vergangenheit. Das Tuten verstummte, als an der anderen Seite jemand den Hörer abhob.

»Hallo?«

Als sie seine Stimme hörte, sah sie ihn ganz deutlich vor sich. »Hallo, Tim. Ich bins.«

»Nadine, das ist ja eine Überraschung! Schön, dich zu hören! Wie gehts dir denn?«

Er hatte sie gleich erkannt, und sie antwortete erfreut:

»Gut, bestens. Ich habe in den letzten Monaten ziemlich viel gearbeitet. Aber das war auch gut.« Nadine redete sehr schnell. »Und sonst habe ich eigentlich nur die alten Freunde getroffen. Du weißt schon, Gabriele, Karin, Hans und so ... Und jetzt ... jetzt habe ich mich endgültig entschieden, wieder nach London zu ziehen.«

»Hey, gratuliere! Hast du schon eine Wohnung? Was hast du denn vor?«

Nadine lächelte. Tim überschlug sich ja vor Freude! »Nein. Noch nicht.« Und nach einer kurzen Pause, in der er schwieg, fuhr sie fort: »Ich werde wohl die erste Zeit bei Jenny wohnen ... bis ich etwas gefunden habe.«

»Aha. Wenn ich was höre, gebe ich dir auf jeden Fall Bescheid.«

»Das wäre supernett.«

Plötzlich vernahm sie im Hintergrund eine Stimme:

»Darling, kommst du?«, fragte eine Frau.

Für den Bruchteil einer Sekunde rang Nadine nach

Luft, und dann hörte sie wieder Tim, der jetzt ein wenig nervös klang.

»Ja ... also ... wie gesagt, ich melde mich dann. Du, ich muss jetzt leider los. Wir sind zum Essen verabredet.«

Nadine versuchte, irgendetwas Sinnvolles zu erwidern. »Ja, dann ... Äh ...«

»Wenn ich was für dich tun kann, ruf mich einfach an. Aber wirklich! Ich erfahre ja auch ab und zu mal in der Bank etwas von Häusern und Apartments, die vermietet werden.«

Nadine hatte den ersten Schock nun überwunden, und ihre Stimme hatte wieder an Sicherheit gewonnen. »Mach ich. Und euch noch einen schönen Abend! Bis bald mal.«

»Ja. Bis bald.« Er legte auf.

Leicht benommen blieb Nadine an ihrem Schreibtisch sitzen und starrte auf die Entwürfe, die vor ihr lagen. Auch davon würde sie sich bald verabschieden müssen. Obwohl jener kurze, heftige Schmerz bereits nachgelassen hatte, fühlte sie sich auf einmal seltsam verloren zwischen diesen beiden Welten, von denen keine mehr die ihre war.

Was hatte sie sich denn erhofft? Dass er, wenn sie nach drei Monaten anrief, die ganze Zeit nur auf sie gewartet hatte und sie wieder mit offenen Armen empfing? Sie stellte sich vor, wie er mit dieser anderen Frau, die ihre Stelle eingenommen hatte, aus dem Haus ging und fühlte in sich hinein. Tat es weh? Ein bisschen. Wollte sie an ihrer Stelle sein? Die Vorstellung, dass sie mit großer Wahrscheinlichkeit Paul, Marietta und deren Freunde trafen, rettete sie. Nein, sie wollte nicht mit ihr tauschen.

Tims Leben zu teilen, war sicher schön, aber es war nicht länger ihr Leben. Und nachdem sie sich an dem letzten Funken einer alten Glut kurz verbrannt hatte, war nun auch dieser erloschen.

Inzwischen war Ende März, und die Luft war mild. Man spürte, dass der Frühling nun endlich Einzug hielt. Ein neuer Frühling, ein neues Leben. Die Bäume trugen erste Knospen; Krokusse spitzten aus dem Rasen vor Nadines Elternhaus hervor, und ein Gärtner schnitt die Pflanzen um das Haus herum frisch zu.

Nadine wusste, dass ihr Vater der Gartenbaufirma, für die der Mann arbeitete, einen größeren Auftrag vermittelt hatte, ebenso wie der Firma, die gerade auf dem Dach die Ausbesserungen vornahm. Sie wusste deshalb auch, dass dies jene Art von Arbeiten waren, die ihren Vater wenig oder gar nichts kosteten, obwohl sie mit ihm nicht darüber gesprochen hatte.

Überhaupt redeten Nadine und ihr Vater wenig miteinander; vor allem sprachen sie über nichts, was sie selbst betraf. Die Arbeit war die einzige Schnittstelle, die sie hatten, und Nadine war froh darüber. Zu verletzt waren die Gefühle, als dass sie ihre unterschiedlichen Auffassungen hätten vereinbaren können, und so vermieden sie es, zu zweit allein zu sein. In den wenigen Situationen, in denen sie sich inmitten ihrer abgenutzten Vergangenheit schweigend gegenübersaßen, kroch die Zeit endlos langsam dahin, und Nadine konnte jedes Mal nur mit Mühe dem Drang widerstehen, aufzuspringen und davonzulaufen. Wenn ihre Mutter dabei war, ging es besser. Sie löste das Schweigen mit hartnäckiger Freundlichkeit und Diplomatie. Manchmal ersetzte auch nur der Fernseher die Unterhaltung.

Und dann war es schließlich so weit. Der letzte Tag im März zeigte sich von einer sonnigen Seite. In wenigen Minuten würde die Abreise sie befreien.

Nadine hatte ihr Gepäck längst in dem dunkelblauen Golf ihrer Mutter verstaut und war abfahrbereit. Ihre Mutter würde auch jeden Moment aus dem Haus kommen – nur ihr Vater ließ sich nicht blicken. Den ganzen Tag schon war er ständig zu Terminen unterwegs gewesen. Auch gestern hatte er sich in die Arbeit geflüchtet, während Nadine mit ihren Kollegen bei Bier und Brathendl einen deftigen Abschied gefeiert hatte. Nadine verübelte es ihm nicht: Die Arbeit, die er sich zusätzlich aufgehalst hatte, rettete ihn. Sie ließ den Gefühlen keinen Raum.

Ein letztes Mal noch machte sich Nadine auf den Weg in sein Büro. Wenn sie ihn dort nicht antraf, würde sie abreisen müssen, ohne ihn noch einmal gesehen zu haben. Ohne ihm ihr Gehen verständlich gemacht zu haben. Ohne ihn angelächelt und an sich gedrückt zu haben. So hatte sie sich den Abschied nicht vorgestellt. Genau das hatte sie vermeiden wollen, aber sie gab sich keinen überholten Illusionen hin. Manchmal musste man die Dinge einfach so nehmen, wie sie waren.

Doch jetzt war er hier. Er hatte seinen Wagen vor dem Haus geparkt. Als sie sich nun seinem Büro näherte, konnte sie ihn durch die offen stehende Tür sehen: Mit gebeugtem Kopf stand er neben seinem Schreibtisch, völlig vertieft in die VOB, die gesetzlichen Verordnungen der Bauleistungen. Obwohl sie ihr Kommen mit einem kurzen Klopfen an die offene Tür angekündigt hatte, reagierte er nicht, als sie neben ihm stehen blieb. Nadine blieb ganz ruhig. Nein, sie würde ihm nicht vorwerfen, dass er sie ignorierte, und auch nicht, dass er ihr, um ihr den Neuanfang zu erschweren, das letzte Gehalt noch nicht überwiesen hatte. Sie würde ihm gar nichts vorwerfen.

»Also, ich geh dann«, erklärte sie mit ruhiger Entschlossenheit.

Scheinbar überrascht ließ er das Buch sinken. »Ach, du bist noch da? Ich dachte, ihr wärt schon längst gefahren.«

Nadine erkannte den Schmerz der Enttäuschung, der sich hinter seinem Zynismus verbarg, und lächelte milde. »Wir fahren jetzt.«

Er lächelte nicht zurück. »Das denke ich mir.«

»Also dann, tschüss«, sagte Nadine.

Er hielt das Buch in beiden Händen, sodass sie ihm weder die Hand reichen noch ihn umarmen konnte. Sie strich leicht über seinen Arm, eine liebevolle, etwas flüchtige Geste.

»Ja. Auf Wiedersehen«, erwiderte ihr Vater.

Sie hörte, wie der Wagen ihrer Mutter draußen auf dem Parkplatz hielt, der sich direkt vor dem Fenster ihres Vaters befand. Der Motor lief. Es war das Zeichen zu gehen.

Nadine blieb stehen, blickte ihren Vater an, der ihr keine Beachtung mehr schenkte. Ein paar Sekunden lang suchte ihr Blick vergeblich den seinen. Ein letztes Zögern noch, mechanisch schob sie den Riemen ihrer Handtasche etwas fester über die Schulter, dann drehte sie sich auf dem Absatz um und ging schnell aus dem Raum. Früher hätte sie dies nicht so einfach gekonnt – ihr Herz war erst jetzt zum Abschied bereit.

Sie fuhren los. Nadine neben ihrer Mutter, den Blick mit einem ernsten Lächeln nach vorne gerichtet.

Von Nadine ging etwas Strahlendes aus, dem sich niemand entziehen konnte, auch die Männer in ihren farblosen Anzügen nicht, deren Blicke sie auf sich spürte, als sie durch die Abflughalle auf das Gate zuging. Ob Zeitung lesend oder am Handy sprechend – für einen winzigen Augenblick unterbrachen sie ihre Verbindung zur Welt, lösten sich von den Kriegen im Nahen Osten, von den Streitigkeiten zwischen Regierung und Opposition, von fallenden Börsenkursen, von feindlichen Firmenübernahmen, von steigender Arbeitslosigkeit, von unbekannten Epidemien und folgten mit Blicken der Frau, die so aufrecht ging, dass jede Faser ihres Körpers die freudige Spannung ausdrückte.

Sie rührte die Tagespresse, die sich am Eingang der Maschine in deutscher und englischer Sprache stapelte, nicht an, als sie in das Flugzeug stieg. Die Welt interessierte sie nicht. Nicht heute. Heute wollte sie sich ganz ihren eigenen Gedanken und dem Gefühl hingeben, das sie in sich spürte, eine neue Stärke, wohltuend und befreiend.

Der junge Mann, der neben ihr saß, lächelte ihr zu. Nadine lächelte freundlich zurück, dann drehte sie ihr Gesicht zur Seite und sah aus dem Fenster, ohne wirklich etwas wahrzunehmen.

Sie blickte auf die vorüberziehenden Wolken und überlegte, welche Schritte notwendig waren, um ihr Leben neu zu gestalten. Vorerst konnte sie bei Jenny wohnen, doch in den nächsten Tagen wollte sie anfangen, sich eine kleine Wohnung zu suchen, ihre erste eigene Wohnung. Sie hatte auf einmal das leidenschaftliche Bedürfnis nach eigenen Räumen, auch wenn sie noch nicht wusste, wie sie diese bezahlen sollte. Tim könnte ihr bestimmt helfen. Vielleicht hatte er inzwischen ja von einer Wohnung gehört. Aber, nein, sie wollte sich nicht sofort bei ihm melden.

Sie würde ihn erst kontaktieren, wenn sie ihn nicht mehr brauchte, und dann würde man sehen. Wichtiger war der Job. Gleich morgen würde sie Vincent Grey anrufen. Bei diesem Gedanken lehnte Nadine den Kopf entspannt zurück, und eine beglückende Zuversicht ließ ihr Gesicht aufleuchten.

Sie dachte an ihren Vater, an seinen hartnäckigen Versuch, sie an sich zu binden und so zu formen, wie er sie gern gehabt hätte. Teilweise war es ihm gelungen, teilweise nicht. Man konnte einen Menschen nicht für immer an sich binden, indem man ihn dominierte. Man konnte sich aber auch nicht von einem Menschen befreien, wenn man sich ihm nicht gestellt hatte. Ihre Beziehung zu ihrem Vater war nun anders als früher – wahrer. Nadine hatte ihre Bestimmung in sich selbst gefunden. Sie hatte endlich verstanden, dass Glücklichsein immer eine ganz persönliche Sache war, die sich nicht übertragen ließ, und das tiefe Mitgefühl, das sie für ihn empfand, war frei von jedem drückenden Schuldgefühl.

Er würde immer ihrem Herzen nahe sein.

»Marlene Faro – leicht und spritzig wie ein Schluck Prosecco!«

Annalena, 34, liebt Pasta und kämpft um ihre Taille. Tagsüber verfolgen sie lüsterne Blicke ihres Chefs, nachts plagen sie Träume von Mann und Mutterglück. Auf der Suche nach Mr. Right lässt Annalena fast nichts unversucht – doch vergeblich. Bis eines Tages überraschender Besuch ihr Leben auf den Kopf stellt ...

ISBN 3-404-15146-1

BASTEI LÜBBE

Turbulent, urkomisch
und richtig was fürs Herz

Ein paar Wochen ausspannen, das ist alles, was Nella will. Ein Ferienhaus im sonnigen Süden mit Swimming-Pool – dazu ein paar Freunde und guten Rotwein. So weit so gut. Aber schon bei der Ankunft beginnt das Chaos: Der Typ im Haus nebenan ist ihr Ex-Freund. Ihre beste Freundin will sie mit einem Idioten verkuppeln. Und dann wird ihr noch vorgeworfen, den Freund einer Freundin verführen zu wollen ... – und eine Diebin zu sein. Viel schlimmer kann es nicht mehr kommen. Denkt sie.

ISBN 3-404-16258-7

BASTEI
LÜBBE

For Girls only oder:
»Paul? Wer ist eigentlich Paul?«

Laurie ist mollig, hat einen gepflegten Raucherhusten und ein ziemlich angeschlagenes Selbstbewusstsein. Ihr Leben ist nicht gerade ein rauschenden Fest ... aber eine schier unerschöpfliche Quelle großartiger Geschichten. Und hier sind sie: die Betrachtungen einer richtigen Zicke – mit ihren Freundinnen vereint im »Club der verrückten Hühner«. Dort besprechen sie in Ruhe die Highlights ihres Lebens: unerträgliche Dispute mit Müttern, das sinnlose Unterfangen, Männer ändern zu wollen, unvergessliche Arztbesuche und nicht zuletzt ihre Spezialität »Schneller glücklich werden mit mehr Alkohol« ...

ISBN 3-404-14947-5

BASTEI LÜBBE